エリア・スタディーズ 168

# フランス文学を旅する60章

野崎 歓（編著）

明石書店

# はじめに

野崎　歓

一冊の本を開くことは、すでにして一種の旅立ちではないだろうか。それは〝いま、ここ〟にしばられない、見知らぬどこかへとさまよい出す体験の幕開きだ。次第に内容に引き込まれ、夢中で読みふける。最後のページを閉じたときには、充実した旅路の思い出にも似た、忘れがたいあれこれの事柄が胸に刻まれているのだ。

とりわけ、異国の文学に親しむことが「旅」の体験としてじつに豊かな刺激に富むものであるのは、外国文学を愛好する方々にはいまさら申しあげるまでもないことだろう。しかもそこに描写された未知の土地を、いつか自分で訪ねてみるという楽しみだってありうる。もちろん、現実がつねに期待どおりであるとは限らない。ときに幻滅を味わうこともあるだろう。とはいえどんな旅であれ、旅に出なければ得られなかったはずの何かをもたらしてくれるのではないか。

本書は、フランスの文学や文化に関心をもつ方々に向けた旅案内の一冊である。作品からその舞台となった場所へ、作家にちなむ土地へと読者をいざない、旅行気分を味わってもらうとともに、さらなる読書や旅のきっかけにしていただければというのが編者の願いだった。執筆者の先生方には、できればご自身の旅のエピソードも披露していただきながら、各作品・作家についてわかりやすく、かつ一歩踏み込んで解説してくださいとお願いしたのである。

集まった原稿を見ると、エッセー風に書かれた文章だけでなく、作品・作家について周到に概観した文章や、すでにして本格的研究の趣きがあるものなど、各執筆者のスタイルは多様だ。そして内容はかなり濃密である。結果として、これは12世紀から21世紀の今日に至る代表的作品・作家を一望できる、ひと味違うフランス文学史になっているではないか、と編者は欣喜した。通読するならばフランス文学の全体について鮮明なイメージが立ち上がってくるはずだ。

同時に、旅という主題はしっかりと貫かれている。フランスの作家たちにとって旅がもつ意味の広がりを、読者は実感することだろう。モンテーニュは旅を好むことこそ人間の証と喝破し、パスカルは旅立たずにはいられない人間の悲惨を抉《えぐ》る。カミュは旅することに歓びなどないと述べ、ジュネはフランスから逃れるために旅し続けた。それぞれが自らの資質に従い、また自己の文学、思想のめざすところに従って独自の旅を生きている。そこにはわれわれを鼓舞してやまない精神と身体の運動が描き出されている。

もちろん、旅の面白さはこまごまとしたディテールのうちにも宿る。本書には旅を充実させるためのヒントとなるような細部が多く含まれている。たとえば編者はかつて、ジャック・ドゥミの映画を観てナントへの憧れを募らせた。勇んで出かけてみたものの、いささか期待外れで、予定を切り上げて帰ってしまった苦い記憶がある。あのときどうして水上バスに乗ってみなかったのかと悔やまれるのだ（第28章参照）。あるいは、ル・アーヴルに行こうとして、何もない街だぞといわれてやめたことがあった。だが、浜辺で小石を拾うためだけにでも行く価値はあったのだ（第50章参照）。

本書の各章は、さまざまな想像上の旅の楽しみを与えてくれるだろう。同時にこれは、実際に役立つ知識を提供する一冊にもなっていると編者は信じるのである。


本書の企画立案および編集作業にあたっては、明石書店の武居満彦さんに全面的にご尽力いただいたことを記し、深く感謝します。

またご多忙のなか、各章およびコラムの執筆を快くお引き受けくださり、魅力あふれる文章を綴ってくださった先生方に、心から御礼申し上げます。

では、そろそろ旅立つときが来たようです。

「あらたな愛情とざわめきに包まれて出発！」（ランボー「出発」『イリュミナシオン』所収）

＊本文中に引用した作品について、訳者名が記されていない場合はすべて執筆者による試訳、ないし執筆者自身の訳書からの引用です。
＊本文中、特に出所の記載のない写真については、執筆者の撮影・提供によるものです。

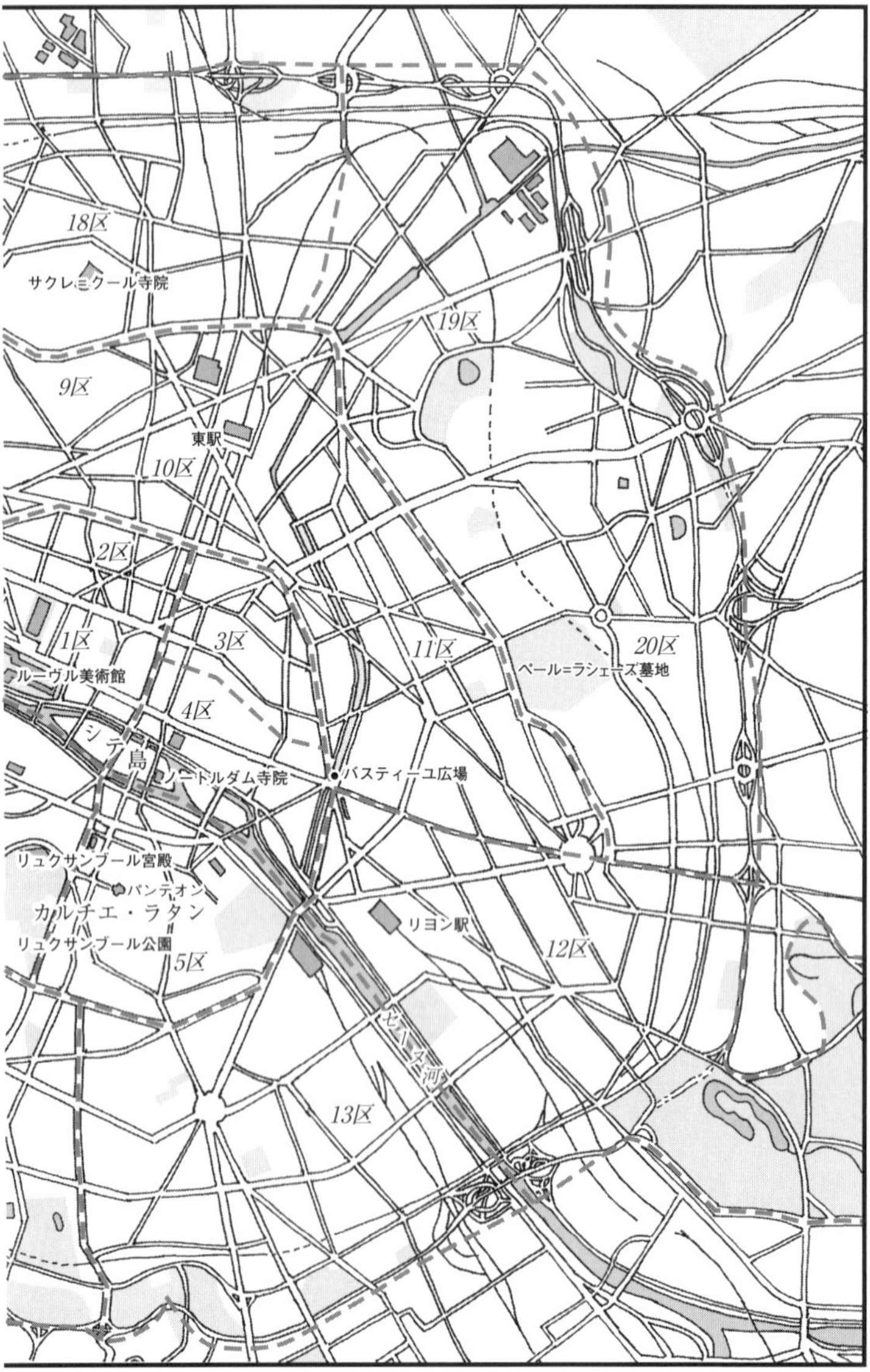
18区
サクレ＝クール寺院
19区
9区
東駅
10区
2区
1区
3区
11区
20区
ルーヴル美術館
ペール=ラシェーズ墓地
4区
シテ島
ノートルダム寺院
バスティーユ広場
リュクサンブール宮殿
パンテオン
カルチエ・ラタン
リヨン駅
リュクサンブール公園
5区
12区
セーヌ河
13区

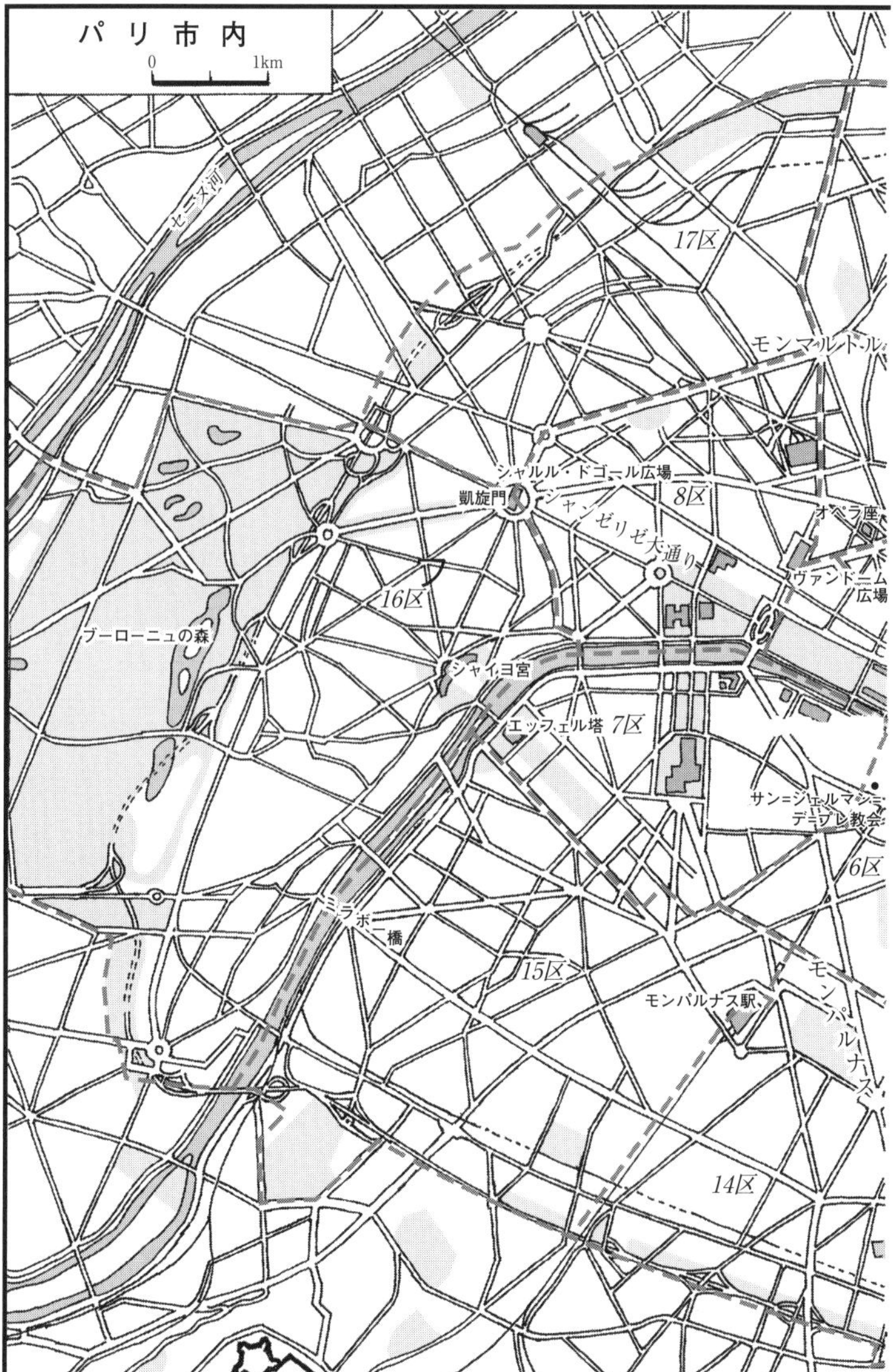


梅本洋一／大里俊晴／木下長宏編著『パリ・フランスを知るための44章』2012年より一部改変

イギリス
オランダ
ベルギー
ドイツ
アミアン
エトルタ
ル・アーヴル
ルーアン
ピカルディー
シャルルヴィル
サン=マロ
セーヌ川
ノルマンディー
パリ
ヴェルサイユ
フォンテーヌブロー
ブルターニュ
カンペール
シャルトル
ラングル
ブザンソン
ナント
シャンボール
ロワール川
ブルゴーニュ
フェルネー
スイス
コンテ
ヴィシー
レ・シャルメット
リヨン
シャンベリ
イタリア
ローヌ川
ボルドー
ガスコーニュ
プロヴァンス
バイヨンヌ
サン=ジャン=ド=リュズ
ラングドック
ニース
トゥールーズ
エクス=アン=プロヴァンス
ペズナス
ユゼス
バスク
セット
マルセイユ
コルシカ(コルス)島
スペイン
フランス国内
0
300km
1/2,145,202
マヨルカ島
サルデーニャ島

フランス文学を旅する60章

目次

## V　コレットからサルトルまで

## VI　ベケットからウエルベックまで……297

# I

## 『トリスタンとイズー』から
## ラ・ファイエット夫人まで

# 第1章 『トリスタンとイズー』の白い帆と黒い帆

## 死と再生の海に溺れて

ノルマンディーからブルターニュにかけて続く荒々しい断崖の上には、真冬でも目に鮮やかな緑の絨毯が広がり、ときどき小さな教会がぽつんと立っている。漁や航海の安全を祈るためだ。それを探すのが車旅行の楽しみだった。

10年以上前のことだが、オランダのユトレヒトでの国際アーサー王学会の帰りに、海岸沿いに西に向かい、ベルギーを抜けてフランスはブルターニュの先端までひたすら車で走ったことがある。距離にして700キロくらいだっただろうか。良く晴れて空気が澄んだ日には、遥か対岸にイングランドが見えた。島というよりは長い陸地のようなものが蜃気楼のように佇んでいた。それから5年後、今度はアーサー王が最後に愛剣エクスカリバーを投げ込ませた池が見たくて、ロンドンからランズ・エンド（地の果て）と呼ばれるイングランドの最西端まで走ってみたのだが、岸辺の光景も、寂れた村々も、また眼下に広がる海と対岸の姿も、そっくり同じだった。

この既視感はもっともなことで、中世ではイングランド側はグランド・ブルターニュ（大ブリテン）、フランス側はプティット・ブルターニュ（小ブリテン）と呼ばれ、同じケルト文化圏に属していた。どちらも霧がくすぶる雨がちの気候で、平原をさ迷うと不思議な池や石の遺跡に突き当たる。いまにも巨人や空飛ぶ竜が飛び出してきそうな気配だ。そういえば、フランスのモン・サン＝ミシェルは巡礼地としてよく知られているが、コーンウォールの先端にもイギリス版モン・サン＝ミシェルが存在することをご存知だろうか。その名もセイント・マイケルズ・マウント（聖ミカエルの山）と言い、12世紀までは仏側の僧院の所有下にあった。どちらも干潮時は歩いて島に渡ることができたが、歩みが遅くて波に飲まれた人も少なくなかったという。

ディエップ近郊の海岸（撮影：Pernette Minel）

イギリスとフランス。今日であれば車に乗ったまま30分強で英仏海峡トンネルを渡ることができる。だが中世では海路で10日から20日を費やした。それでも無事に対岸に辿り着けた者は幸いだ。天候が変わりやすい海洋性の気候で、風も強く、雨も多い。海辺には険しい崖が続き、エトルタのような断崖も少なくない。まだ船の構造も脆弱で風雨に弱く、暗礁に乗り上げて海の藻屑と消えることも少なくなかった。

にもかかわらず、この海峡を命がけで行き来した恋人たちがいた。政略結婚が原則の家父長制社会において、社会的立場を危うくする不倫の恋は本質的に狂気であり、逸脱でしかなかった。そのなかでかなわぬ恋を貫き、苦悶と死のなかに命を昇華させたトリスタンとイズーの物語は人々の心を捉え、悲恋の原型として多くの作品に影響を与えた。

マルク王の甥であるトリスタンは、王の花嫁としてイズーをアイルランドに迎えに行くが、二人は帰路の船上で魔法の媚薬を飲んでしまい、激しい恋に落ちる。イングランドのコーンウォール城では王の目を忍んで必死に逢引するものの、人々の知るところとなる。崖から命がけで飛び降りて逃亡したトリスタン、怒り狂った王によって伝染病患者の穴に投げ込まれたイズーなど、二人の苦労はとても語り尽くせない。ついにトリスタンはイズーを王に返すことを決意し、自らは悄然とフランスのブルターニュに身を引くこととなる。

そこでトリスタンもまた、恩義ある親友の妹と形ばかりの結婚を余儀なくされる。だが愛する人を忘れられるはずがない。ある時負傷して死期を悟ったトリスタンが、最後に一目イズーに会いたいと願うのは当然のことだった。コーンウォールから金髪のイズーを連れ帰るよう親友に頼み、もし彼女が乗っていれば白い帆、乗っていなければ黒い帆を張るように伝える。だがそれを盗み聞きしていた妻は、果たして白い帆を揚げてイズーがやって来たとき、帆の色を尋ねるトリスタンにこう言ったのだった。

「よろしくて、帆は真っ黒ですわ」

トリスタンは絶望し、三度《みたび》愛するイズーの名を呼び、四度目で息を引き取った。一方、遅れて到着したイズーはトリスタンの冷たい軀を目にすると、自分も横たわり、体と体を、唇と唇をぴったりと合わせて、そのまま息絶えた。「私なくしてあなたなく、あなたなくして私なく」の言葉どおり、意思の力だけで死んだのだ。

「人間感情の常に見るその脆さ、いっときもとどまることなく移りゆく幻が受けるきわまりない幻滅、そうしたもののさなかにあって、最初から離れがたい不思議な絆でつなぎとめられ、あらゆる艱難辛苦のあらしにうたれても怯《ひる》まず、引き離され引き離されてもしのび寄り、そしてついには、最後のそして永遠の抱擁の中でかなたに運び去られてゆくトリスタンとイズー……」G・パリス（佐藤輝夫訳）

ブルターニュ半島先端の岩礁（撮影：Emmanuel Minel）

　ブルターニュの岸壁に立って、エメラルドの水面《みなも》と蛇の舌のように這う白波を眺めていると、「会える」という希望と「会えない」という絶望の間で引き裂かれたイズーの焦燥がまざまざとよみがえってくる。傷ついた恋人からの知らせを受けて駆けつけたイズーの船は当初は順風満帆に進み、いったんは陸地を視界にとらえた。一同は歓喜する。ところが突如として暴風雨が巻き起こり、船はまる5日以上も木の葉のように海上を彷徨《さまよ》う。船はぼろぼろになり、屈強な水夫ですら立っていられないほどだった。ようやく嵐が収まったものの、今度は風が凪いでまったく進めない。しかも、上陸用の小舟を失っていた。陸地が見えたときに小船を下ろしたままにしていたため、暴風雨で木っ端微塵になったのだ。

対岸が見えながらも辿り着けない、もどかしさ。それは二人が同じ風景に生きながらも手と手を取り合うことのできない悔しさに通じるものだった。だが二人は怯むこともなく、波をかぶりながら何度も何度も海に飛び込んでゆく。

トリスタンの物語は〈水〉なしには語れない。恋人たちの愛は海の上で生まれた。ケルト文化において水は異界の入り口であり、海は死と再生の場であった。かつて猛毒に倒れたトリスタンは、帆も櫂もない小舟に乗せられて海に流された。それは喪の儀礼だった。だが小舟は偶然アイルランドに辿り着き、王女イズーのもつ不思議な力によって癒された。後にマルクの花嫁として彼女を迎えに来るよりもずっと前の話である。早くに親を失い、主君マルクにも背いたトリスタンにとって定住の地はなく、旅そのものが人生であった。彼が生涯旅した距離は何百キロにも渡るだろう。

海に入るということは、幾度となく死んで、幾度も生まれ変わることだった。流謫によって研ぎ澄まされた魂はますます強く靭《しな》やかになって、永遠の伴侶を求めるのだった。

《横山安由美》

**【読書案内】**

ベディエ編『トリスタン・イズー物語』佐藤輝夫訳、岩波文庫、1985年

# 第2章　シテ島に始まったアベラールとエロイーズの恋

いと高き頂《いただき》を風は吹きまくる

セーヌ川に浮かぶシテ島は、パリの発祥の地だ。ノートル＝ダム寺院の北側からシャントゥル通りに入ってケ・オ・フルール（花の河岸）通りに抜けたあたりに、その家はあった。パリの司教座参事会員フュルベールの家だ。1116年のこと、彼は大切に育てていた17歳の姪のエロイーズに住み込みの家庭教師をつけることにした。選ばれたのは、知性でも美貌でも負ける者のなかった高名な学僧のアベラールだ。しかし、学び舎《や》はいつしか愛のレッスンの場に変わっていた。

学問という名を借りて、私たちは愛にそっくり身をゆだねました。愛が必要とする秘められた隠れ場所を、学問に励むという名目が与えてくれました。本が開かれてはいても、その講読に関することばよりは愛に関することばが交わされ、ことばの意義を論ずるよりは接吻を重ねることのほうが多かったのです。私の手は書物よりも彼女の胸へと伸びたものでした。書かれていることをたどるよりは、愛をたたえた眼を見つめあいました。（沓掛良彦訳）

シテ島の家のドアのアベラールの肖像

19世紀のロマン派の絵画を見ると、本を放り出してうっとりと見つめあう二人と、それを覗き見て衝撃を受けるフュルベールが決まって描かれている。あんぐりと口を開けたもの、眉を顰めるもの、悲哀に満ちたものなど、叔父の表情は様々だ。愛する姪の教養のために高い投資をしたものの、貞操を奪われたばかりか、その後は妊娠させられてしまうのだから衝撃は大きい。「身も世もあらぬばかりに嘆き悲しんだ」叔父にアベラールが結婚を申し出るが、今度はエロイーズ自身が固辞する。

妻という呼称の方がより尊く、面目が立つように思われるかもしれませんが、私にとっては愛人という名の方がいつだってずっと甘美に響いたものでした。お気を悪くされないなら、妾あるいは娼婦と呼ばれてもよかったのです。

結婚などしょせん金銭目当てである。徹底的にアベラールを尊敬する彼女にとって、打算で成り立つ結婚に与することは、むしろ純粋な愛を汚すものだった。彼女は「皇帝アウグストゥスの妃となるよりもあなたの情婦でありたい」と高らかに叫ぶ。だが問題はこじれ、半狂乱になった叔父から避けるためにアベラールは彼女をいったん修道院に避難させたのだが、これが彼女を厄介払いしたとの誤解を招き、悲劇を引き起こしてしまう。

ある朝のこと、絶叫が響き渡った。叔父の差し金によって、彼は就寝中に局部を切断されたのだった。アベラールの家の前には「町中の人が集まった」と伝えられる。その時、自分の肉体的苦痛よりも、人々の悲嘆の声、とりわけ弟子たちの号泣の声が自分を苦しめた、と彼は述懐している。栄光に満ちた自分が人の同情を買う存在になってしまったことが何よりも苦しかったのだ。その後、二人は修道士、修道女となって別々に生きることとなるが、互いへの情熱が止むことはなかった。「肉体を引き離されたために、かえって魂はより固くむすびつき、満たされることを拒まれた愛は、いっそう激しく燃え上がりました。」

アベラールにとってのパリとは何だったのだろうか。そこで彼は、栄光と恥辱、愛と憎しみ、理性と狂気、尊敬と嫉妬、奇しくもそのすべてを「身」をもって体験することとなった。

元来はブルターニュの下級騎士の息子だったが、父の文学的素養を受け継いで、剣ではなくて論理学を武器にして、21歳のときにパリに切りかかっていった。妥協を許さぬ知的で高慢な若者は、師匠としたシャンポーのギヨームと決別し、自らパリ郊外に学校を開いてゆく。学生たちを前に弁証法について熱弁を振るったであろうセーヌ左岸のサント＝ジュヌヴィエーヴの丘には、今でもソルボンヌやコレージュ・ド・フランスなどの学術機関が立ち並ぶ。学生街のカルチエ・ラタンという呼称は、

アベラールとエロイーズの墓

当時の学生たちが日常的にラテン語を話していたことから来ている。学生街の理屈っぽい雰囲気は今なお健在で、ソルボンヌ広場のカフェでは学生たちがエスプレッソやワイン片手に夜遅くまで議論を交わしている。

フュルベールとの一件に勝るとも劣らないくらい熾烈を極めたのが、師や論敵との争いだった。彼の優秀さや大胆さはしばしば裏目に出た。開校の妨害や生徒の奪い合いは日常茶飯事で、ときに異端の疑いで糾弾されたり、自書を手ずから炎に投げ込まされたり、牢獄に幽閉されたりすることもあった。ミサの聖盃に毒を盛られ、暗殺されかけたことすらある。学問の世界は他のどの世界よりも残酷で、嫉妬に満ちている。その勝敗が直接的に知的優劣に繋がるので、当事者も命がけになる。

「嫉妬はいと高きものに狙いを定め、いと高き頂を風は吹きまくる」というオウィディウスの句を引用して、優れた者が妬まれるのは仕方のないことさ、と弁証法の王者はぼやいてみせる。だが、傷つくこともあった。すべてが嫌になることもあった。逃げ出すようにしてトロワの荒れ野に修道院を作ったとき、それに「パラクレ

〈慰める者〉」という名を与えたのは偶然だったのだろうか。その修道院は、後にエロイーズとその配下の修道女たちが受け継いで発展させ、フランス革命の頃まで継続した。

現在、二人の遺体はパリのペール＝ラシェーズ墓地で静かに並んで眠っている。ほかの墓とは離れた一角にひっそりと比翼塚が立っているので、訪れてみたい。

これははるか昔に生きた二人の物語で、墓以外はほとんど何も残っていない。だが二人の交わした書簡が世に残ったおかげで、この稀有な恋人たちは人々に愛され、記憶に刻まれたのだった。ヴィヨンもこう歌っている。

いまいずこ、かの賢きエロイーズ
彼女ゆえにピエール・アベラールは宮せられ
サン＝ドニの僧房に蟄居した
その愛ゆえにこの試練〔……〕
それにしてもかつての雪はいまいずこ？

《横山安由美》

【読書案内】
『アベラールとエロイーズ　愛の往復書簡』沓掛良彦／横山安由美訳、岩波文庫、２００９年

# 第3章　ヴィヨンと鐘の音

## 旅立つ前夜の形見分け

「ひとつ、無慈悲にも俺を捨てた女には、我が心臓を小箱に入れて贈ろう。ひとつ、サン・タマンには酒場の看板、〈白馬〉と〈雌ラバ〉を番《つがい》にして贈ろう。ひとつ、ロベール・ヴァレ殿には俺の股《もも》引《ひき》を贈ろう……」

とうとう最後に　今宵　ひとりで
興じるままに　筆を取り
形見分けを　書き連ねていると
ソルボンヌの鐘の音が　鳴り響いた。
毎夜九の刻に鳴る
天使のお告げの救いの鐘だ。
切り上げて　筆を置くと

心の向くまま　祈った。
祈りながら　我を忘れた。
酒も飲んでいないのに
気分は冴えざえとしていた。

それは狼が風を喰らうクリスマスの夜で、インク壺は半分凍り、蠟燭は消えかけている。凍てつく寒さと夜の静寂のなかで薄れゆく意識を、鐘の音が覚醒させ、清澄にする。その鐘はアンジェラス（天使）と呼ばれ、「主の天使がマリアに〔懐胎を〕告げた（Angelus Domini nuntiavit Mariae）」の一句で始まる祈りが捧げられる。それは学寮の学生たちへの消灯の合図であるとともに、人類にとっての救いの希望の瞬間でもあった。

彼の家はおそらくサン＝ブノワ教会の境内にあっただろう。今のリュ・デ・ゼコール（学校通り）とサン＝ジャック通りの交わる四辻の南西のあたりだ。フランスの守護聖人、聖ドニがこの場所で祈ったと伝えられる由緒ある教会で、19世紀には壊されてしまったが、15世紀当時は「逆向きのサン＝ブノワ教会」と呼ばれて親しまれていた。その呼称は、内陣が西を向いていたことから来ている（通常は東方のエルサレムを向く）。境内はまさ

ノートル＝ダムの大鐘

にソルボンヌの裏手にあったから、鐘の音は遠く響くどころか、真上から降り注ぐように響いたはずだ。

明日にはパリを発って、アンジェに向かう予定だった。もう戻れないかもしれない。道すがら空腹の狼に襲われるかもしれない。強盗に遭うかもしれない。あるいはその強盗と意気投合して仲間になってしまうかもしれない。——このときの逃亡は、窃盗事件との絡みで司直の捜査を逃れるためだったと言われている。フランソワ・ヴィヨンは学問を修めるべき身分だったが、仲間とつるんで酒を飲み、歓楽にふけり、財を蕩尽した。たくさんの悪ふざけもした。

当時の不良学生の心を摑んで放さなかったのが「悪魔の屁（Pet au Diable）」遊びだった。市庁舎近くの老婦人の館の境界石を引き抜いて学生街のサント＝ジュヌヴィエーヴ山上に運び上げ、石を飾り立ててお祭り騒ぎを行った。大きな石が「悪魔の屁」、その後引き抜いた小さな石ころが「悪魔のすかしっ屁」だ。石の前では、奪い取った看板（♂）と看板（♀）の結婚式が執り行われた。ヴィヨンの形見分けの中にも、冒頭の〈白馬〉と〈雌ラバ〉の他に、〈羊〉、〈王冠の牛〉、〈錫杖〉、〈兜〉など多くの看板が登場する。酒場や肉屋の店先に吊るされた看板は路地の目印であるとともに、子どもたちにとっては恰好のおもちゃだった。

石の撤去を巡って警吏側と流血沙汰の争いが生じ、死者も出た。洒落ているのは、不当に拘禁された学生たちの身柄を取り戻すために、パリ大学の総長自らが検察長官の家に出向いて、権力の濫用を批判したことだ。もちろん学生たちは総長に喝采を浴びせた。事の次第を記した『悪魔の屁物語』の本はヴィヨンにとって一番大切な宝物であったらしく、『遺言書』の中で恩人の養父ギヨーム・ド・

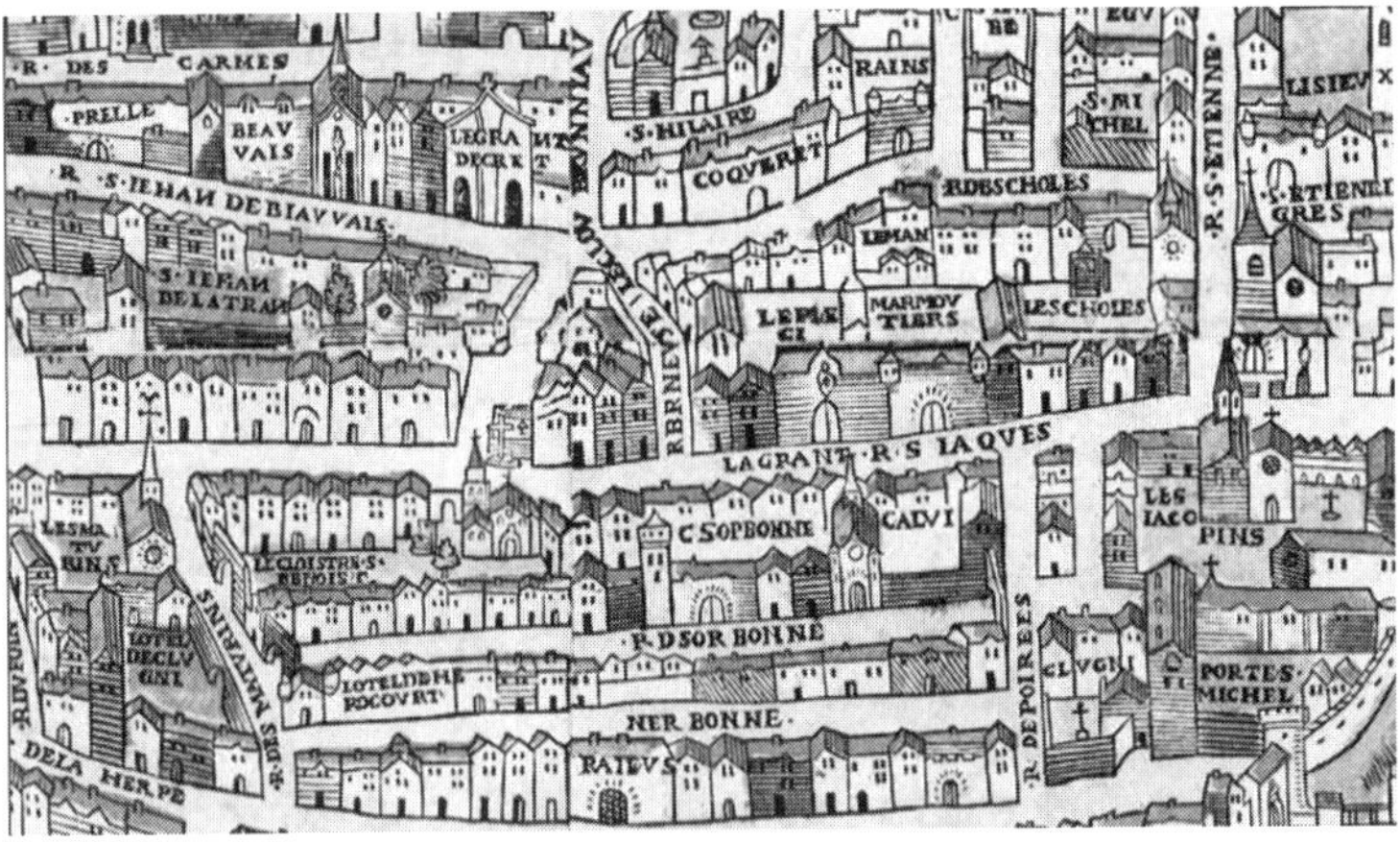

1550年頃のカルチエ・ラタン（アムステルダム自由大学図書館蔵）

ヴィヨンに贈っている（コラム1参照）。

　いろいろ悪さをはたらいたが、「これっぽっちも後悔しちゃいない。」そう豪語する一方で、青春時代に勉強を怠け、学校を休んだことを、「心が張り裂けるほど悲しい」と泣いて後悔する。悪漢を装った善人、傲慢を装った小心者、孤高を気取る寂しがり屋。多情多恨の自我に振り回された彼は、世情には鈍感すぎたが、代わりに自身の悪のなかに壮大な宇宙を組み立てた。ラブレーも、ジュネも、太宰治も——ヴィヨンの子どもたちは至るところに存在する。

　彼特有の死の強迫観念もまた、多くの人に共感された。アリエスの言葉を借りると、中世初期の「飼いならされた死」は姿を消し、人々は制御しがたい「己れの死」と対面し始める。ほかならぬ己れの死だから、暴れたくもなる。足掻《あが》きたくもなる。ふざけたくもなる。

　　俺はフランソワ　駄目な奴です。

『絞首台のバラード』ルヴェ版挿絵（1489年）

ポントワーズの近く　パリの生まれ。
六尺五寸の荒縄で吊るされて
わが頸はずっしりと尻の重みを知る。

絞首台にぶらさがる自分をこう描いている。また彼は言う、「ひとつ、俺の葬式にはガラスでできたあの大鐘を力いっぱい鳴らしておくれ。」ノートル＝ダムの鐘の一つひとつにジルベール、ティボーといった名前がつけられ、パリ市民に愛されていたのだが、ここでは南側の大鐘ジャクリーヌが暗示されている。というのも〈彼女〉は1429年に壊れて、何度か鋳直されているからだ。青銅ではなくガラスとしたのはヴィヨンなりの諧謔だが、そこには儚さの嗜好と壮大な不可能への夢とが読み取れる。長い長い階段を上らねばならないが、今でもノートル＝ダムの鐘楼に上ることができるので、ヴィヨンが思いを託した大鐘たちをぜひ見てやってほしい。ここには、ユゴーの『ノートル＝ダム・ド・パリ』の主人公、醜い鐘撞男のカジモドも住んでいた。

《横山安由美》

**【読書案内】**

『ヴィヨン全詩集』鈴木信太郎訳、岩波文庫、1965年

# 第4章　ラブレー　パンタグリュエルの口の中

## アルコフリバスの冒険

ラブレーの作品の登場人物たちはよく食べよく飲みよく笑うことを身上とするが、同時によく旅もしている。その作品世界は、実在の土地と架空の土地が渾然一体となった、相当に融通無碍なものである。

『ガルガンチュア』（1534頃）の舞台はかなり現実に即していて、ガルガンチュアの故郷であるトゥーレーヌ地方と彼の遊学したパリの間でほぼ完結する。これに対して『パンタグリュエル』（1532）では、パンタグリュエルがパリに着く前にフランス中の大学を遍歴するのはよいとしても、ディプソード人との戦争のために故郷のユートピア国——トマス・モアの『ユートピア』（1516）からの借用である——に帰国する際には、パリからルーアンを経て、オンフルールより出帆、カナリア諸島から喜望峰に至り——ここまではまっとうなインド航路——、そのまま空々漠々たる架空の国々に入り込んでしまう。さらに、パニュルジュの結婚の是非が問題になる『第三の書』（1546）に続いて、『第四の書』（1548）およびラブレーの真作かは議論のある『第五の書』（1562）で、パンタグリュエルとそ

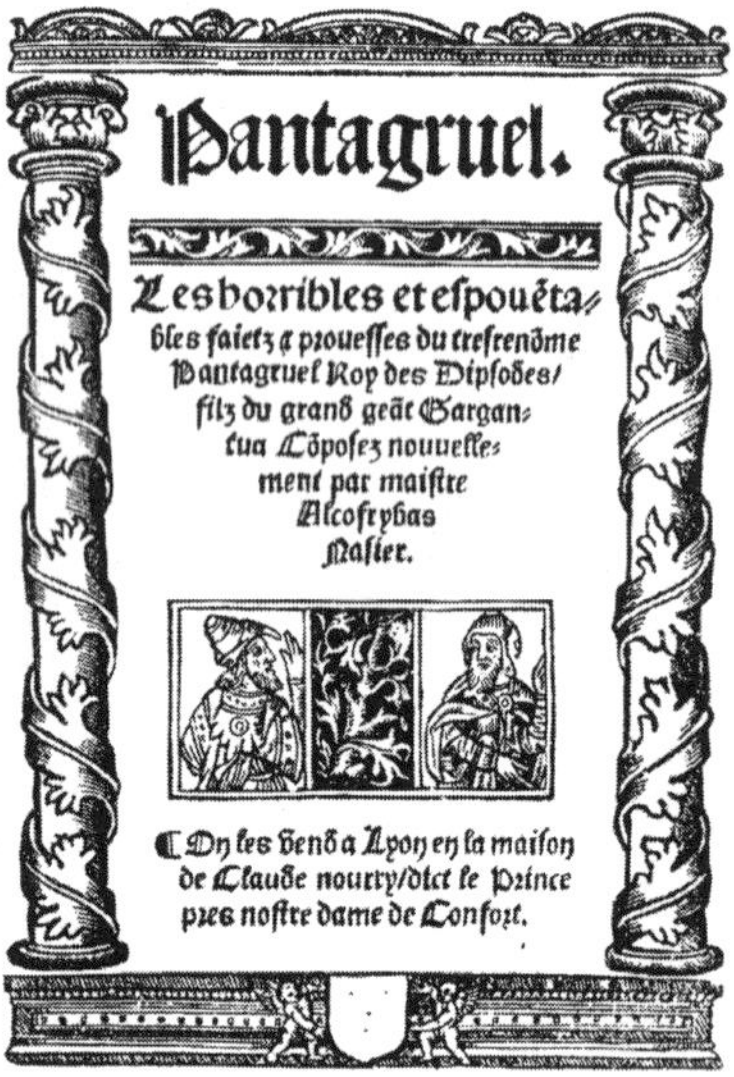

『パンタグリュエル』表紙（リヨン、1532年）

の家臣たちは船に乗り込み、「徳利明神」の神託を求めて奇怪な島々を経巡っている。

　そんな中で異色なのが、『パンタグリュエル』第32章のエピソードである。ディプソード人との戦争も大詰めに近づいた頃、物語の語り手でありパンタグリュエルの家来でもあるアルコフリバス・ナジエ――フランソワ・ラブレーのアナグラム――が、パンタグリュエルの口の中に入りこみ、かれこれ半年にわたって、そこに見出された広大な世界を探索するのである。一連の作品を通してパンタグリュエルの大きさは伸縮自在であるが、口中に一世界を含むほどになるのはこの箇所だけである。

　発想源の一つとなったのはおそらく、2世紀のギリシャの諷刺作家ルキアノスの『本当の話』である（なお、題名とは裏腹に、語り手が真っ赤な嘘だと宣言した上で荒唐無稽な話を繰り広げる作品である）。ルキアノスの場合、大鯨に呑み込まれた一団がその中で陸地や住民を発見し、キプロス人の漂着者たちに与《くみ》して、半身が魚や蟹や海老になった異形の人種と戦って勝利するという話だった。これに対し、ラブレーの場合、現実的な要素と奇想天外な要素の匙加減はだいぶ異なっている。

　パンタグリュエルの舌の上によじ登ったアルコフリバスが2里ほども歩いて口中の世界に到達する

と、そこには巨大な山脈があり、牧場や森があり、多数の都市さえ存在していた。全体では25の王国を擁し、砂漠や海峡もあるというからかなり広い。

この世界で最初に彼が出会ったのは、畑でキャベツを植える男だった。近くの町に売りに行くため、額に汗して働いているという。これも『本当の話』の換骨奪胎ではあるが、ラブレーは巨人の口中という奇妙奇天烈であるべき世界に敢えて日常的な光景を点じて、落差を生んでいるのである。驚いたアルコフリバスが「ここは新世界ですか？」と尋ねると、男は自分のいる世界こそが旧世界であり、外には「新大陸」があるらしいと言う。道中出会った別の男も、外の世界を「別世界」と呼んで憚《はばか》らない。無論これは、アメリカ大陸を「発見」して新大陸と名付け、原住民たちを好奇の目で眺めるような当時の一般通念を転倒しているのである。

フランソワ・ラブレーの肖像（フランス国立図書館蔵、17世紀）

この口中の世界では、現実世界と連続する要素が、巨人の身体に関わる突拍子もない描写や説明と交錯している。アルコフリバスは続いて、「キリスト教徒である善良な人々」の住む町に赴くが、付近でペストが蔓延して何百万もの死者が出ているといって健康証明書の提示を求められる。これ自体はペストがなお断続的に発生していた当時のフランスの状況と相通じるものだが、こちらの世界ではペストの原因が、ニンニク料理を食べたパンタグリュエルのげっぷが胃から上がってきたことだと言って落ちをつけている。

アルコフリバスはさらに口中の各所を経巡る。まず岩山となっているパンタグリュエルの歯の一つに登ると、そこは一種の桃源郷で、美しい運動場や回廊があり、牧場や葡萄畑が広がり、イタリア式の別荘が無数に建っていた。ここが気に入って4ヵ月ほども滞在したあと、彼はパンタグリュエルの奥歯を通りぬけて唇の方に向かうが、道中、耳の近くにある大きな森で山賊に身ぐるみ剝がれてしまう。どうにか辿りついた谷底の村は、眠ることによって金を稼げる場所だったので一息つけた。村のお歴々に事の次第を話すと、「向こう側の連中」は生まれつきの悪党ばかりだと教えてくれた。外の世界で例えばアルプスやピレネーなどについて「山脈の向こう側とこちら側」と言うように、この地では「歯の向こう側とこちら側」を区別するのである。これは蝸牛角上の争いを諷するものではあるが、アルコフリバスがなるほど「歯のこちら側」の方が空気も良いと納得するのを見ると、あるいは「山脈のこちら側」たるフランスを重ね合わせているのかもしれない。

さて、アルコフリバスは頃合を見てパンタグリュエルの顎鬚を伝って肩口に降り、外の世界に戻る。これにはパンタグリュエルも驚いた。アルコフリバスが問われるままに、旅の間の食事はパンタグリュエルが口に入れた物の一部を頂戴し、排泄物は喉の中に垂れ流しましたと報告するのを聞いたパンタグリュエルが呵呵大笑して、このエピソードは終わる。歯の一本一本が山となっているような世界だったのだからこれでは縮尺が合わない気もするが、こうしたことを気にするのは野暮というものである。

この口中世界の存在をさらに印象深いものにするのは、後に続く第33章のエピソードである（第34章は結びの口上なので、これが実質的な最終章である）。ここでは、淋病に罹って苦しむパンタグリュエルの治療のため、人夫たちがブロンズの球に乗り込んで彼の胃の中に入り、そこに溜まった汚物を鶴《つる》嘴《はし》とスコップで掻き出すことになる。これが奏功してパンタグリュエルは病から恢復、一件落着と相成るのだが……だが、彼の口中にあったはずの世界はどこに消えてしまったのだろうか？ラブレーの破天荒な世界に一貫性を求めるのはお門違いではあろうが、アルコフリバスの経巡った口中の一乾《けん》坤《こん》は、出現したのも束の間、キャベツを植える男やペストに苦しむ町々、歯の向こう側とこちら側で隔てられた人々もろとも、忽然と姿を消してしまうのである。

《志々見剛》

**【読書案内】**

ラブレー『ガルガンチュワ物語・パンタグリュエル物語』渡辺一夫訳、岩波文庫、改版1996年、全5冊

ラブレー『ガルガンチュアとパンタグリュエル』宮下志朗訳、ちくま文庫、2005-2012年、全5冊

# 第5章　モンテーニュのスイス・ドイツ・イタリア旅行

## 変化と多様性を喜ぶこと

１５８０年春に『エセー』の初版をボルドーで公刊したモンテーニュは、6月22日、自分の城館を後に、パリを経てスイス、ドイツ、イタリアをめぐる、17ヵ月強に及ぶ長旅に出立した。イタリア遊学に赴く貴族の若者数人（うち一人は彼の末弟）ならびにそれぞれの従者たちを従えた大がかりな旅だった。この顛末については、１５８８年版の『エセー』で増補された「空しさについて」の章での言及に加えて、彼の『旅日記』と言われる著作が伝わっている。これは、元々は彼の秘書の手になる備忘録のようなものだったが、イタリアでこの秘書が何らかの事情で職を辞して以降はモンテーニュ自らがそれを書き継ぎ、しかもその一部はイタリア滞在中ということで戯れにイタリア語で記している。なお、この手稿は、18世紀末にモンテーニュの城館を訪れた地方の好事家が偶然、古い櫃《ひつ》の中から発見したものだったが、原本は間もなく行方不明になってしまった。

モンテーニュは旅を好んだ。

彼にとって一世一代のものだったこの旅行の目的が、痼疾《こしつ》である結石を治療するための湯治だったのか（旅の途次、彼はドイツやイタリアの温泉地を巡り、『旅日記』では湯質や味、服用した量や体の反応などを事細かに記している）、はたまた外交上の密命を帯びたものだったのか（彼は各地の大使や有力者たちと会談し、ローマでは教皇への拝謁さえ許されている）はしばらく措こう。『旅日記』や『エセー』から窺えるのは、彼が訪れた土地ごとの多様な風俗・風習に限りない好奇心を抱き、また、絶えざる変化と動揺のうちにある旅の生活を大いに楽しんだことである。若い同行者たちが旅の労苦に不平を漏らし故国を懐かしんでやまないのを尻目に、モンテーニュは気儘に旅程を取って寄り道するのも引き返すのも厭わないと言い、自由な一人旅であったらイタリアにすぐには向かわずポーランドやギリシャまで足を延ばしただろうにと嘆じてさえいる。旅先で病や死に倒れることもまったく恐れない。「私が旅を企てるのはそこから戻ってくるためでもそれを完遂するためでもない。ただ動き回ることが自分の気に入る間は動き回ろうというのだ。」とはいえ実際には色々な気兼ねを免れえず、別の箇所では、自分の旅行で唯一残念だったのはどこか別の土地に定住してしまうことが許されず、「世間の意を汲んで自分の家への帰還を常に考えねばならないことだ」と漏らしている。

道中の様子はと言うと、いっぱしの観光客のように遺跡や庭園を熱心にめぐったりローマの古跡に感嘆したりもするが、彼の活動はそれにとどまらない。

『エセー』表紙（1588年版）

モンテーニュの肖像（1608年）

ヴァティカン図書館ではウェルギリウスの古写本や中国伝来の書物などを手にして嘆賞するし、ローマ滞在中にはあれこれ骨折って「ローマ市民」の称号を獲得してもいる（「空しさについて」の章ではこの免状を転写し、空しいこととは認めつつも大いに喜んでいる）。宗教的な事柄にも関心を持ち、各所で説教を聞いたり祭礼を見たりするばかりでなく、改革派の集会やユダヤ人の割礼の儀式にも足を運んでいる。ただ、彼自身は穏健かつ敬虔なカトリック教徒であり、聖母信仰で名高いロレートに詣でた際には特に頼んで聖体拝受を受け、自分と妻と娘のために額を奉献している。

日常的な出来事にも旅の妙味が詰まっている。彼は貴族や学者、聖職者から農夫や娼婦まで、旅先で出会う様々な人たちとの会話に興じ、新しい土地に着けば嬉々として地元の料理や習慣を試すのを常としていた。多くのフランス人たちが自国の風習に固執し、他国のものを野蛮呼ばわりして頑なに拒むのは、彼の肯《がえん》ずるところではなかった。「自然は我々を自由で束縛のないものとしてこの世に生んだ。我々は自分で自分をある特定の場所に閉じ込めている。あたかもペルシャの王たちが、コアスペス川の水以外は決して飲まないと自らに課して、愚かにも他の全ての川の使用権を放棄し、彼らの目には世界の残り全てが干上がってしまったのと同じように。」彼はと言えば、「自由自在な体質と世界の誰とでも共通の嗜好」を持ち、何の選り好みもなくあらゆる相違を楽しむことができた。宿の主人が気を利かせてフランス風の料理を出そうとした時には笑って断り、地元の人たちの集うテーブルに勇んで向かっていったというし、デラ・ヴィラ温泉で昼食後に百姓娘を集めて踊りの会を催した際には、「あまり遠慮深く思われないように」彼自身もそこに加わって踊っている。

可能であれば、モンテーニュはこのまま「鞍の上に尻を載せて一生を送り」たかったと言う。だが、この旅行は結局、彼がボルドー市長に選任されたという報を受けて急遽帰国することになり、慌ただしく終わってしまった。

後にこの旅を振り返って書かれた『エセー』の「空しさについて」の章で、モンテーニュは自分が旅を好む理由を改めて考察している。まず挙がるのは、「新奇で未知なものに貪欲な気質」に加えて、家政の雑事や内戦下の故国の紊乱から遠ざかりたいという願望である。だが、ここにはさらに、モンテーニュの人間観・人生観とも言うべきものが反映している。わざわざ旅に出ようとするのは自分の境遇に自足できない愚かさのゆえではないかという指摘に対して彼は、自分は高邁で堅固な知恵など持ち合わせない「低級な人間でしかない」と認めた上で、旅を喜ぶのが「動揺と不決断の証である」のは確かだとしても、実は「これらこそが我々の主要で支配的な性質なのだ」と言う。旅の楽しみは空しいものだが、旧約聖書の『コヘレトの言葉』にあるように、そもそも人間のあらゆる活動や知恵は空しいのである。結局、「人生は物質的で身体的な運動で、その本質からして不完全で無軌道な活動である。私はそれに相応《ふさわ》しいように人生に仕えるべく努めている」のだ。

かくして、旅のもたらす変化と動揺に身を委ね、人間の間に見られる差異と多様性を楽しむことは、あるがままの人間のあり方に即しているのである。別の章で、モンテーニュは次のように言っている。「私は人生の楽しみをこんなにも熱心に、こんなにも格別に搔き抱いていると自慢しているが、仔細に眺めればそこに見出されるのはほとんど風でしかない。だが、だから何だというのだ。我々はすべてにおいて風ではないか。そして風の方は、我々より賢明にも、ざわめき動き回ることを好み、安定や堅固といった自分のものでない特質は望まず、自分の仕事に満足している。」

《志々見剛》

【読書案内】

モンテーニュ『エセー』原二郎訳、岩波文庫、1967年、全6冊
モンテーニュ『エセー』宮下志朗訳、白水社、2005-2016年、全7冊
『モンテーニュ旅日記』関根秀雄／斎藤広信訳『モンテーニュ全集8』白水社、1983年

# 第6章　デカルトと旅

## 「世界という大きな書物」をめぐって

「コギト・エルゴ・スム（我思うゆえに我あり）」の言葉で名高いデカルトだが、その生涯は諸国を股にかけた波瀾に富んだものであった。

若年のみぎり、彼はイエズス会の創設にかかるラ・フレーシュ学院で学業を修め、次いでポワティエに赴いて法学士となった。しかし、書物を読むことに終始する学校での勉学に満足できなかった18歳のデカルトは、そのまま正業に就いてほしいという親の期待をよそに、パリに上って幾年か過ごし、さらにはオランダに赴いてオランジュ公マウリッツの軍隊に身を投じる。後に『方法序説』（1637）で次のように述懐している。「私は自分自身のうちに、あるいは世界という大きな書物のうちに見出されうる学問以外には探求すまいと心に決め、自分の青春の残りを以下のことに用いた。旅すること、諸々の宮廷や軍隊を見ること、様々な気質や身分の人々と交わること、様々な経験を積むこと、運命が私に提供してくれる諸々の巡り合わせにおいて自分を鍛錬すること、そしていたるところで、眼前に現れる事柄に考察を加えてそこから何らかの利益を引き出すこと。」

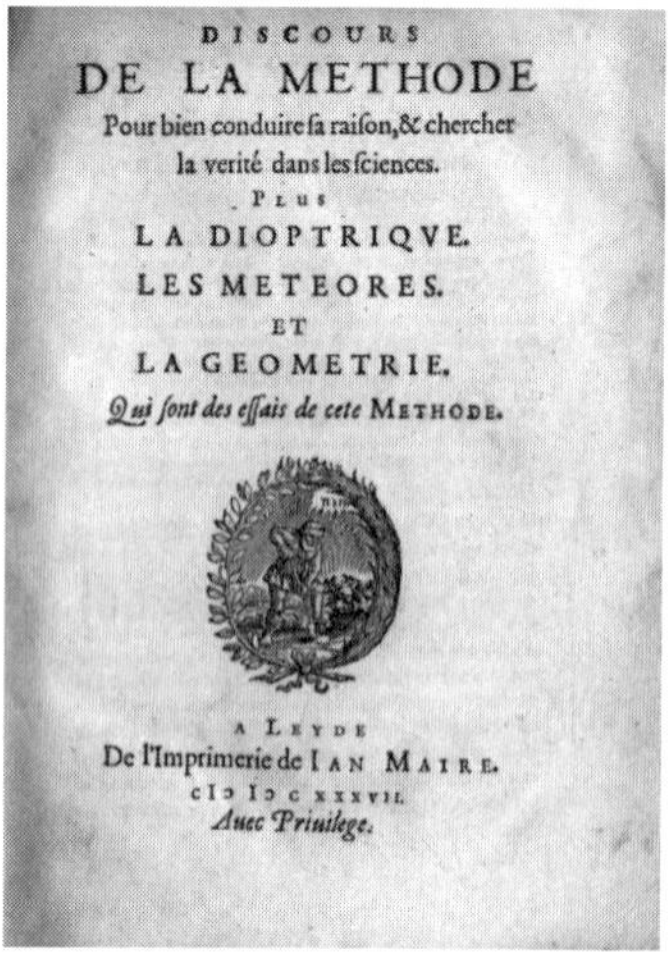
DISCOURS
DE LA METHODE
Pour bien conduire ſa raiſon, & chercher
la verité dans les ſciences.
PLUS
LA DIOPTRIQVE.
LES METEORES.
ET
LA GEOMETRIE.
Qui ſont des eſſais de cete METHODE.

A LEYDE
De l'Imprimerie de IAN MAIRE.
CIↃ IↃ C XXXVII.
Auec Priuilege.

『方法序説』表紙

ただ、軍に入ったとはいっても、当時の情勢は小康状態で、実際に戦争があったわけではなかった。これにあきたりなかったためか、デカルトはその後、三十年戦争の勃発したドイツに向かい、今度はバイエルン公マクシミリアンの軍隊に従う。だが、彼はここにも居つかなかった。1619年の冬にノイブルク（旧説ではウルムだが、おそらく誤り）近郊の炉部屋で俄《にわか》に哲学的な開眼を得た彼は、「人々と交流すること」のもたらしてくれるだろう利益を期待して、冬がまだ終わらぬうちに再び旅に出たのである。以後、デカルトはおよそ9年にわたって、「世界で演じられるあらゆる芝居において、役者であるよりはむしろ観客であろうと試み、世界のあちこちを巡り歩く以外のことはしなかった。」この間の彼の行動の詳細には不明な点も多いが、ドイツやイタリアの各地を遍歴したのは確かなようである。デカルトの最初の伝記であるアドリアン・バイエの『デカルト伝』――これはしばしば虚実のあわいをさまようものだが――によると、デカルトはプラハでの戦闘に従軍し、さらにはハンガリー、ボヘミアからポーランド、バルト海沿岸などを歴訪したという。西フリジアへの海路では、追剝《おいはぎ》しようとする船乗りたちに対して剣を抜いて一喝、どうにか事なきを得たという武勇伝まで収められているが、さすがにこれは眉唾であろう。なお、哲学的な啓示を受けた際にかけた誓願を果たすため、イタリアではロレートの聖母にも詣でている。

　このような長い旅の生活を通じて、デカルトは何を学んだのだろうか？『方法序説』で彼が言うには、旅の一つの利点は、習俗や意見の多様性を身をもって知りうることである。自分にとってどんなに滑稽に見えることでも、別の国では大手を振ってまかり通っていることが多々ある。全てを決するのは前例や習慣に過ぎないのであり、どれが「野蛮で未開」というわけでもない。「同じ精神を具えた同じ一人の人間が、子供の時からフランス人やドイツ人の間で育てられたなら、中国人や人食い人種の間でずっと生きてきた場合とどれほど違ったものになることか。」

　ただ、こうした偶有的な差異をいくら観察しても、そこから何か確実な知識を汲み出すことはできない、とデカルトは言う。それどころか、学校時代に親しんだ歴史書について彼が旅に擬《なぞら》えた上で言うことには、自分と時間的・空間的に隔った風習に触れて自らの偏狭な判断を揺さぶることは有益であるが、「旅することにあまりに多く時間を費やすと、しまいには自分の国で異邦人になってしまう。」ならばむしろ、万人に共通の「良識」や「理性」に従って、確実かつ普遍的な知識を得ようと試みるべきではないか？

ルネ・デカルトの肖像（フランス・ハルス、ルーブル美術館蔵）

　かくしてデカルトは「世界という大きな書物」の研究をひとまず打ち止めにする。１６２５年にパリに戻り、１６２８年にはオランダに身を落ち着けて、哲学の研究に没頭するのである。以降およそ20年間、数度のフランス旅行という例外を除けば――そのうち1647年の旅では、パリでパスカルに会い、真空実験について話をしている――、町から町へと移りながらではあるが、一貫してオランダに居を構えている。

デカルトにはオランダの水が合ったようだ。商業都市においては、人々が専ら自分の商売の問題に傾注しているので、都会の便宜を享受しながら孤独な生活を満喫できたからである。アムステルダムからは、友人であるパリの文人ゲ・ド・バルザック宛に次のような書簡を送っている。「私は毎日、群衆の雑鬧《ざっとう》の間を散歩しますが、それはあなたが並木道を散策なさる時に覚えるのと同じような自由と平穏を伴っています。〔……〕もしあなたの果樹園で果物が育っているのを見ることに、そしてふんだんな豊穣の中にいることに喜びがあるならば、こちらでも、インドで産み出されたりヨーロッパで珍重されたりするあらゆるものをたっぷり運んでくる数々の船の到着を見ることに、それに劣らぬ喜びがあるのだとご承知おき下さい。望みうる限りのあらゆる生活上の便宜とあらゆる珍奇なものを、ここでほど容易に見つけられるようなどんな場所を、他所《よそ》から選べるでしょうか？」（1631年5月5日）

ただ、彼の名声が高まるにつれ、自由で安全であったはずのオランダも次第に住み心地が悪くなってきた。そのためであろうか、1649年の冬、既に50歳を超えていたデカルトは、スウェーデン女王クリスティーナの度重なる招請をついに受け入れて、遠路はるばるストックホルムの宮廷に渡ることを決意する。彼の生前最後の大旅行である。この「岩と氷に囲まれた、熊たちの国」（ブラッセ宛書簡、1649年4月23日）への旅は命がけで、デカルト自身も「旅先で死ぬこともありうる」（ピコ宛書簡、同年8月30日）と覚悟していた。そして、この予感は的中した。ストックホルムに到着して盛大に歓待されたまではよかったが、ただでさえ過酷な冬の寒さに加え、忙しい女王のために早朝の講義を求められたデカルトは、間もなく病に倒れ、１６５０年2月11日、この地で客死したのである。

彼の遺体はストックホルムで埋葬されたが、１６６６年になってパリに移された。ただし、その時、どういう経緯か、頭部が取り除かれていた。１８２１年になって彼の頭蓋骨（とされるもの）がスウェーデンで発見され、現在これはパリの人類博物館に収められている。死してなお、デカルトの旅はなかなか終わらないのであった。

《志々見剛》

**【読書案内】**

デカルト『方法序説』谷川多佳子訳、岩波文庫、１９９７年

『デカルト全書簡集』山田弘明ほか訳、知泉書館、２０１２-２０１６年、全8冊

# 第7章　コルネイユ兄弟と港町ルーアン

## 劇作家の宝庫ノルマンディー

コルネイユと言えば『ル・シッド』（1637）や『舞台は夢』（1635–36）の作者として知られるピエール・コルネイユ（1606–84）のことだ。だが、コルネイユには、19歳年下の弟がいた。弟トマ（1625–1709）もまた劇作家で、当時は兄に匹敵する人気を誇っており、2015年よりクラシック・ガルニエ叢書において戯曲全集の刊行が始まり、再評価の機運も高まってきている。深い愛情で結ばれていたコルネイユ兄弟が劇作家になる夢を育んだ町、それがルーアンである。

17世紀フランスにおいて、ルーアンの河港はセーヌ川を経由してパリと海を繋ぐ交通の要所、貿易の拠点として重要な役割を果たしていた。これに加え、ルーアンの劇場ではパリの役者たちによる公演も行われ、コルネイユ兄弟も幼い頃から演劇に親しんだと考えられる。

モリエールの戯曲『お嫁さんの学校』（1662）に次のような一節がある。「グロ゠ピエールという名前の農民は、ちっぽけな土地しか持ってなかったんだけど、猫の額ほどの土地の周りに溝を掘って、ド・リール〔島〕なんていうご立派な名前に改名したよね」（第1幕第1場）。ド・リールと名のって

デ・ヨング《ルーアンの眺望》（1620年頃、ルーアン美術館蔵）

いたことをからかわれるほどに、トマ・コルネイユは名声を博していたのである。
長い地方廻りを経験してパリに戻る途中でモリエール劇団は、ルーアンのコルネイユ兄弟を訪ねている。パリの演劇界に君臨する彼らの支援をあてにしてのことである。トマ・コルネイユは1658年5月、友人に宛てた手紙の中で、モリエール劇団の二人の美しい女優が訪ねて来るのを待ちかねているとし、この冬彼女らはオテル・ド・ブルゴーニュ座の看板女優と張り合うことになるだろうと述べている。同じ手紙の中で、モリエール劇団が「マレー座と手を結べばいいと思う」とまで書いているが、この思いが実を結ぶことはなかった。ピエール・コルネイユの『ル・シッド』が初演され、トマの『ティモクラート』（1656）が大成功を収めたのもまたこのマレー座であった。今や悲劇の殿堂オテル・

ド・ブルゴーニュ座に戯曲を提供するようになっていたコルネイユ兄弟は、良い思い出のあるマレー座を盛り立てるためにモリエール劇団に力を貸してもらいたいと考えたのだろう。だが、その交渉はどうやら決裂したらしく、以後モリエールとコルネイユ兄弟の関係はぎくしゃくしたものとなる。

モリエールは『ヴェルサイユ即興劇』(1663)で、ルーアンにコルネイユ兄弟を訪ねたときの様子を次のように脚色して描いている。モリエール劇団がルーアンのコルネイユ兄弟を訪ねたのではなく、著名な劇作家であるピエール・コルネイユ自ら「地方から出て来たばかりの劇団に自分の芝居を上演させようと考えて、劇団を訪ねて来る」(第1場)という設定としているのだ。そこで描かれるコルネイユの姿は、モリエール劇団の役者たちの演技にことごとく文句をつける気難しい人物として提示されており、これとの対照効果によって、モリエール劇団の俳優たちの演技がいかに自然なものかを引き立たせる役回りを演じさせられている。モリエールがコルネイユをいかに強く意識していたかをうかがわせる例だが、長い地方廻りを経てパリ演劇界に新風を吹き込むことになるモリエール同様、コルネイユもまた、それまでのパリ演劇界に大きな変革をもたらしたのである。

ピエール・コルネイユがパリの演劇界で成功を収めたのは23歳のときである。ルーアンに巡業したパリの俳優モンドリーは自身の劇団(これが後にマレー座となる)をパリの王立劇団オテル・ド・ブルゴーニュ座に匹敵するものとしたいと思っていたが、それにはこれまでにない斬新な戯曲が必要だった。それを提供したのがコルネイユだったのだ。オテル・ド・ブルゴーニュ座が得意としていた悲劇ではなく、悲劇よりも格下と思われていたが未知の可能性を秘めていたジャンル、喜劇において独自の境地を切り開いてみせたのがコルネイユの第一作『メリート』(1629)であった。それはこれまでの喜劇の常識を打ち破るものだった。若者の恋を老人（父親）が邪魔するという従来のパターンを離れて、若者同士の恋の駆け引きを中心にすえたのである。

ルーアンに暮らしながらも（コルネイユは56歳までこの地に暮らし、弟トマとともにパリに居を移したのは1662年のことであった）コルネイユはパリの若者の心をつかもうと、流行の最先端をいくマレー地区を『法院の回廊』（1632－33）の舞台とする。さらに、本屋、小間物屋、布地屋などおしゃれな店が軒を連ねる法院の回廊を登場させて、そこで恋を芽生えさせる。本屋に立ち寄った男は、布地屋でレースを見せてもらっている女に恋をするのだ（第1幕第6－8場）。本屋の隣に店を構えている布地屋は、その様子に気付き、男が店先を離れた隙に本屋に言う。「あの方は、あなたのお店にあるどんな本よりも、あのお嬢さんにより大きな魅力を感じているようですね。」男は女の後をつけるよう召使いに命じると本屋の店先に戻り、本屋の主人に言う。昔は小説が人気だったのに、今はそうでもないようですね。すると本屋は答える、今人気なのは、戯曲ですよ。これに対して男は言う。「まったくね、今は誰もが劇作家を気取っていますが、四行詩もまともに書けないような人が劇作に手を出しているんですからね。」そこへこの男の友人がやって来て言う。「詩をよくする人は多いけれど、戯曲をうまく作れる人はほとんどいない。」これに対し男は返す。「つまり、君が好きなのはノルマンディーだってことかい？」ここでコルネイユが戯曲（Comédie）とノルマンディー（Normandie）に韻を踏ませていることは、ルーアンを中心都市とするこのノルマンディーで当時いかに演劇が盛んであったかを裏書きするものとして響く。実際、スキュデリー（1601－67）やバンスラード（1613－91）などノルマンディー出身の劇作家たちがパリ演劇界で活躍していた。また、この一連のやり取りには、ノルマンディー出身の劇作家としてのコルネイユの自負がのぞいているようにも思われる。
ところで、『法院の回廊』同様、若者が恋愛遊戯を繰り広げるコルネイユの喜劇『ロワイヤル広場』（1633–34）の舞台となった広場は、現在ではヴォージュ広場となっている。この広場を取り囲む回廊のカフェに座っていると、17世紀にタイムスリップして、コルネイユの戯曲の登場人物にひょっこり出会えるような気がしてくる。

《秋山伸子》

**【読書案内】**

『コルネイユ名作集』岩瀬孝／伊藤洋ほか訳、白水社、１９７５年
『コルネイユ喜劇全集』持田坦訳、河出書房新社、１９９６年

# 第8章　モリエールとペズナス

## ペズナスからコメディー＝バレエへ

モリエールは1645年から1658年までのあいだ地方巡業を行いながら、俳優として、また劇作家としての才能を開花させていった。ロジェ・デュシェーヌによれば、これら巡業地のうち南仏の町ペズナスには1650年、52年、53年、55年、56年とほぼ毎年のように立ち寄っている。このペズナスで、2001年より2009年まで2年に1度の割合で開かれたモリエール国際学会5回のうち3回に参加して発表を行っただけに、この町は私にとってとりわけ思い出深い。活字でしかお目にかかったことのなかった研究者たちに出会い、交流を深めることができたことが、今の私の原動力となっているのは間違いない。

モリエールの巡業地はベジエ、モンペリエ、ナルボンヌ、カルカソンヌなど南フランス以外にも、トゥールーズ、ボルドー、リヨン、ナント、レンヌなど広範囲にわたっており、パリ演劇界で確固たる地位を築いた後のモリエール作品にもその名残が見られる。たとえば、コメディー＝バレエ『プルソーニャク氏』（1669）では、フランス南西部の田舎町リモージュからパリにやって来たという設定のプルソーニャク氏が、さんざんからかわれた挙句に追い返される。そもそもプルソーニャク氏がパリにやって来たのは、ある娘との縁談がもちあがったからなのだが、娘には好きな相手がいる。そのため、若い恋人たちの召使いが奮闘する。プルソーニャク氏を田舎に追い返すための策略として用いられるお芝居で、ラングドック地方の田舎娘のフリをする女や、ピカルディー地方出身を装う女が登場している。プルソーニャク氏を娘婿にしたいと考えている父親の前で、ラングドック地方の女は言う。「あんたが娘をこの人と結婚させようと？ ばってん、言うとくたい、あたしはこの人と結婚しとるとよ。7年前にこの人ペズナスに来たとよ。うまか具合にごまかして、ええかっこするし、とってもよかと人に見えたたい。で、あたしもメロメロになったとよ。それで、この人と結婚することになったたい」（第2幕第7場）。モリエールはここで南フランス訛りを台詞に盛り込んでいるのだが、これを日本語に置き換えることが不可能であることは充分承知の上で、私は博多弁もどきの言葉としてみた。

続いて登場する女は、フランス北部ピカルディー地方の娘のフリをして言う。「ああ！ あんだ、よっくもかけずりまわらせてくれたべな！ もう逃げられねえ。裁判、裁判にかげでやる。すったら結婚はやめさせでやる。これはあだすのおとうちゃんだ、こったらろくでなしはしばり首にしでやる」（第2幕第8場、翻訳では盛岡弁を用いた）。ラングドック地方の女とピカルディー地方の女は互いに譲らず言いつのる。「ペズナスじゅうの人間があたしらの結婚式を見たとよ。」「サン＝カンタンじゅうの人間があだすらの結婚式に出たんだべ。」

プルソーニャク氏は弁護士に助けを求めるが、非常にゆっくり歌う弁護士の歌の直後に非常に早口で歌う弁護士の歌声が続いた後に、「重婚は犯罪、犯罪、首つりの刑」と低い声で言葉をひき伸ばすような調子で歌う弁護士の声に重ねるようにして、もう一人の弁護士が高音部を軽やかに早口で歌う。「文明化され分別のある国民はみんな、フランス人も、イギリス人も、オランダ人も、デンマーク人も、スウェーデン人も、ポーランド人も、ポルトガル人も、スペイン人も、フランドル人も、イタリア人も、ドイツ人も、この犯罪行為には同様の法律を持っている。この件には疑いの余地はない。重婚は犯罪、犯罪、首つりの刑」（第2幕第11場）。リュリの音楽がこの場面の喜劇性を高めている様子は、ミンコフスキのCD『リュリ——コメディー＝バレエ名場面集』やジェローム・コレア率いるレ・パラダンの演奏を収めたCD『モリエールのオペラ——ジャン＝バティスト・リュリの劇場音楽』で追体験することができる。

ペズナスのモリエール像

これ以外にも、プルソーニャク氏を娘婿にと考えている父親をフランドルの商人のフリをして騙すナポリ出身の男が登場したりと、この戯曲には色とりどりの言葉がちりばめられて芳醇なハーモニーを醸しだしている。プルソーニャク氏の治療を任された医者たちが、医学の専門用語を連発してプルソーニャク氏を幻惑したあげくに「甘いハーモニーで笑いを喚起して、この男の気難しい心を和らげ、穏やかにし、なだめる」（第1幕第8場）ことを提案すると、浣腸を手にした男たちが登場して、イタリア語の歌を歌いながら責め立てる。この場面もまた、リュリの音楽との相乗効果で、じつに楽しい場面となっていて、先ほど挙げたCDでも聴くことができる。モリエール自身が演じたプルソーニャク氏は、追手から逃れるため女装までするが、女装を勧めてくれた男の前で身分の高い女性の身ぶりを真似たり、身分の高い女性らしいことを言ってみたりする場面（第3幕第2場）もある。何よりも、プルソーニャク氏その人が、さまざまな人の言葉を次々に再現してみせる能力にたけていることを見せるのである（第2幕第4場）。

『ドン・ジュアン』（1665）においても、農民の方言が効果的に用いられていて、第2幕第1場で許《いい》嫁《なずけ》相手に田舎《いなか》言葉丸出しで話していた女が、次の場面でドン・ジュアンを前にすると人が変わったように上品な喋り方になるという極端な落差が喜劇的効果を生み出している。『町人貴族』（1670）では、哲学の先生に母音の発音を教えてもらい、無邪気な喜びをはじけさせる（第2幕第4場）ジュールダン氏は、「トルコ語」を教えてもらって目を輝かせ（第4幕第3場）、トルコの偉い人「ママムーシ」にしてもらうための儀式に喜々として参加する（第4幕第5場）。最後を飾る「諸国民のバレエ」においては、ガスコーニュ地方の男やスイス人の男が登場するだけでなく、スペイン人やイタリア人の歌もあり、言葉はますます自由な広がりをみせていく。

『スカパンの悪だくみ』（1671）で、スカパンはガスコーニュ地方の方言を駆使して主人を翻弄する（第3幕第2場）し、『病いは気から』（1673）では、主人公を医者にする儀式でラテン語もどきの言葉が用いられるなど、色とりどりの言語がモリエールの作品を彩っていくことになる。地方巡業時代に培った豊かな言語体験があったからこそ、モリエールの作品世界は厚みを増したのであろうし、音楽とバレエ、そして喜劇という異質の言語を自在に組み合わせて独自のジャンル、コメディー＝バレエを生み出し、熟成させていくことができたのではないだろうか。

《秋山伸子》

**【読書案内】**

ロジェ・ギシュメール／廣田昌義／秋山伸子共編『モリエール全集』臨川書店、２０００-２００３年、全10巻

# 第9章　パスカルの『パンセ』

## 「不確実なこと」のために

生まれつき蒲柳《ほりゅう》の質であったパスカルは自ら旅して回ることはなかったし、旅をしたいという欲求もさほどなかった。パリで社交界に出入りしていた時分には、当時の流行としてしばしば交わされる異国への旅行譚に耳を傾けたこともあっただろうが、それが彼に重大な影響を与えたということもない。それゆえ、彼が『パンセ』で旅について語る限られた機会にも、自分の直接の経験に基づいて何かを論じるのではなく、人間のあり方を考える上での一つのイメージとしてこれを用いるのが常である。

『パンセ』は、パスカルの遺稿であった断片的なテクスト群を後になって再構成したもので、完成された作品とは言えず、テクストの取捨選択や配列には様々な見解がありうる。その詳細はしばらく措くが、ただ念頭に置くべきは、本来パスカルが書こうとしていたのが、キリスト教信仰に対して懐疑的ないしは否定的な人士に向けた護教論だったことである。しかもそれは、フランスにおけるジャンセニスムの牙城であったポール・ロワイヤル修道院に近い立場から構想されたもので、人間がいかに惨めな存在であるかを暴露し、その上でキリスト教信仰の正当性と必要性を説得しようというものだった。『パンセ』が旅について言及する際にも、こうした考えが前提となる。

パスカルにとって、そもそも人間が今いる場所を離れて旅をしようと企てることは、それ自体、人間の盲目と悲惨を証立てるものである。とはいえこれは、自分の家での平穏な生活を捨てて不確実で労苦に満ちた旅に出立する者——典型的には、一攫千金を求めて危険な旅に出る商人——を諷するといったホラティウス以来の古典的テーマをなぞるものではない。彼において、事態はより深刻である。「気晴らし」と題された著名な断章で述べられるように、「人間の不幸は、ただ一つのこと、すなわち一つの部屋に落ち着いてじっとしていられないことに由来する」のであり、こうした観点からすると、旅に出ることは、戦争や社交や色恋や狩猟や博打と同様に、自分自身の本源的な惨めさを直視しないために人々が絶えず求める「気晴らし」の一つでしかない。常に何らかの目標を掲げてそのために忙しく立ち働き、喧騒と動揺の中に身を置き、先々の心配や他者への顧慮で心を満たしておくこと。旅とはまさにこのようなものである。

これらの「気晴らし」は、やはり人間の惨めさの表れである虚栄心とも深く関わっている。すなわち、人間は一人でいられないことの裏返しとして、常に他者からの承認に餓えており、他者の感嘆や尊敬、羨望を

パスカルの肖像（ヴェルサイユ宮殿蔵）

得たいと思ってやまない。旅に関しても、「思い上がり」と題された次のような断章がある。「好奇心はだいたいの場合、虚栄でしかない。人が知りたがるのは、それについて話すためでしかない。さもなければ海の旅などしないだろう。それについて何も語らず、見る楽しみだけのために、それをいつか人に伝えるという希望もなしには。」珍しい国に行ったとか、珍しい物を見たとか、その手の事柄は今も昔も恰好の話の種であるし、それが鼻持ちならない自慢話に堕するのも稀なことではないだろう。パスカルによれば、好奇心ないしは知識欲はそれ自体が原罪に由来する人間の邪欲の一つだが、ここではそれがもう一つの邪欲である優越欲ないしは支配欲と結びついているのである。

だが、このように人間の惨めさを事実として摘示して終わりとはならないのが、『パンセ』の議論の一筋縄ではいかないところである。

パスカル曰く、旅にせよそれ以外の「気晴らし」にせよ、空しいものだとあげつらって得意になるのは、半端な知識人の通弊である。「現象の理由」というファイルに収められたある断章で彼は、「獲物よりも気晴らしや狩りを」選ぶこと、「不確実なことのために働くこと、航海すること、板の上を渡ること」は、豪奢な外見や身分や財産に敬意を表することなどと並んで、民衆の「極めて健全な意見」だと言う。パスカルが想定するのは、蒙昧を脱するに従って正と反とが反転していく「螺旋階段」である。民衆は確かに自分の意見がなぜ正しいのかを知らないのだが、半端な知識人がこれを嘲笑するのに対し、真の知識人は「背後の考え」を理解した上で民衆と同じように振舞う。知識よりも敬虔さを重んじる人は信仰の光の下に改めてこれらの空しさを見て蔑むが、完全なるキリスト者は地上のどんな狂愚にも神の命令を認めるゆえにこれらを従容《しょうよう》と受け入れる、という具合である。

さらにパスカルは、逆説的ではあるが、人間が「不確実なこと」のために行動しているということ自体にキリスト教信仰を人に受け入れさせるための論拠を見出した。彼曰く、アウグスティヌスは人々が「不確実なことのために海上や戦場で働いている」という事実を不可解だと指摘するだけで、ついにそのような行動の根拠となっている「分配の規則」――これはパスカルの用語で、不確実な状況下で最善の選択を導いてくれる合理的な規則を指し、究極的には所謂《いわゆる》「賭け」の断章にあるようにキリスト教信仰を受け入れるか否かに関わる――を発見できなかった。これに対し、パスカルは言う。「もし確実なことのためにしか何もしてはならぬなら、人は宗教のために何もすべきではないだろう。宗教は確実ではないからだ。だが、どれほど多くのことを人は不確実なことのためにしているだろうか。海の旅や戦闘。だから私はこう言おう。何も確実ではないのだから、まったく何もすべきではないはずだ。そして、我々が明日の日を見ることよりも宗教の方により多くの確実さがあるのだ。」敷衍《ふえん》すれば、我々は明日の日を見ないことが確かにありうるにもかかわらず、明日を当てこんで旅や戦争を企てている。これに対し、宗教が存在しないと確言することはできない。それゆえ「分配の規則」に従えば、いずれにしても不確実なことのために働かねばならない以上、宗教が存在すると認めるほうが道理に適っているのだ。

このようにパスカルは、人々が実際に「不確実なこと」のために危険を冒して旅に出ているという事実から出発して、様々な文脈に即して旅（特に船旅）のイメージを用いている。そしてこれは、『パンセ』の核心をなすいくつかのテーマと結びついているのである。

《志々見剛》

【読書案内】

パスカル『パンセ』前田陽一／由木康訳、中公文庫、1973年、2018年改版

パスカル『パンセ』（上・中・下）岩波文庫、塩川徹也訳、2015-2016年

# 第10章　ラ・ファイエット夫人と運命の舞踏会

光煌《きら》めくルーヴル宮

ルーヴルといえば、パリ観光の中心地、ルーヴル美術館を思い浮かべる人が多いだろう。ガラス張りのピラミッドから入り、地下で長い行列に連なってチケットを買う。「モナリザ」や「サモトラケのニケ」を探して歩き回るが、なかなか見つからない。それでいて、人だかりを覗いてみたら不意に出会ったりする。そのうちに古代オリエントの部屋や大量の18世紀絵画の部屋に迷い込み、そろそろ力尽きてくる。

ルーヴルの起源は、12世紀に建造されたセーヌ河畔の要塞にあり、シュリー翼の地下には当時の剛堅な遺構が今でも残されている。対岸のネールの塔とともに、川から侵入する異民族を防いでいた。その後要塞から城館へと改築され、改修や増築が繰り返されてゆく。賢王と呼ばれ、学識の深かったシャルル5世は塔の一角に図書館を作らせた。15世紀に製作された『ベリー公のいとも豪華なる時禱書』には、ルーヴル宮とセーヌ川を背景に農耕に勤しむ庶民が描かれている。17世紀にヴェルサイユに宮廷が移るまで、ルーヴルはしばしば王宮として機能し、王侯たちの美術コレクションを蔵したが、

『ベリー公のいとも豪華なる時禱書』に描かれたルーヴル宮

公共の美術館となったのは18世紀末のことだった。

ラ・ファイエット夫人の『クレーヴの奥方』は今のシュリー翼がまだ4分の1の大きさだった頃、そしてアンリ2世の最晩年の豪奢で雅やかな気風が息づいていた16世紀を舞台にしている。ロレーヌ公の婚約を祝うルーヴル宮での舞踏会のこと、偶然一対の男女が互いを知らぬままに一曲を踊ることとなる。その瞬間人々はどよめき、あまりの美しい光景に感嘆する。透き通るような白い肌とブロンドの髪、そして端正で優美な顔立ちのクレーヴ夫人は完璧な美と気品を兼ね備えていた。一方のヌムール公もまた、イングランド女王との縁談が舞い込むほどの高貴な美青年で、憧れの的であった。曲の切れ目で相手を探していた夫人を見て、国王がたまたま到着したばかりの公爵を相手として指差したわけだが、二人は互いの姿に陶然とし、身を寄せ合って踊るうちに深い恋に落ちたのだった。一言も交わすことなく。

だがクレーヴ夫人は、母親の勧めで謹厳なクレーヴ公と結婚したばかりだった。表面的には穏やかな夫婦の日々が続く。だが、「恋においてはあまり愛さないことが、愛されるための確実な方法である」というラ・ロシュフーコーの箴言どおり、妻が淡白であればあるほど、クレーヴ公は激しく妻を愛し、のめりこんでゆく。夫には誠実かつ正直でありたいという思いから、妻は好きな人がいることを告白するが、公は苦悩のあまり、ついには高熱を発して死んでしまう。

夫亡き今、愛する人と一緒になれるはずだった。ヌムール公もそれを望んだが、夫人は頑なに拒み続ける。目を涙でいっぱいにして、こう言うのだった。

「どうして婚約する前にあなたと出会えなかったのでしょう、あるいは、どうして自由の身になってからあなたと出会えなかったのでしょう。」

運命の舞踏会が、なぜあの時であって、それより前でも、後でもなかったのか。人生には、そういう決定的な瞬間、あるいは、魔の刻というものがある。——人生半ばにして突如襲われる恋の誘惑をフランス語では「真昼の悪魔（démon de midi）」というが、まさに白昼の煌めきならぬ宮殿の煌きのなかに、悪魔は昂然と現れたのだった。

あれほどヌムール公に惹かれていたのに、どうして彼女は拒んだのだろうか。人は古風だとか貞女の鑑《かがみ》だとか言って称えるが、それは少し違うと思う。では夫への罪悪感からか、それともヌムール公の愛のうつろいやすさを危惧してのことか。心理小説の第一人者ラ・ファイエット夫人が仕掛けた最大の謎解きがここにある。

それを知りたくて、フォリオ版のテクストを片手に、クレーヴ夫人の道のりを辿ってみたことがある。最初は、クレーヴ公が彼女を見初めたパリの宝飾店だった。ヴァンドーム広場の高級宝石店メレリオ・ディ・メレーに面影を求めてショーウィンドーを覗いてみる。次は彼女が結婚式を行い、奇しくもその数ヵ月後にはヌムール公との出会いを果たした、あのルーヴル宮だ。そのままメトロ1番線を

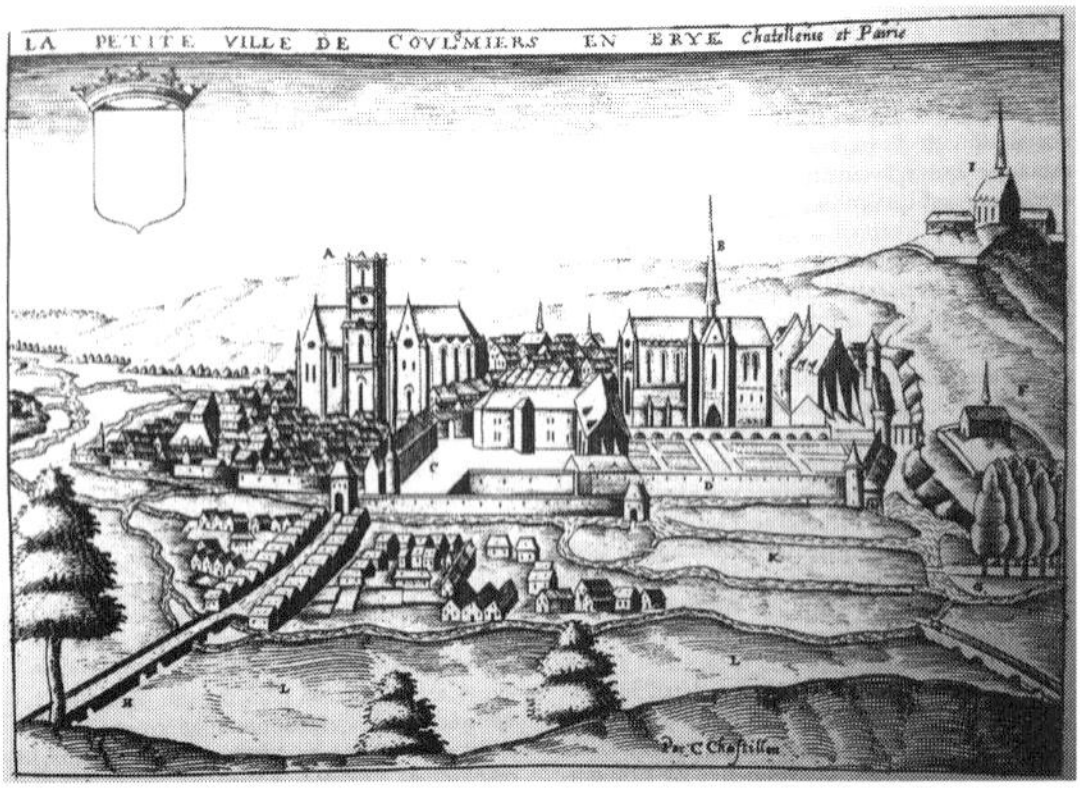

1600年頃のクロミエ（クロード・シャスティヨン画）

東に行けば、ヌムール公が競技会で柱に激突して落馬し、クレーヴ夫人が思わず取り乱して公にとりすがったバスティーユがある（既に馬場は無いが、王宮の馬と騎手たちを見たければヴェルサイユ宮殿の大厩舎に行くとよい）。その場に居合わせて妻の姿を見ていたクレーヴ公は、胸の張り裂けるような思いだったに違いない。次に、夫への告白をヌムール公が庭で盗み聞きしてしまうクレーヴ家の別荘は、パリ郊外のクロミエという静かな町にあるのだが、ブリー系のチーズの名産地で、チーズの名前にもなっている。王妃の前でクレーヴ公とヌムール公が鉢合わせするのはシャンボール城で、前者が病に倒れたのはブロワの町だ。これらのロワール川沿いの地域は風光明媚で、ルネサンス期には多くの王侯の城館が立てられた。その一つひとつで気も狂わんばかりの愛憎劇が繰り広げられていたことを、まさに実感する。そういえば、人とすれ違わずに昇降できる、シャンボール城の二重螺旋階段は、王妃と王の愛人が鉢合わせしないように作られたそうだ。

静かに煌めく大河の川面を見ていたら、クレーヴ夫人という女《ひと》の輪郭が少し定まってきた。どれほど想いが激しくとも、それが永遠の愛であると信じることができなかったのは、聡明さのせいだろう。

どれほど渇望しようとも安易な恋の成就を求めることができなかったのは、矜持のせいだろう。すべては自分の心との対決だった。

そもそも「舞踏会」とは何だったのだろう。それは祝宴の余興であるにとどまらず、人が匿名の男と女になって出会いを果たす場所であり、また同時に、人々の視線に晒され、価値づけられる場でもあった。そう考えたとき、舞踏会のもつ社会的機能はきわめて大きく、『ボヴァリー夫人』を初めとする多くの文学作品が描く理由も頷けるような気がした。

ところでヌムール公は、あの舞踏会で究極の相手と巡り合えたのだけれども、面白いことに、その後は大の「舞踏会嫌い」に変貌してしまう。ここにも明晰な自己分析があった。

愛する者にとって舞踏会ほど耐え難いものはありません。とりわけ片思いの人間にとって、意中の方が人に取り囲まれているのを見るのはなおさら辛いものです。なぜって、彼女が賞賛されればされるほど、片思いの自分がみじめに思えてきます。美しさに惹かれてまた新しい恋敵が生まれやしないかと、いつもびくびくしなければなりません。もっとも、舞踏会で意中の方を見るのも辛いことですが、自分が行けない舞踏会にその方が来ると知ったときも、同じくらいに辛いのですよ。

《横山安由美》

**【読書案内】**

ラファイエット夫人『クレーヴの奥方――他2篇』生島遼一訳、岩波文庫、1976年

**コラム1**

## 青春のカルチエ・ラタン
### 中世・ルネサンスへの小さな旅

中世からルネサンスのカルチエ・ラタンを少しだけ歩いてみよう。セーヌ左岸は通称「大学」、向学心に燃える若者たちが各地・各国から集まった。そこには、オックスフォードやケンブリッジの「カレッジ」と同じく、いくつもの「学寮（コレージュ）」があった。「学寮」は奨学金を得て学びに来る若者たちの宿舎で、たとえば1331年創立のブルゴーニュ学寮は、ブルゴーニュ出身の貧しい学生20人を収容していた。時代がちがうけれど、松山から上京して東京大学予備門に入学した正岡子規が、「常磐会寄宿舎」(旧伊予藩の施設) に暮らしたことを想起すればいい。やがて各学寮は、競うようにして有力な教師を抱えて、授業も行うようになる。16世紀なかばのパリには、こうした学寮が49も存在した (ほとんどがカルチエ・ラタンにあった)。

パリ大学は、出身地別に4つの「国民団 (ナシオン)」――学生自治会みたいなもの――に分かれていた。地元パリ出身者や、南仏・イタリア・スペインの学生は、最大の「フランス国民団」に属し、その「礼拝堂」はナヴァール学寮にあった。揺籃期の大学にはまともな校舎も、机も椅子もなかったらしい。文芸学部は「フワール通り (街)」にあったのだが、〝fouarre〟は「麦わら」、通り (のおんぼろ教室) での授業のときに、座席用の「麦わら」を売っていたことにちなむ。ダンテの『神曲』「天国篇」、トマス・アクイナスが、師アルベルトゥス・マグヌスを筆頭に12人の賢者の紹介をおこなう。しんがりをつとめるパリ大学教授のスコラ哲学者シジェールについてこうある。「さて（中略）、ひとり残されている光は／（中略）シジェールの永遠の光だ。彼はフワール街で講義中に／三段論法で真理を証《あか》し、嫉《ねた》みを買った。」大学の原点が青空教室に近いものであったことを肝に銘

旧フワール通り界隈

じよう。まさしく青雲の志を抱いた若者が集まっていたのだ。きれいな校舎と豪華な設備があれば、知性や教養を涵養できると思ったら、大まちがいだ。なお、この界隈は、現在も古いパリの雰囲気が残っていて、心がなごむ。

学生は、今も昔もいたずら好き。ラブレーが描いた、フワール通りでの悪ふざけを紹介する。パリ大学に遊学した巨人パンタグリュエルはパニュルジュというトリックスターと出会って一目惚れ、彼をお供にする。このパニュルジュというのが、文芸学部の先生たちとすれちがえば、「挨拶がわりに、（中略）帽子がわりのたれ布に、うんち玉《エストロン》を入れる」という悪太郎。ある日、教授連中がフワール通りに集まるという情報を入手した。パニュルジュは、「ニンニク、ゴムの樹脂、（中略）ほかほかうんちを混ぜて、ブルボネ風のタルトを作り」、「夜明け頃に、石畳にくまなく、ぬるぬる、べたべたっと」なすりつ

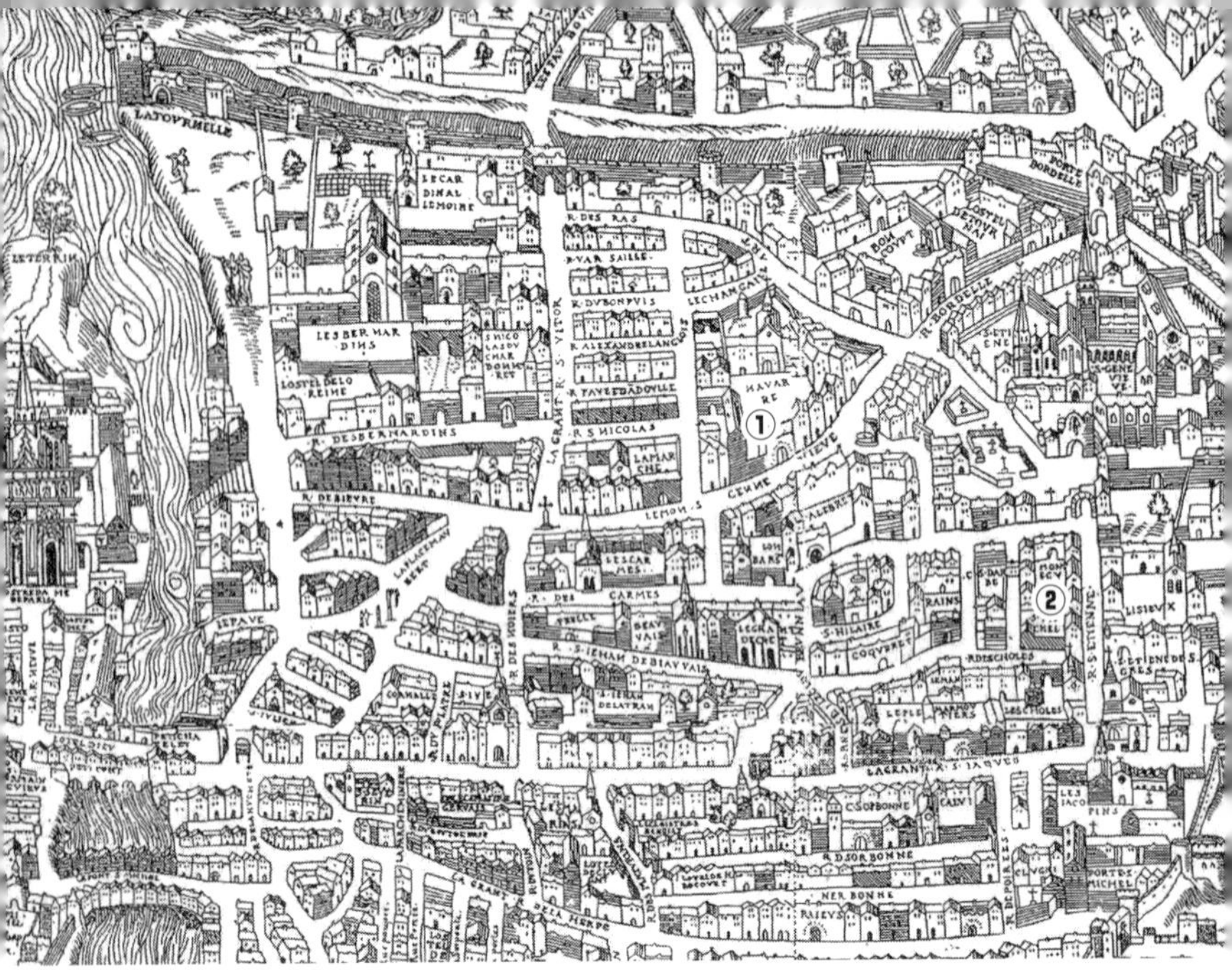

16世紀半ばのパリ（p.29に同じ）

けた。おかげで教授連中は、すってんころりんして、げろげろっと吐きまくり、「あげくのはてに、一〇人ないし一二人がペストであの世行き」になったという。ラブレーならではのスカトロジーと誇張法だけれど、同様のいたずらをした連中もいたのでは。

フワール通り界隈を離れて、モンターニュ＝サント＝ジュヌヴィエーヴ通りの坂道を上っていくと左側が「ナヴァール学寮」（古地図、中央①。中庭に〝NAVARRE〟とある）。フィリップ四世の妻ジャンヌ・ド・ナヴァールが１３２２年に設立し、「ソルボンヌ学寮」と並んで神学の拠点だった。パニュルジュは、この学寮のあたりでも、いたずらを実行する。夜警の一団が坂を上がってくる頃合いをみはからい、大八車を坂の上から転がして、「夜警団の連中をひとり残らず、ブタみたいに地面にひっくり返して」、やったぞと逃げていったのだ。学生たちは、逆に、坂の上まで持ち上げる悪ふざけもしている。15世紀半ば、シテ島にあった通称「悪魔の屁(Pet au Diable)」と呼ばれた巨大な石を、わざわざ丘の上まで運び上げたのだ。警察がこれを元の場所に戻すと、奪い返したりして、ついには裁判沙汰になった。このいたずらにおそらく一枚噛んだヴィヨンは、『遺言書』で、育ての親のギヨーム司祭という大恩人に、『悪魔の屁』の物語を遺贈している(『遺言書』八八)。ただし、『悪魔の屁』という作品は未発見だ。物語は架空、虚構の虚構なのでは？

　ナヴァール学寮の「フランス国民団」の礼拝堂に保管されていた、パリ大学神学部の教授・学生たちの金に目を付けたのが不良学生のヴィヨンであった。仲間たちと学寮に忍びこみ、宝物箱を壊して金を奪った。ところがやがて、おしゃべりな見張り役のせいで、犯行が露見する。口の軽いこの男ギー・タバリーは、『遺言書』には、なぜか『悪魔の屁』の筆耕として出てくる。かくして「悪魔の屁」事件とナヴァール学寮事件とが交叉、謎は深まるばかりである。

　ところで、現在、パンテオンが屹立するサント＝ジュヌヴィエーヴの丘の北側にあるサント＝ジュヌヴィエーヴ図書館は、その昔エラスムスが寄宿した「モンテーギュ学寮」(古地図、右②。〝MONT. ECV〟で、記念のプレートがある。ユマニストの王者は、学寮のあまりに厳格な規則に耐えきれずに一年足らずで退寮、後年、こう告白する。「三十年以上も前のことになるが、おれはパリに住んでいた、ある学寮に寄宿してな。(中略)だがね、おれとしては濁った体液にやられた五体と、無数のシラミ以外、なにひとつちょうだいしないで帰国したわけさ。(中略)かちかちの固い寝床に寝かせ、まずい食い物をけちけち食わせ、徹夜徹夜の詰めこみ教育なんだな」(二宮敬訳)。

モンテーギュ学寮の記念プレート

エラスムスを私淑するラブレーだって、負けてはいない。ピクロコル戦争で、巨人ガルガンチュアが櫛で髪をとかすと、敵の砲弾がばらばら落ちてきた。すると父親のグラングジエが、「おまえはモンテーギュ学寮のシラミ鳥をご持参かいな。あのようなところに住んでほしくはなかったんじゃ」と反応するのだから。

やがてパリの「学寮」は次々と消えて、『ゴリオ爺さん』の「ヴォケール館」のような下宿屋にその役目を譲る。では、最後の学寮を訪ねてみよう。サント＝ジュヌヴィエーヴ図書館のとなりの「サント＝バルブ学寮」（古地図では〝C. S. DARBE〟と誤記）がそれだ。イエズス会の創設者ロヨラや、日本にキリスト教を伝えた

サント＝バルブ学寮

ザビエルの学舎として名高い。このサントﾞバルブ学寮から移籍した教授陣のおかげで、一躍フランスに誇る教育機関となるのが、ボルドーのギュイエンヌ学寮で、この新設の学寮に入ってきたのが、ラテン語を母語として育ったミシェル少年、のちの『エセー』の作者なのである。A・ドレフュス、「国境なき医師団」の創設者B・クシュネールなどを輩出して、サントﾞバルブ学寮は、なんと1999年まで存続したという。

「学寮」をめぐる「小さな旅」。たまには羽目を外してもいいけれど、学生の本分はやはり勉強、ヴィヨンだって悔やんでいる。「おれはわかってるんだ／あのでたらめな青春時代にしっかり勉強していれば／家を持って、柔らかいベッドに眠れたのにと。／なのに、なんたるざま！　おれさまは不良少年みたいに／学校を避けていた」（『遺言書』二六）。　《宮下志朗》

**【読書案内】**

ダンテ『神曲』「天国篇」平川祐弘訳、河出文庫、2010年

ラブレー『パンタグリュエル』宮下志朗訳、ちくま文庫、2006年

ラブレー『ガルガンチュア』宮下志朗訳、ちくま文庫、2005年

エラスムス「対話集」渡辺一夫編『世界の名著17』二宮敬訳、1969年

# II

## ラシーヌからバルザックまで

# 第11章　ラシーヌとヴェルサイユ祝祭

## もう一つのオペラの夢

ヴェルサイユ宮殿と庭園は、太陽王ルイ14世が後世に残した最大の遺産とみなされている。1661年、宰相マザランの死後ルイ14世は親政を開始するが、これとほぼ時を同じくしてヴェルサイユ宮殿と庭園の本格的造営にも着手した。そこで王が催した祝祭は、宮廷人たちによる馬上槍試合あり、モリエール劇団が演じる芝居あり、豪華な宴ありの総合的な祝祭であった。ルイ14世治下でヴェルサイユにて行われた三大祝祭は1664年、1668年、1674年のものである。1674年7月から8月の6日間にわたって繰り広げられた祝祭の初日を飾ったのが、キノー台本、リュリ作曲のオペラ『アルセスト』であり、3日目にはモリエール台本、シャルパンティエ作曲のコメディー＝バレエ『病いは気から』（1673年初演）が登場している。音楽劇『ヴェルサイユの田園詩』（祝祭2日目）、1672年初演のキノーとリュリの音楽付き牧歌劇（といっても、モリエールのコメディー＝バレエの名場面集という側面の強い）『愛の神とバッカスの祭典』（4日目）と、音楽劇優勢のなかで、祝祭5日目にラシーヌの『イフィジェニー』が初演された。

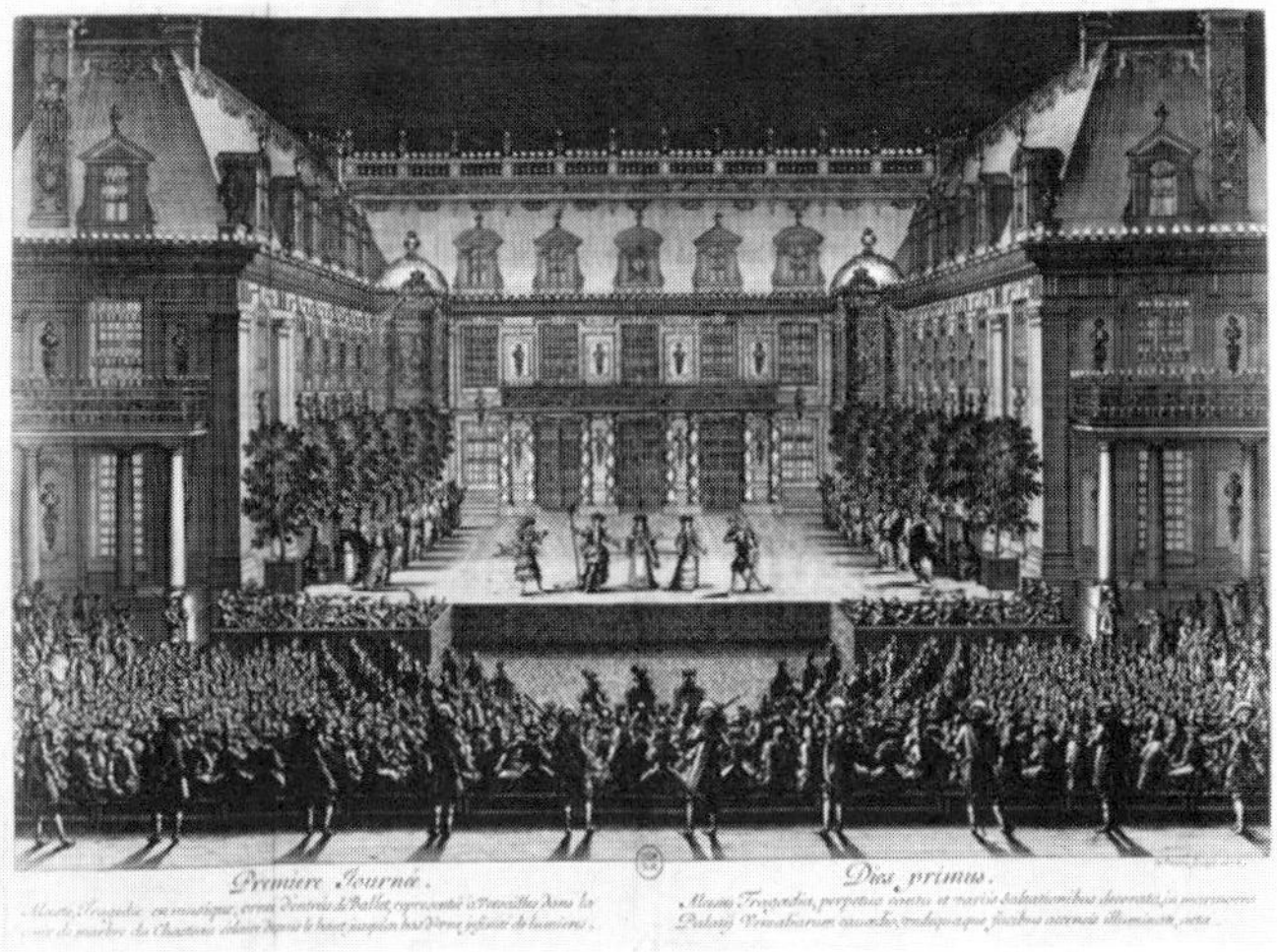


1674年のヴェルサイユ祝祭における『アルセスト』（ル・ポートル画）

この悲劇には明らかに、リュリのオペラに対する対抗心がうかがえる。1674年1月、リュリとキノーの2作目のオペラ『アルセスト』が宮中で上演され、大好評を博していたのである。ラシーヌは、あえて同種の主題に挑戦し、独自の美意識を発揮することで、リュリとキノーが「音楽悲劇」と銘打っていたオペラに対して、悲劇の優位性を示そうとしたと考えられる。『イフィジェニー』の「序文」において、ラシーヌはリュリのオペラ自体には一言も触れることなく、リュリのオペラのモデルともなったエウリピデスの悲劇こそ自分の悲劇のモデルであるとし、「エウリピデスはきわめて悲劇的であった、つまり、憐みと恐怖の感情を見事に呼び起こす術を知っていたのだが、この二つの感情こそが、悲劇が喚起すべき真の効果なのである」と述べている。

ジョルジュ・フォレスティエは、おそらくは『アルセスト』に対する反駁として書かれたと思われる『イフィジェニー』を「崇高な反オペラ」

として位置づけている。なるほど、17世紀フランスに誕生した新しいジャンル、フランス・オペラは、悲劇作家ラシーヌの競争意識をかきたてずにはおかないほどの人気を獲得していくことになる。セヴィニェ夫人が、娘への書簡において『アルセスト』に対する王の熱狂ぶりを語っているほどである。

ラシーヌが『ベレニス』（1670）の序文において表明した美意識「悲劇の喜びのすべてとなるあの荘厳な悲しみ」とは一味違う美意識がリュリのオペラを支配していることはたしかだ。古典悲劇とは違って、台詞に繊細なニュアンスを盛り込むかわりに、音楽の力によって、台詞だけでは作り出すことのできない抒情を生み出しているのだから。フランス・オペラが目指した方向にあえて抗《あらが》うことでラシーヌは独自の境地を切り開き、傑作『フェードル』（1677）が生まれることになる。

言葉の力だけで情景をありありと描き出し、イポリットの壮絶な死の場面、そしてこれを悲しむアリシーの姿さえも登場人物の語りの力で喚起して、ラシーヌは観客の胸を打つ。けれど逆説的なことに、フランス古典悲劇の最高峰ともされる『フェードル』はオペラへの道もまた切り開いていく。ペルグラン台本、ラモー作曲のオペラ『イポリットとアリシー』（1733）ではむしろ若い恋人たちの恋に焦点が合わされ、ラシーヌの悲劇では描かれなかった場面を大きな見せ場とする。狩りの女神ディアナの木立で愛を誓うイポリットとアリシーの前に怪物が現れ、イポリットは果敢に立ち向かおうとしてアリシーの目の前で炎と煙に包まれ姿を消す。だが、ディアナの介入によりイポリットの命が救われたことが（『フェードル』においてイポリットの命を奪った張本人である）海神ネプチューンによって明かされる。若い恋人たちは再会の喜びを歌いあげ、ディアナの祝福の下に結ばれる。

『フェードル』（第3幕第3場）のヒロインの台詞は、1692年生まれで1730年、37歳の若さで謎の死を遂げ、毒殺されたのではという憶測を呼んだ女優を主人公とするスクリーヴとルグーヴェの戯曲『アドリエンヌ・ルクヴルール』（1849）を経由してイタリア語に移されて、コラウッティ台本、チレーア作曲のオペラ『アドリアーナ・ルクヴルール』（1902）の重要な一場面（第3幕）を構成することになる。コメディー・フランセーズの女優アドリアーナは、ブイヨン公の館で催された宴の席で『フェードル』の一節を演じてもらいたいというリクエストに応えて朗誦する。

ああ！ 今日私は何ということをしてしまったのか！
夫がもうすぐここに姿を見せる、王子とともに。
道ならぬ恋の炎をその目で見たあの人は
私がどんな顔をして父を迎えるか観察することだろう。
胸がふさぐ。あの人はこのため息に耳を貸しもしなかった。
この目は涙にうるむ、つれないあの人に拒まれて。
テゼの名誉を大切に思うあの人が、
この身を焦がす熱い想いを父親に暴かずにおくかしら？
父であり王であるテゼへの裏切りをそのままにしておくだろうか？
私をおぞましいと思う気持ちを抑えておけるかしら？

ここでアドリアーナは、ライバルがわざと落とした扇を拾いこれを優しく丁重に手渡す恋人の姿を見て感情を抑えきれずに、続く一節を用いて、夫のある身でありながら、恋人に言い寄ろうとしたライバルへのあてこすりをする。

あの人が口をつぐむとしても無駄なこと。この過ちは私自身が知っている。
エノーヌ、私はあの種の恥知らずな女たちとは違うのです。ああいう女たちは、
そう、罪の最中にありながら平然と心の平安を味わい、
顔を赤らめることなど決してないのです。

と言いながら、アドリアーナは客席の恋のライバルを手で指し示して挑発し、その復讐を呼び込むことになってしまう。

『フェードル』ばかりではない。『イフィジェニー』もまた、グルックによるオペラの題材となり『オーリードのイフィジェニー』(1774)として生まれ変わった。ヴェルサイユの祝祭において「音楽なきオペラ」として登場したラシーヌの悲劇は、オペラとして新たな生を受け、私たちの喜びをさらに大きなものとしてくれる。

《秋山伸子》

【読書案内】
ラシーヌ『ラシーヌ戯曲全集』（1・2）伊吹武彦／佐藤朔編、人文書院、1964-1965年
ラシーヌ『フェードル・アンドロマック』渡辺守章訳、岩波文庫、1993年

# 第12章　ヴォルテールと寛容の精神

フェルネーの長老

フランス歴代の偉人が眠るパンテオンの回廊を歩いてゆくと、ヴォルテールの棺が見えてくる。その墓碑には、「彼は無神論者や狂信者と戦った。彼は寛容の精神を吹きこみ、封建制の隷属に対して人権を要求した。詩人にして歴史家、哲学者であった彼は、人間精神を気高くし、人間に自由であることを教えた」と書かれている。彼の生涯を簡潔に要約するならば、まさしくこのようになるだろう。

よく知られたヴォルテールという名は本名ではない。彼の本当の名前は「フランソワ＝マリー・アルエ」。彼は1694年に、パリの公証人フランソワ・アルエとその妻マリー・マルグリットの間に生まれた。しかし、フランソワ・アルエは本当の父ではない。ヴォルテールはさる近衛騎兵とマリー・マルグリットの間にできたといわれる不義の子だった。

腺病質で体が弱く、私生児という十字架を背負って生まれてきたヴォルテールだが、ルイ・ルグラン校でのコレージュ（中等教育機関）時代からすぐにめざましい才能を発揮、頭角をあらわし、数々の詩によって社交界で次第に認められてゆく。とりわけ彼の名声を確実なものにしたのは悲劇だった。

当時、観劇は最大の文化的な娯楽であり、パリなどの都会に住む人々は皆、貴族から下層民まで演劇に熱狂した。コルネイユやラシーヌの例からも分かるように、戯曲によって名声を博すということもしばしばあった。１７１８年、20代半ばに「コメディー・フランセーズ」で上演された韻文悲劇『エディプ（オイディプス）』はすぐに人気をさらい、その後も彼は格調高く韻を踏んだ端正な詩行によって、劇作家としての地歩を確かなものにしてゆく。わたしたちにとってヴォルテールは『哲学書簡』や『カンディード』の作家という印象が強いが、当時の人々にとってのヴォルテールは、まず何よりも『ザイール』『アンリアッド』といった不朽の名作を書いた劇作家だった。

ヴォルテールは、才能に富んだ多くの人物がそうであるように野心的で、出世と儲けの話にはとにかく貪欲だった。30代の頃のこんな逸話が残っている。友人の数学者ラ・コンダミーヌが、とある会食の席で宝くじを使った儲け話を持ち出した。ちょうどその頃、フランス政府が国債を買わせようと宝くじを主催していたのだが、その一回分のくじを全て買い占めると、くじの購入費用を賞金額が上回る確率の方がずっと高いというのだ。ヴォルテールとラ・コンダミーヌは裕福な友人たちに働きかけ、くじを買い占めてその利益を山分けした。一回分買い占めるごとに、１００万リーヴルという莫大な収益が手に入った。結局、そのことが明るみに出て政府から訴えられるが、違法な行為は何もなかったため、政府も手を引かざるを得なかったという。彼はそれによってはじめてまとまった財産を得られ、生計を立てるための文筆業からは手を引いて、自分の好きなものを自由に書くことができるようになった。その後も、彼は高利貸しや投資によって財産を着実に殖やし続ける。

また、キリスト教の教義の批判者、要職にある人物を風刺詩で批判する危険人物として当局からマークされていたヴォルテールは、二度もバスティーユに投獄されるという憂き目にあっている。イギリスに亡命するという条件で二度目の投獄から釈放され、フランスに戻ってきた後も、彼は常に投獄と逮捕を恐れ、パリから離れた安全な土地を探すようになる。

現在もフェルネー城は残されている（改修中）
（提供：David Bordes/Centre des monuments nationaux）

言論の自由がないフランスに不満を持ち、自由思想に理解を示すプロイセン王フリードリヒ2世をたよって渡った新天地でも、彼は次第に王と不仲になり、最後は逃げ帰るようにしてプロイセンからフランスへたどりついた。真の自由を手に入れるためには、権力から距離を取らなければいけないと気づいたヴォルテールは、どの国の権力からも介入を受けないような土地を探しはじめる。ジュネーヴ近郊に居を構えるなど紆余曲折の末、彼が1759年に終の住処として選んだのはフェルネーだった。フェルネーはフランス領ジェクスの小さな村だが、サヴォワ公国やジュネーヴ共和国に隣接する国境にあたり、身の危険が迫れば、フランス王権の及ばないそれらの国にいつでも逃げ込めた。そこに目をつけた彼は、ありあまる財産でその土地を買い取り、フェルネーの領主となる。

吝嗇で知られるヴォルテールだが、貧しい寒村だったフェルネーに住む人々の生活の向上に尽力し、投資を惜しまなかった。

フェルネーの前でたたずむヴォルテールの版画

教会を再建し、沼地を干拓し、土地の改良に取り組む。最新の農具を取り入れ、各地から様々な産物を輸入した。老体ながら時には自らも畑仕事に精を出したヴォルテールは、土地の人々から慕われたという。姪でもあり愛人でもあったマリー・ルイーズと一緒に暮らした彼は、小さな建物を劇場に建てかえ、演劇好きの姪を喜ばせた。時には自分の書いた劇の役を演じてみせることもあったという。

ヴォルテールはフェルネーを保護しただけではない。彼は狂信によって迫害された全ての人々の代弁者でもあった。１７６１年、トゥールーズの布商人ジャン・カラスが子殺しの罪に問われ、拷問の末処刑されるという事件が起きる。プロテスタントだったカラスが、息子のカトリックへの改宗を妨げようと彼を殺害した、というのだ。しかし、この疑いはプロテスタントに悪意を持っていた狂信的な住民の流言に過ぎず、完全な冤罪だった。当初はカラスの有罪を信じていたヴォルテールは、次第にこの判決に疑いを抱き、やがてカラスの無罪を確信するに至る。そして、各国の王や宮廷の権力者に働きかけ、１７６３年には『寛容論』を出版してカラスの無罪を訴えた。この『寛容論』で彼は、狂信カラス事件の嫌疑がいかに証拠薄弱で状況的にあり得ないかを説明し、古代の歴史から遡って、狂信の恐ろしさとその過誤とを仔細に論じている。ヴォルテールの尽力の甲斐あって、１７６４年、国王顧問会議はもとの判決を破棄し、翌年、カラス無罪の最終判決が下された。その後も彼は、同様の様々な事件について、フェルネーから無数の手紙をやり取りして、狂信や権力の犠牲になった人々の命と名誉を救おうと力を尽くし続ける。更に、権力者や狂信的な聖職者から迫害されていた啓蒙思想家や百科全書派の人々を手厚く支援した。彼が「フェルネーの長老」と称されるゆえんである。

ヴォルテールは、自分の名声や立場のためと見れば、時には権力者にすり寄ることも辞さず、自分が敵と見なした相手には、誹謗文書での容赦ない攻撃もためらわなかった。名誉と金と女性を愛し、病身がゆるす限りこの世の快楽を味わうリベルタン（放蕩者）でもあった。しかし、その裏にある、人間を愛し、理性による進歩と寛容な精神の広まりを信じた、ヒューマニスト・ヴォルテールとしての一面も忘れてはならないだろう。フェルネーに住み始めた頃から、彼は「卑劣なものを粉砕せよ（Écrasez l'Infâme）」を略した「Ecr. l'Inf.」という文字を手紙の署名に添えるようになった。卑劣なものとは不寛容と迷信にほかならない。この怒りは、人類の幸福を心から願うヴォルテールの祈りの真率なあらわれと見ることもできるだろう。『寛容論』の最終章「神への祈願」は、「自分たちが兄弟なのだということを、全ての人類が思い出せますように！」から始まる段落で結ばれているのだ。

《安田百合絵》

**【読書案内】**

ヴォルテール『寛容論』斉藤悦則訳、光文社古典新訳文庫、２０１６年
ヴォルテール『ヴォルテール回想録』福鎌忠恕訳、中公クラシックス、２０１６年

# 第13章 『マノン・レスコー』とパリの夕暮れ

## 恋人のいない街角

　恋に落ち情熱に駆り立てられるとは、すなわち手ひどく道を踏み誤ることである。少なくとも、シュヴァリエ・デ・グリュとマノン・レスコーのケースが鮮やかに示すのはそうした事実だ。名家の息子デ・グリュは、アミアンの学校（コレージュ）を卒業し、折り紙つきの優等生としていまやアカデミーで勉強の仕上げをしようとするところである。「それまで異性のことなど考えたこともなかった」と述懐するまじめな彼なのに、マノンを一目見てたちまち「恋の炎を燃え上がらせ、我を忘れてしまった。」うぶで世間ずれしていなかったため、かえって大胆な行動に踏み切ってしまったのか、情熱の力に突き動かされるがままに、デ・グリュは以後、敢然として進むべき道を誤り続ける。その結果、むやみな移動と唐突な旅の繰り返しが『マノン・レスコー』の特徴となる。

　マノンと出会ったとき、デ・グリュはまだ17歳。親の意志で修道院に入れられようとしていたマノンは、彼よりもなお年下だ。その二人は初めて会った直後にはもう、一緒に逃げようと計画を立て、翌日実行に移す。アミアンからパリのサン＝ドニまで約１３０キロ、今ならば車や列車で1時間半の距離である。だが何しろ18世紀初頭のこと、早朝馬車で発った二人は「ひたすら先を急いだ結果、夜になる前にサン＝ドニに到着」した。つまり12時間ほどかかっている。馬車の速度は車よりはるかに遅い。この時代、いわばどんな旅でも長旅だった。そして、もし互いに離れ離れになってしまったなら、ふたたび出会うまでの距離もまた、ひどく遠く思えたことだろう。デ・グリュは恋するマノンと一瞬たりとも別れては生きていけないと思いつめている。ところが、彼女と相思相愛の幸福に浸る平安な時間は、デ・グリュにはほとんど与えられない。二人の暮らしが安定した基盤を得たように思えるときも、彼らの足元ではすでに波乱の種が芽を出している。マノンは絶えず逃れ去り、デ・グリュはそのあとを懸命に追い続ける。

サン＝ドニ経由で初めてパリにやってきた二人は、「V通り」で家具付きのアパルトマンを借りる。パリ中心部のヴィヴィエンヌ通りを示すというのが定説である。これはかつて日本の人文系留学生が必ずその門を潜った学問の聖地、フランス国立図書館旧館の所在地だ。17世紀から18世紀にかけては、大富豪の屋敷が軒を連ねるお屋敷街で、財務総監コルベールが住んだのもここだった。小説ではアパルトマンの窓辺にたたずんでいたマノンを、近所に住む色好みの「徴税請負人」——当時最高の収入を誇る役職——が見初め、デ・グリュから奪い取ってしまう。V通りは若い二人がひっそりと暮らすにふさわしいところではなかったのである。

いったん別れたのち再会、復縁した二人は、シャイヨに隠れ住んで、今度こそ静かな生活を送ろうとする。シャイヨといえばセーヌ川をはさんでエッフェル塔と向かい合う、トロカデロ宮のあるところ。トリュフォーやゴダールが青年時代に通い詰めたシネマテークがあったのもここで、ヌーヴェルヴァーグの熱気を偲んで、われら留学生もせっせと通ったものだ。しかし、この物語のころはまだパリ市外のひなびた村だった。田舎暮らしに満足できなくなったマノンのために、デ・グリュはパリ市内にも家を借りる。おのずとパリのほうに重心が移り始めたときに、シャイヨの留守宅が火事で焼け、カップルは財政的に追い詰められる。デ・グリュはいかさま賭博に手を染めて大金を稼ぐが、その金をそっくり召使たちに持ち逃げされ、いよいよ二人は落ちぶれていく。

そうやって両者が転々とする場所のうち、当時のままを保っているところは皆無に近い。たとえば、デ・グリュが一時マノンを諦めて神学を学んだサン＝シュルピス神学校の建物は、大革命の際に取り払われてしまった。同教会前の広場がその跡地だ。彼がいかさま賭博で荒稼ぎをしたトランシルヴァニー館は、現在はフランス国立美術学校（ボザール）の敷地内である。デ・グリュやマノンが閉じ込められた監獄もすでにない。とはいえ、この作品がパリ小説としての魅力に富んでいることもまた確かなのだ。それは茫然と、傷心を抱えてパリの街を行く主人公の姿が、街のざわめきを背景に描き出されているからである。

その点でとりわけ印象的なのは、コメディー・フランセーズ（当時はパレ＝ロワイヤルではなくサン＝ジェルマン＝デ＝プレ界隈、今日の旧《アンシエンヌ》コメディー通りにあった）前の夕暮れではないだろうか。マノンに横恋慕した貴族の息子が、家や大金と引き換えに愛人にならないかとマノンに言い寄ってくる。申し出に乗ったふりをして金を巻き上げようとマノンが思いつき、デ・グリュも渋々賛成する。作戦はこうだ。マノンが男と会い、金を受け取ったうえで演劇を見に行きたいと男にねだる。幕間に口実を作り外に出て、コメディー・フランセーズ前で待つデ・グリュと落ちあい、すぐそばに待たせてお

サン＝タンドレ・デザール通り

いた馬車に乗って一緒に遁走する。完璧な計画のはずだった。ところが約束の時刻にデ・グリュがコメディー・フランセーズ前に行ってみると、マノンの姿はない。まだ劇場内にいるのかと切符を買って入場し、桟敷席をうかがってみるがやはりいない。焦燥と不安に駆られながら、デ・グリュは待たせておいた馬車に戻る。すると御者が、美しい女性がお待ちですよという。きっとマノンだ！　ところが馬車の中にはなぜか、見たこともない若い娘が待っていて、マノンから託されたという手紙をデ・グリュに渡そうとするではないか。

異様で奇怪な展開だが、人々のざわめく劇場前の夕べの活気と、そのなかで悄然と佇むデ・グリュの姿の対比が胸を打つ。彼が馬車を停めておいたのはサン＝タンドレ・デザルク通り（現在のサン＝タンドレ・デザール通り）。古本屋もあれば老舗名画座もあり、カフェやレストランもいろいろあって、日暮れ時ともなれば活気あふれる、心弾む通りだ。この通りで夕刻を過ごすたび、ぼくはふとデ・グリュ青年の茫然自失を思い出す。するとあたりの賑わいがひときわ身に沁みる心地がする。マノンかと思いきや赤の他人だったというこの事件は、〝分離恐怖〟にさいなまれるデ・グリュにとって決定的なトラウマとなった。やがてマノンがアメリカのヌーヴェル・オルレアン（＝ニューオリンズ）に流刑になると決まったとき、デ・グリュは彼女とともに喜んで大西洋を渡っていく。どんな苦労が待っていようと、別れ別れになるよりはずっとましなのだ。かくして、恋の情念が人を思いもよらぬほど遠くまで彷徨《さまよ》わせる次第を、アベ・プレヴォはみごとに描き出したのである。

《野崎歓》

**【読書案内】**

アベ・プレヴォ『マノン・レスコー』河盛好蔵訳、岩波文庫、初版１９２９年
アベ・プレヴォ『マノン・レスコオ』青柳瑞穂訳、新潮文庫、初版１９５６年
アベ・プレヴォ『マノン』石井洋二郎／石井啓子訳、新書館、１９９８年
アベ・プレヴォ『マノン・レスコー』野崎歓訳、光文社古典新訳文庫、２０１７年

# 第14章　ルソーとレ・シャルメット
## 自然が育んだ愛の至福

ジャン＝ジャック・ルソーというと、ホッブスやロックと並んで「社会契約説の提唱者」というイメージを抱いている読者も多いに違いない。じっさい、『人間不平等起源論』『社会契約論』などのルソーの政治的な著作は、現在の政治思想のなかでもなお枢要な地位を占めている。

しかし、彼の活躍はそれだけにとどまらない。ルソーの小説『新エロイーズ』は、当時としては驚異的ともいえる数の読者を獲得し、18世紀最大のベストセラー小説とも称される。また彼の作詞・作曲したオペラ『村の占い師』も大ヒットし、国王ルイ15世の前で御前上演されるほどの成功を博した。さらには、子どもの教育に大きな変革をもたらした教育書『エミール』、近代的な自伝の祖とされる『告白』をも執筆し、多くの分野にまたがって巨大な影響を残した。

ルソーは、実はフランス人ではない。彼は１７１2年に、スイスのジュネーヴ共和国に生を享けた。生まれてすぐ母が亡くなったため、ジャン＝ジャックは時計職人だった父イザークに育てられる。ところがある日、喧嘩騒ぎを起こしてジュネーヴにいられなくなったイザークは、我が子を残してジュネーヴ近郊のニヨンに逃亡。わずか10歳の幼いジャン＝ジャックは、親戚の家や寄宿舎、徒弟奉公先を転々とする。そして15歳のとき、徒弟奉公先の親方の手ひどい扱いに耐えかね、行くあてもないままジュネーヴを飛び出してしまう。それからスイス、フランス、イタリアを行き来する、彼の放浪の日々がはじまるのである。

波乱万丈な彼の青少年期は、こうして見ると決して静穏で幸せな日々だったとはいえない。頼れる身寄りもなく、故郷から遠く離れて生き延びなければいけなかった彼は、生涯で一度も正規教育を受けられなかった。当時の知識人の多くが、若い頃にコレージュや大学といった教育機関で青春を過ごし、研鑽を積んだのとは対照的である。彼はたった一人で勉強し、彼らにも劣らない知識と多芸多才とを身につけたのだ。

そんな「独学者」ルソーをつくりだした背景には、彼の生来の読書熱があった。自伝『告白』の記述を見てみよう。「母は小説類を残してくれていた。父とわたしはそれを夕食後に読むようになった。最初は、楽しい本で読む訓練をするというだけの話だったのだが、すぐにその興味は非常に激しいものになっていったから、わたしたちは交代に休みなく読み継ぎ、読書に夜を過ごすようになった。本の終わりまで、決して読むのをやめることができなかった。ときには、朝になってツバメの声を聞くと、父は恥ずかしそうにこう言うのだった。「さあ、寝に行こう。お父さんはお前より子供だねと。」」

幼いジャン＝ジャックは父イザークと本を読みふけり、小説や古代ギリシャ・ローマの偉人伝に熱狂した。こうした読書で自分の性格や人生観が培われたのだと彼は述懐しているが、彼の博覧強記の素地もまた、この読書体験にあったに違いない。

もうひとつ、特別な体験が彼の自己研鑽を後押しした。運命の女性、ヴァランス夫人との出会いである。1728年、15歳でジュネーヴを飛び出したルソーは、ポンヴェールという名の司祭を訪ねる。そこで彼は「とても慈悲深いご婦人」を訪ねるよう、司祭から勧められる。当時厳格なプロテスタントの国だったジュネーヴ共和国の外には、彼らをカトリックに改宗させようと画策する多くの司祭たちがおり、ポンヴェールもその一人だったのだ。この「とても慈悲深いご婦人」こそが、のちにルソーの庇護者となるフランソワーズ＝ルイーズ＝エレオノール・ド・ヴァランスである。夫のもとから逃亡してサヴォワ公国（現在のフランス・サヴォワ地方）でプロテスタントからカトリックに改宗し、サヴォワ公の庇護下にあったヴァランス夫人は、サヴォワ公国内のアヌシーに居を構えていた。ルソーは彼女を訪ねてアヌシーまで赴き、そこで運命の出会いを果たしたのだ。

アヌシーでヴァランス夫人とルソーが初めて知り合った場所。金の柵が巡らされ、二人の出会いが記念されている

そのときの印象を、彼は『告白』にこう記している。

「わたしは何を見たことだろうか！　わたしはひどく不愛想な、信心に凝り固まった老婆を思い描いていた。ポンヴェール氏のいう親切なご婦人とは、わたしの意見ではそれ以外のものではありえなかったのだ。しかし、わたしが見たのは、魅力に満ちた顔だち、優しさいっぱいの美しく青い眼、まばゆいばかりの顔色、うっとりさせるような胸の輪郭。」

ヴァランス夫人も若く利発なジャン＝ジャックのことが気に入り、彼はその後、アヌシーの夫人宅に身を寄せるようになる。そこで二人は、単なる恋愛とは違う特別な関係を結ぶ。ルソーはヴァランス夫人を「ママン」と呼び、彼女はルソーを「プチ（ぼうや）」と呼んでかわいがった。生まれてすぐ母を亡くしたルソーにとって、彼女は文字通り「ママン」だった。彼女のもとでようやく、ルソーは落ちついた静かな生活を送ることができたのだ。

アヌシーは湖に臨んだ美しい土地だが、彼が「真の幸福」と呼んだのはそこでの暮らしではない。アヌシーから30キロほど東、シャンベリー地方にレ・シャルメットという土地がある。ヴァランス夫人がそのシャルメットに借りた隠れ家こそ、彼に真の幸福を教えた場所だった。

彼はその時のことをこう書いている。「ここにわたしの生涯の短い幸福がはじまる。〔……〕わたしは日の出とともに起き、幸福だった。散歩をして、幸福だった。ママンを見ていて、幸福だった。彼女のもとを去っても幸福だった。森を、丘を駈けめぐり、谷をさまよい、読み、無為な時間を過ごした。庭仕事をし、果実を摘み、家事を手伝い、そして、幸福がいたるところわたしについてきた。幸福はこれといって定めうるどんなものの中にもなく、それは全くわたし自身のうちにあった。幸福は一瞬もわたしを離れることはなかった。」

レ・シャルメットの家で、彼はヴァランス夫人と水入らずの穏やかな生活を送ることになる。この幸福の時代は、自己陶冶の時期でもあった。病気の療養をしながらルソーは、「ママン」の傍らで

「ポール・ロワイヤルの『論理学』、ロックの『人間悟性論』、マルブランシュ、ライプニッツ、デカルト」などの哲学書、幾何学やラテン語、楽典の勉強に精を出した。この体験も、彼が生涯にわたって残した偉大な仕事を準備したのだ。その後の彼の激動の人生にあって、この静かな日々と孤独な勉学は、彼をたしかに支えつづけた。

レ・シャルメットは、今でもひっそりとした静かな田舎であり、ルソーがママンと暮らした家がそ

レ・シャルメットでルソーが「ママン」と過ごした家

家には当時の様子をしのばせる家具が残されている。ルソーと「ママン」はしばしばクラヴサン（チェンバロ）を演奏して遊んだ

のままに残されている。豊かな自然に囲まれた家では、ルソーやヴァランス夫人が使ったと思われるベッドや椅子が置かれ、彼が畑仕事や思索に時間を費やした庭は美しい緑に彩られて、当時をしのばせる。

かつて19世紀の批評家サント＝ブーヴは、ルソーを「われわれの文学に緑を描きいれた最初の人物」であるとして、その清新な自然描写を讃えた。パリに移り住んで社交界の寵児となっても、ルソーは終生自然を愛しつづけ、『新エロイーズ』や晩年の自伝的エッセイ『孤独な散歩者の夢想』では、魅惑的な筆致で森や水辺の風景を描きだしている。自然を描くルソーの筆運びには、どこかノスタルジックな響きが感じ取れる。彼の脳裏には、幼年期を過ごしたスイスの田園風景とともに、いとしい「ママン」と過ごしたレ・シャルメットの幸福が、たえずよみがえっていたのだろう。

《安田百合絵》

【読書案内】

ルソー『告白』（上・中・下）桑原武夫訳、岩波文庫、１９６５年

# 第15章　ディドロとパリのカフェ

## 対話の名手のボヘミアン時代

ドゥニ・ディドロは、フランス東部、パリから300キロほどのラングルという町で1713年に生まれた。父ディディエは比較的富裕な刃物職人であり、ドゥニはラングルのイエズス会が経営するコレージュで基礎教育を仕込まれたのち、パリのソルボンヌ大学で哲学と神学を修める。

ほとんど自分の生涯について語らなかったディドロの青年期をたどるのはむずかしいが、父ディディエは彼を聖職者か法曹関係者、そうでなければ医者にしたかったようだ。しかし、神学にも法律の勉強にも興味を持てず、数学と哲学と古典文学にのめり込んでいた彼は、そのいずれの職業にもつきたくなかった。父の意向に逆らった彼は生活費の仕送りを打ち切られ、パリで数学の家庭教師をしたり、説教の代筆、翻訳などのアルバイトをしたりして糊口をしのぐ。41年には、恋仲になったアントワーヌとの結婚の許しを得ようとラングルに戻るものの、父によって修道院に幽閉されるといった体験もしている。

そんな彼に転機がおとずれたのは1747年の10月のこと。イギリスで出版され、商業的な成功を

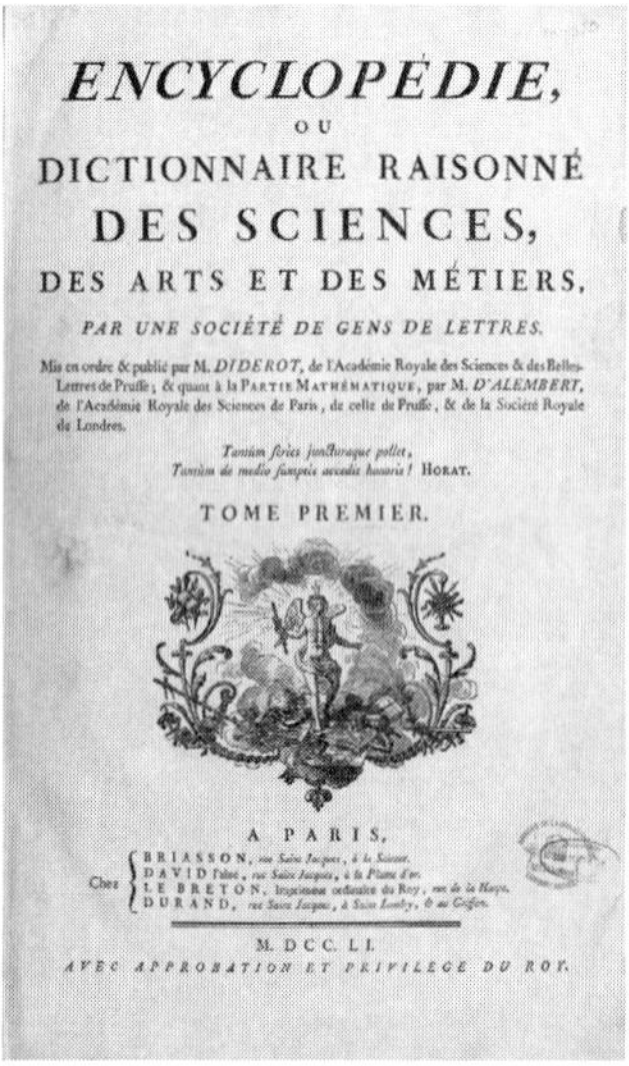

『百科全書』第一巻の表紙

収めた『サイクロペディア（百科事典）』をフランスでも翻訳出版しようという計画がもちあがるなか、ダランベールとディドロの二人が編集責任を任されたのだ。ダランベールは、孤児として教会で育てられながらもめざましい才覚をあらわし、弱冠23歳で科学アカデミーの会員に選ばれた、新進気鋭の数学・科学者だった。

二人の天才たちに委ねられ、英語の事典の翻訳という当初のささやかな計画は、予想をはるかに超えて壮大なプロジェクトになってゆく。補遺をのぞいても本文全27巻、図版全11巻となった『百科全書』、その項目執筆者は２００名を超え、購読者は４０００人に及んだという。全巻の刊行が終わったのは１７７２年であり、ディドロは25年という歳月にわたって、出版許可の取り消し、ダランベールの撤退など数々の苦難を乗り越えながら、その編集と刊行に尽力した。18世紀啓蒙の精神は、狂信と迷妄を打ち破り、科学や技術を評価する合理的精神であると言われるが、その啓蒙の精神を代表する記念碑的な偉業として、現在に至るまで『百科全書』は絶大な影響を及ぼし続けている。

ディドロは一度、牢獄に投獄されたことがある。１７４9年に『盲人書簡』という作品を匿名で出版し、その唯物論的・無神論的な内容が当局の怒りを買ったのだ。その体験がトラウマとなったのか、ディドロは以後、書いたものを書物として出版することはほとんどしなくなった。『百科全書』の重責から解放された後に書いていたコント（小話）やサロン評なども、生前には定期刊行物として回覧されるだけで、公刊されていない。

しかし、出版というハードルがなかっただけに、制約を取り払われた彼のテクストはいっそう前衛的になった。とりわけ彼が得意としたのは対話体のコントである。既存のどのジャンルにも分類できない、ほとんどやりたい放題にも見える対話群は、その自由闊達な文体によってディドロの生き生きとした精神を伝えてくれる。１７７０年代、晩年に執筆された『運命論者ジャックとその主人』の冒頭を見てみよう。

二人はどんなふうに出会ったのですか？　みんなと同じく、ほんの偶然に。二人の名前は？　それがあなたになんの関係があるんです？　二人はどこから来たのですか？　すぐ近くの場所から。二人はどこへ行くところだったのですか？　ひとは自分がどこへ行くのかなんてことを知ってるものでしょうか？　二人はなんと言っていたのですか？　主人はなにも言ってはいませんでした。ジャックは、隊長はこの地上でわれわれに起こることは善いことも悪いこともすべて、天上にそう書かれているのだと言っていた、と言っていました。（王寺賢太・田口卓臣共訳）

当時の読者のあらゆる期待を裏切って、この物語の語り手は登場人物に関する問いをはぐらかし、読者を煙に巻く。イギリスの作家、スターンの影響を受けて書かれたとも言われるこの作品は、小説というジャンルが確立する以前に小説の概念を解体したメタ・フィクションとして、ミラン・クンデラをはじめとする後世の作家たちに大きな衝撃を与えた。

ところで、パリにやってきてから貧乏ながらも気ままなボヘミアン生活をおくった彼は、カフェに通いつめたと言われる。コーヒーがはじめてフランスに輸入されたのは17世紀のことだが、18世紀になるとパリでもコーヒーが大流行し、カフェ全盛期を迎えたのだ。

18世紀末の風俗を活写したルイ＝セバスチャン・メルシエは、当時のフランスには600から700ものカフェがあり、「暇人の隠れ家、貧乏人の避難所」となったと伝えている。家の薪代も惜しい人々はそこで暖をとり、「朝の10時から夜の11時まで」居座ることもあったという。さらに、自由思想家（フィロゾーフ）や文士たちが集ういくつかのカフェは、新聞代わりの情報集積所ともなった。人々はそこで文学や政治談義に花を咲かせ、ニュースを聞き、コーヒーを飲み、チェスに興じた。当時、チェスの名人たちはカフェに集い、そこで腕を磨いて人々を魅了したのだ。コーヒー代さえ払えば誰でも居座ることができ、自由な会話がゆるされたカフェは、貴婦人の主催する閉鎖的なサロンとは違う、ひらけた言論空間となった。

ディドロも、青春時代はこうしたカフェで時間を過ごした。劇場コメディー・フランセーズの向かいにある老舗のカフェ・プロコープでは最新の文学ニュースをチェックし、同じく老舗のカフェ・ド・ラ・レジャンスではチェスに見入った。実は、ディドロと14章に登場するルソーはパリで知り合い、意気投合して無二の親友となるのだが、二人ともこれらのカフェの常連だった。一歳違いの二人は、カフェで哲学や文学、音楽の話を熱く語り合い、チェスの対局を楽しんだことだろう。

ディドロの文体の魅力をなす自在な語り口は、おそらくパリのカフェと密接な関わりを持っている。

思いのままに会話のリズムを作り出す彼の筆さばきには、若かりし日々、カフェで人々のおしゃべりに耳を傾けては人間観察にいそしんだことも大いに貢献していたに違いない。

ディドロの最高傑作とも称される『ラモーの甥』は、「私」と「彼」の対話という体裁のコントだが、まさにそのカフェ・ド・ラ・レジャンスでチェスを見ていた「私」が、大作曲家ラモーの甥と名乗る「彼」に話しかけられるところから会話がはじまるのである。丁々発止のやり取りが繰り広げられる二人の会話は、当時のカフェの雰囲気を鮮やかに伝え、読んでいて飽きさせない。

余談だが、固い友情で結ばれていたディドロとルソーはのちに決裂した。この「喧嘩」は二人を深く傷つけることになる。その騒動からおよそ10年後、ディドロは1767年のサロン評にこんなエピソードを書いている。「人間は、きわめてつまらない事柄においてさえ、優位に立とうという野心に燃えるものだ。ジャン＝ジャック・ルソーは、いつでもわたしにチェスで勝っていたのだが、勝負をより対等にするハンディキャップを拒んだものだった……。「負けるのが嫌なのかい」と彼はわたしに言うのだった。わたしはこう答えた。いや、そうしたら僕

カフェ・プロコープの様子。当時のカフェは最先端の思想や哲学、文芸の潮流の懐胎する場でもあった（フランス国立図書館蔵）

はもっとうまくディフェンスできるし、きみもその方がもっと楽しめるでしょうから、と。「そうかもしれないが、でも今までどおりハンデなしにやろうじゃないか」と彼は答えた。」
ルソーとディドロ、両者の人間味が垣間見えるエピソードである。パリのカフェで二人仲良く遊んだ青春時代を思い出すディドロは、書きながら、ルソーへの鬱憤を晴らそうとしていたのだろうか。それとも、ほろ苦い思いとともに、ひそかに過去の友情を愛惜していたのだろうか。

《安田百合絵》

【読書案内】
ディドロ『ラモーの甥』本田喜代治／平岡昇訳、岩波文庫、１９６４年
ディドロ『運命論者ジャックとその主人』王寺賢太／田口卓臣共訳、白水社、２００６年

# 第16章　ボーマルシェとアメリカ独立革命

## フランスの港から船出する自由への夢

ピエール＝オーギュスタン・カロン・ド・ボーマルシェの子孫でもあり研究者でもあるジャン＝ピエール・ド・ボーマルシェの言うように、ボーマルシェはいったい何人分の人生を生きたのだろうか。不朽の名作『セビーリャの理髪師』（1775）や『フィガロの結婚』（1784）を世に送り出しただけではない。自ら出版社を設立して全70巻の『ヴォルテール全集』を刊行（1783–89）し、劇作家協会を創設（1777）して著作権擁護にも力を尽くしたかと思えば、王の密使として活躍し、アメリカ独立革命にも力を貸している。国王誹謗中傷文書が流布されるのを未然に防ぐため、これらの文書の温床となっていたロンドンに密使として遣わされたボーマルシェは、アメリカ独立を目指す者たちに出会い、彼らの夢を支援するかたわら、自らの商機もまたそこに見た。

『フィガロの結婚』の有名な長台詞（第5幕第3場）でフィガロは言う。「俺の運命ほど数奇なものがあるだろうか」と。そしてこれまで体験してきた職業を次々と挙げていく。「どこの誰の子かもわからず、盗賊にさらわれて」と始まる波乱万丈な遍歴は17世紀前半のスペインで大流行した悪漢小説の主人公、自らの才智を頼りに時には危ない橋を渡りつつも人生を果敢に切り開いていく悪漢（ピカロ）の特徴でもある。だが、ピカロはフィガロと響き合うし、フィガロという名前のうちにはボーマルシェの名前の響き（カロン）も取り込まれているともされる。そう、フィガロのこの台詞からは作者ボーマルシェの姿も立ちのぼってくるのだ。列挙される職業の中には劇作家もあり、検閲との攻防を面白おかしく茶化してみせもする。人生を道にたとえてフィガロは言う。「そうとも知らずに入り込んでしまった道を駆け抜けることを強いられ、望みもしないのにそこから出ていくことになるこの道に俺の陽気さが許す限りの花をちりばめて生きてきた。俺の陽気さとは言ったが、これが本当に俺のものかはわからない。他のことにしてもそうだ。俺が面倒をみてやっているこの俺が何者かさえもわからない。未知のパーツからなる形の定まらない寄せ集めのようなこの俺。」自分はどこからきて、どこへ向かっているのだろう、そんなことを考えさせてくれる作品が大好きな私にとって忘れがたい一節だ。

「快楽を求めて熱くなる若者、あらゆることを楽しもうとし、生きるためにどんな仕事にも手を染める」フィガロのピカロ的側面を体現するかのようにして、ボーマルシェは、カロンの綴り字を組み替えたアナグラムであるロナックという探偵小説ばりの偽名を用いて王の密使としての使命を果たす。『ヴォルテール全集』のために最も美しい活字と紙をイギリスにまで求めようとし、「敬愛するこの偉大な人物のために壮麗な記念碑を打ち立てようと」奮闘したボーマルシェ。さらには、戦火がフランスに及ぶことを避け、イギリスの植民地支配に歯止めをかけるためにも、アメリカの独立を支援し、「自由を求める彼らの激しい思い」の後押しをすべきであると、争いを好まぬルイ16世を説得して、自らが設立したロドリーグ・ホルタレス商会に資金供与を促した。商船のなかには「誇り高きロドリーグ」という、コルネイユの『ル・シッド』(1637)の主人公を彷彿させる名前をつけられたものまである。失った名誉を取り戻すためムーア人との戦いに出る英雄ロドリーグの姿に、ボーマルシェは自らの姿を重ねたのだろうか。王の信頼をとりつけ、アメリカ独立軍への支援を王に決断させ、その実務を王から委任されること、遺産相続をめぐる争いの最中1774年に受けた譴責処分によって失った名誉と公民権を回復する手段として、これほど効果的なものはない。自らが支援の窓口となることで自分も利益を引き出そうとするボーマルシェの姿に、アルマヴィーヴァ伯爵のために働きつつも、自らの利益もしっかり守ろうとするフィガロの姿を重ねたくなる。

ヴェルネ《ラ・ロシェル港の眺め》1762年(パリ、海洋博物館蔵)

　武器弾薬を積み込んだ商船は、その見返りとしてタバコなどの貴重な品を持ち帰ってくれるはずであった。ボーマルシェは商船の手配を行い、イギリスの疑惑を招くことなく出航できる最良の条件を求めて自らル・アーヴルやボルドーに赴いたばかりでなく、ロリアン、ナント、ラ・ロシェル、マルセイユなどの港にも出航の拠点を模索した。ちょうど、風景画家クロード＝ジョゼフ・ヴェルネがマルセイユ港を手始めに、トゥーロン、アンティーブ、セート、ボルドー、バイヨンヌ、ラ・ロシェル、ロシュフォール、ディエップとフランスの港を渡り歩いて連作を描いたように。アメリカ独立の夢は、フランスの港から船出したのだ。

ルイ16世はアメリカ独立革命に対し支援を行ったが、すでに困難に陥っていたフランス財政をさらに悪化させてしまう。そのことがフランス革命の誘因のひとつとなったともされる。アルマヴィーヴァ一家の物語を描くことを目指したフィガロ三部作の最後をしめくくる『罪ある母』（1792）には、フランス革命に対するボーマルシェ自身の苦い思いが影を落としているように思える部分もある。『フィガロの結婚』の20年後を描くこの戯曲の舞台はもはやスペインではなく、１７９０年末のパリ、バスティーユ襲撃から1年以上が経過したパリである。アルマヴィーヴァ伯爵は「お殿様」と呼びかけるシュザンヌに対して「お殿様と呼ぶのはやめてくれ」、今やフランスに住むことに決めたのだから、「この国の偏見に逆らうようなことをしてはいけない」とたしなめる（第1幕第5場）が、１７９３年にルイ16世を断頭台に送ってから、なだれを打つように恐怖政治へと傾倒していくフランス社会に対する批判的眼差しをここに読み取ることができるかもしれない。その一方で伯爵は、アメリカ初代大統領ジョージ・ワシントンの胸像を部屋に飾っているが、そこには、アメリカ独立戦争の隠れた立役者としてのボーマルシェ自身の誇らしさもまた投影されていたのかもしれない。金に糸目もつけず私財を投じてアメリカ独立軍を支援したボーマルシェは、後日こう述懐したという。「フランス人のなかでアメリカの自由のために最も多くのことをやったのはこの俺だ」と。この言葉は、「俺は何でも見て、何でもやって、やり尽くした」というフィガロの言葉と響き合う。

《秋山伸子》

**【読書案内】**
ボーマルシェ『［新訳］フィガロの結婚』鈴木康司訳・解説、大修館書店、２０１２年

# 第17章　サド侯爵と反＝旅

## 閉じこもるリベルタン

バスティーユ、ヴァンセンヌの監獄、ビセートル、シャラントンの精神病院、南仏プロヴァンス地方ラコストの城など、18世紀最大のリベルタン作家サド侯爵（1740－1814）ゆかりの地は、当時とは大きく姿かたちを変えながらも現存しており、だれでもサド侯爵巡礼の旅を行うことはできる（「リベルタン」は性的放蕩にふける者、そして、既存の宗教、政治、道徳等のあらゆる因襲からの解放を説く自由思想家の両方を意味する、と補足しておこう）。しかし、自由に闊歩し、楽しみながら知見を深めるという一般的な旅のイメージほどサド侯爵に似つかわしくないものはない、とあえていっておきたい。18世紀に流行した旅行記文学の裏をかく、反転した「旅」の概念こそがサド文学を大きく特徴づけているからだ。

その卓越したサド論の冒頭で、ロラン・バルトはサド文学における旅の逆説的な性格について次のように述べている。

マン・レイによる肖像では、サド侯爵とバスティーユ監獄が合体している（マン・レイ、ポール・エリュアール『自由な手』ジャンヌ・ビュシェ画廊刊、1937年）

サドのいくつかの小説で、登場人物は大いに旅をする。ジュリエットはフランス、サヴォワ地方、イタリア、ナポリまでを歩き回る。旅はまさに通過儀礼的なテーマである。だが、ジュリエットは見習いとして旅に出たにもかかわらず、サド的な旅は何も教えることがない。〔……〕歩き回ることが重要なのは、多少ともエキゾチックな偶発事のためではなく、ひとつの本質、犯罪という本質を繰り返すためなのである。したがって、旅が多様であっても、サド的な場所はひとつである。登場人物がこれほど旅をするのはひとえに閉じこもるためなのだ。（篠田浩一郎訳）

多くの教養小説で遍歴の旅が主人公を成長させるのとは対照的に、『ジュリエット物語又は悪徳の栄え』で展開する大掛かりな旅は、ジュリエットにいかなる効果も及ぼさず、旅は美徳に対する「悪徳の栄え」を証し立てるという目的を成し遂げるためだけに完遂される。犯罪と悪徳の実行と結びついたサド的な旅は、登場人物を人の目の届かない閉ざされた場所へと導き、彼らは行く先々に用意された「サド的な場所」で放蕩と残虐の限りを尽くすことに邁進する。そのような「サド的な場所のモデルはシリングである」、とバルトは続ける。

シリングはデュルセが黒い森の最奥に所有している城であり、『ソドムの百二十日』の四人のリベルタンは、四ヵ月間、彼らの相手役《ハーレム》と共にその城に閉じこもる。その城はお伽話で目にするような数々の障害物によって世界から完全に隔離されている。

『ジュリエット物語』の「アペニンの隠者」ミンスキーが所有する、山中に隠された孤島に屹立する城と同じように、シリングの城は、現実には存在しえない到達不可能な場所にある。四人のリベルタンはまずパリからバーゼルへと移動し、ライン河を渡り、さらに黒い森を越えてデュルセの領地にあるシリングの城まではるばる旅をする。そして城に到着するやいなや、城と外の世界を繋ぐ唯一の橋を破壊し、退路を絶って11月から3月までの長い籠城生活に入る。彼らはこうして、まさに人里離れた隠れ家に「閉じこもるため」だけに旅をするのである。一方、語り手は、閉ざされた「サド的な場所」で彼らが倒錯的な性行為や極悪非道の残虐行為にふけるその一部始終を「旅」に見立て、その「旅」を「日誌」の形式で記録していく。

『ソドムの百二十日』の次の一節を読めば、サド文学のリベルタンたちにとって閉じこもることがどれほど重要であるかがわかるだろう。

「ここには自分一人しかいない。私は地の果てにいる。どんな目からも逃れ、だれも私に近づくことはできない。もはや私を止めるものはなく、邪魔をするものもない。」そう思った瞬間から、際限のない力強さで欲望がほとばしり、だれにも罰せられることがないという思いが、さらに欲望を煽りたて、欲望への陶酔感を何とも心地よく高めていく。

サド文学において、旅は閉じこもることによってはじめて意味を持ち、閉じこもることは、欲望を徹底的に追求すること、そして、完全に自由であることの条件とされている。閉じこもるリベルタンとして、『ジュリエット物語』のミンスキーもまた声高に自由を謳歌する。

「私は自分の領地であらゆる君主の権利を行使し、専制主義のあらゆる快楽を味わい、いかなる人間も恐れず、満足して暮らしている。」

こうして一人称で語られるサド文学のリベルタンたちの言葉の背後には、作者自身の姿が透けて見える。実際、サド侯爵の創作は、監獄や精神病院といった人の出入りが厳重に管理制限された場所に閉じこもるという経験と切り離せない関係にあった。『ソドムの百二十日』『ジュスティーヌ』『ジュリエット物語』をはじめとするサド侯爵の主要作はいずれも、通算で25年にも及んだ獄中生活の中で構想され、執筆されたものである。「城と牢獄」と題されたエッセイで澁澤龍彥が指摘しているように、サド侯爵にとっての「牢獄」は、想像力を無限に羽ばたかせる夢想の場所としての「城」でもあったのだ。サド侯爵が監獄での幽閉をみずから進んで受け入れ、誰にも邪魔されることのない理想的な書斎として独房に閉じこもり、ひとり心ゆくまで創作に打ち込んだ、という一見もっともらしいエピソードがまったくの作り話であることは、サド侯爵が獄中から妻に宛てた手紙に記された切実な訴えや呪詛の言葉を見れば明らかである。しかし、残された作品に書かれた言葉から、獄中で許された「書く」という行為を通じて、そしてそれによってのみ、サド侯爵は「牢獄」を「城」に反転させ、閉ざされた場所に嬉々として閉じこもるサド文学のリベルタンよろしく、自らの城に君臨する専制君主として、極度にエゴイスティックな欲望の数々を夢想し堪能する自由を手にすることができたのだと想像することは決して間違いではない。

　そのとおり、私はリベルタンですし、そのことは認めます。私はそういった種類のことで、考えられるすべてのことを考えました。しかし、私が考えたすべてのことを私が実際に行ったわけでは決してありませんし、これからもそうすることは決してありません。私はリベルタンではありますが、犯罪者でも殺人者でもないのです。

　本格的な監禁生活が始まる前の１７８１年２月、妻に宛てた手紙でこう書き綴ったサド侯爵は、まだ一介のリベルタンにすぎなかった。その後、皮肉にも「自由の塔」という名の監獄に閉じ込められたとき、サド

サド侯爵没後200年にあたる2014年、『ソドムの百二十日』の自筆原稿が初めて一般公開された

侯爵はペンをにぎることで真にサド的なリベルタン＝作家として生まれ変わる。サド侯爵が実質的な処女作となる『ソドムの百二十日』を脱稿し、幅11・5センチ、長さ12メートルにおよぶ「大きな巻紙」に清書し終えたのは1785年の暮れのことである。サド文学が閉じこもることを決定的な契機として誕生している以上、私たち読者もまた、書物とともに閉じこもり、読むことの自由に囚われなくてはならない。

《谷本道昭》

【読書案内】

サド『ソドムの百二十日』佐藤晴夫訳、青土社、1990年
サド『ジュリエット物語又は悪徳の栄え』佐藤晴夫訳、未知谷、1992年

# 第18章　シャトーブリアンとサン＝マロの誇り

## フランス・ロマン主義揺籃の地

「シャトーブリアンになるのでなければ、何にもなりたくない。」早熟な文学少年だったヴィクトル・ユゴーが14歳のときに手帳に書きつけた言葉である。19世紀初頭において、シャトーブリアンの名はそれほどまでに威光を放っていたわけだ。

残念ながらわが国では、シャトーブリアンが何者かはあまり知られていない。初期の中編小説『アタラ』と『ルネ』の翻訳があるくらいで、大著『墓の彼方からの回想』はまったく紹介されていないに等しい。しかしながら彼の作品を知らなくとも、シャトーブリアン巡礼の文学散歩はお勧めできる。彼の文学は生まれ育ったブルターニュの風土、とりわけサン＝マロの町と緊密に結びついているのだが、とにかく実際に出かけてみると、荒涼として野生の気をはらんだ土地の魅力に深く心動かされることだろう。シャトーブリアンの作品をひもとくのはそのあとでも遅くはない。

というのも、ぼく自身が1980年代後半、彼の作品についてほとんど知識のないままブルターニュを1週間ほどかけて回り、忘れがたい思い出を得たからだ。ブルターニュ半島西部のヴァンヌから入って、カルナックの巨石群を見物したのち、キブロンから船に乗ってベリル（日本ではベル＝イルと表記されることが多い）・アン・メールに渡った。いずこでも地名表示にブルトン語が併記されており、異文化の感覚が濃厚に漂う。人々の言葉も訛りが強くて、ときにブルトン語が混じっているのではないかと思われた。いしにえのケルト文化の残り香を嗅ぐ気分を味わいつつ、とにかく交通の便が悪いので、路線バスを懸命に調べながら旅していると、地元の人たちが若い日本人カップルの姿を見て、よくこんなところまで来たと驚いたような顔をする。宿でもレストランでも街中でも人々の応対は温かかったが、気候は寒く厳しかった。3月上旬でもまだ真冬という印象で、立っているのもやっとというほどの猛烈な風が吹きつける。ベリル島のその名も荒涼海岸《コート・ソヴァージュ》で、洞窟へと案内するガイドのあとについて絶壁を降りていくときなど、悲壮な覚悟が必要なほどの突風と波浪の激しさだった。そうやって〝地の果て《フィニステール》〟巡りを堪能し、さらに欲張ってゴーギャンの愛したポン＝タヴェンヌ（日本ではポン＝タヴァンと表記されることが多い）の村に立ち寄ったのち、仕上げにサン＝マロを訪れたのである。辺鄙な地を苦労して旅した骨休めをするつもりが、サン＝マロでも海辺に吹きすさぶ風の激しさに苦しめられることとなった。しかし荒れた海が見晴るかす限り続く光景の美には慄《おのの》きすら覚え、魅了されずにはいられなかった。そうやってぼくは、よくは知らないうちに、シャトーブリアンの人生と文学の根源そのものに触れていたのである。

私は母胎から出てきたとき半ば死にかけていた。秋分の嵐に打たれる磯波の咆哮のせいで私の泣き声は掻き消された。私の姉たちはまだ幼い私を抱いて母の寝室の窓辺に佇んでは、私が生まれた折の様子をたびたび語って聞かせたものだ。人生の最初に刻まれた悲哀の印象が、私の記憶から消えることは決してなかった。いまなお自分の過去を振り返るとき、自分がその上で生まれた岩山、母が私に生命という痛ましい贈り物をしてくれたその寝室、私の最初の眠りをあやした嵐や波浪の音が思い浮かばない日はない。(『墓の彼方からの回想』)

サン＝マロは古くは岩だらけの島で、それが半島化し、堅固な要塞をもつ港湾都市に育ったのだという。生まれ故郷を岩山にたとえつつ、シャトーブリアンは自らの人生と「嵐や波浪の音」のあいだの絆を特別なものと考えた。そこにはサン＝マロ人としての矜持が脈打っている。カナダの発見・命名者となった16世紀の大探検家ジャック・カルティエをはじめ、サン＝マロは大海原へと向けて雄々しく漕ぎ出す男たちを輩出してきた土地柄だ。独立不羈の気性に富み、「われはフランス人にはあらず、マロ人なり」というモットーが古くから伝えられているほどだ。シャトーブリアン自身、革命の動乱のただなかにアメリカ大陸へ旅し、イギリスで長い亡命生活を送ったのち、帰国後は聖地エルサレムに巡礼して旅行記を書くなど、大旅行家の側面をもつ。また革命の恐怖政治化を憎み、ナポレオンの独裁に盾突き、七月王政にも物申す、時の権力に抵抗し続ける気概の持ち主でもあった。亡命から帰国するや、彼は壮麗な文体とカトリックへの回帰の提唱によって、革命後のショック状態にあった人々のあいだにセンセーションを巻き起こし、ユゴー少年も憧れてやまないようなスター作家の地位に上り詰めた。

しかし、その作品の核心にはつねに不安と悲しみがあり、自負と倨傲を根底からむしばむ絶望が秘

グラン＝ベ島、シャトーブリアンの墓

められている。この「アンチモダン」（アントワーヌ・コンパニョン）な作家の文章から伝わってくる、意外にもつねに瑞々しく胸を打つ魅力がそこにある。傑作『ルネ』を開いてみよう。「海岸にとびだして行ってみると、そこには人っ子ひとり見あたらず、聞こえるのはただ、怒濤の吼《ほ》える音ばかりでした。一方には闇にきらめく波頭が幾重にも伸びひろがり、もう一方には、修道院の黒々とした壁が、おぼろげに夜空にとけこんでいます」（辻昶訳）。そうやってただひとり海と闇に対峙する瞬間、シャトーブリアンの憂愁は底知れぬ深奥をうかがわせるのだ。

先の引用に見える「秋分」ではなかったものの、観光客のいまだ訪れない春分間近の時期に訪れることができたのは、ぼくとしては幸いだった。人影ひとつないシャトーブリアンの墓を詣でることができたからだ。その墓はサン＝マロ沖数百メートルの小さな岩の島、グラン＝べにひっそりと建っている。作家自身が生前に強く望んで得た場所である。このあたりの海は干満の差が大きいので、干潮時にはそこまで海辺から歩いて行くことができる。石造りの十字架からなる簡素な墓が、大西洋の広漠と向きあうさまに、生と死をつらぬく作家の「意志」が鮮やかに示されていて圧倒された。岩と波と空、そして吹きすさぶ風。それがシャトーブリアンの出発点にして到達点、揺籃にして墳墓なのである。それはまたこのうえなくロマン主義的な光景でもあった。あれから長い時間を経て、近年いよいよ、シャトーブリアンの「墓の彼方からの」声が胸に沁みるようになってきた。旅の消えない思い出がいつしか、作品への理解を育んでくれたのかもしれない。

《野崎歓》

【読書案内】

シャトーブリアン「アタラ」「ルネ」『筑摩世界文学大系86』辻昶訳、筑摩書房、1975年

シャトーブリアン『アタラ　ルネ』畠中敏郎訳、岩波文庫、1989年

# 第19章　スタンダールと「辺境」フランシュ＝コンテ

## 野心の原点

「美しいフランス」などいったいどこにあるのか、灰色で平坦な地平線のなんと醜いことか。無類のイタリア好きとして知られるスタンダールは旅行記『ある旅行者の手記』(1838) の冒頭でそんな挑発的な言葉を残している。スキャンダルを恐れない皮肉屋に似つかわしい一言ではあるものの、そこに作家の真率な感想を読み取ることもできよう。イタリアの起伏に富んだ古典的な景色、そしてアルプスを背景にした優美なコモ湖を何よりも愛したスタンダールにとって、パリ周辺を代表とするフランスの風景はあまりに「平坦＝平凡 (plat)」に見えたのかもしれない。

そんな印象の一端は、TGVにのって旅する私たちも共有することができる。試みにパリ発ブザンソン行きの列車に乗ってみよう。はるばる日本から訪れた旅人は、なだらかな丘陵が続く景色に「美しいフランス」を見出し、ため息を漏らすかもしれないが、延々と続く似たような景色を前にやがて眠気を誘われるに違いない。ところが、ディジョンを過ぎたあたりから様子が変わってくる。土地の起伏が増し、それまで開けていた視界は、影を濃くした木々に遮られるようになる。ドイツの森、シユヴァルツヴァルトが近づいているのだろうか。

ブザンソンを中心とするフランシュ＝コンテ地方、フランスとスイスの国境を形作るジュラ山脈を背負うこの地方は、材木屋に生まれた青年ジュリヤン・ソレルの野心を描くスタンダールの小説『赤と黒』（1830）の舞台として知られている。小さな町、ヴェリエールに生まれたジュリヤンは、町長の子弟の家庭教師となったことを足掛かりに、その地方の首都ブザンソンの神学校を経て、パリの貴族の邸に秘書として住み込むこととなる。野心の物語が侯爵令嬢との結婚によって閉じるかと見えた時、ジュリヤンはすべての始まりの土地ヴェリエールにおいて発砲事件を起こし、それまでの立身出世の夢に別れを告げる。

小説の冒頭から、野心の原点としての辺境の町という背景が、さりげなく、だが決して見落とすことができないような形で、繰り返し刻まれている。雪を被るジュラ山脈の頂は町の産業を支える豊かな水を提供するが、川に沿った散歩道の整備はパリの政府との交渉の成果である。町長は公共事業の出来栄えを誇る一方、公共施設の査察を望む首都からの訪問客には極度のアレルギーをみせる。中央との地理的距離は、複雑な緊張関係を生み出すのである。加えて、フランシュ＝コンテは歴史的にもフランスとは距離がある。スペイン・ハプスブルク王朝の支配を経てフランス王国に最終的に併合されたのは、１６７８年、ルイ14世治下のことである。ブザンソンに生を受けたユゴーは自らの生まれを語る詩「この世紀は二歳だった」（『秋の木の葉』所収、1831）において、この都市を「スペインの古都」と歌いあげている。町長ド・レナール氏が、フランス王国による征服以前にさかのぼるとされる家系を誇るのにはそんな背景がある。辺境都市としての何よりの証拠が、ユネスコ世界遺産に登録

ヴォーバンの壁を見上げる

されているブザンソンの誇る要塞である。国土防衛の観点からルイ14世の命の下、ヴァーバンが築いた要塞はフランス各地、とりわけ国境沿いの都市に点在しているが、ブザンソンでは、都市をぐるりと取り囲むドゥー川から直角に切り立った城壁が現在でも圧倒的な姿を見せている。「首都」と題された第1部第24章において、神学校に入るため上京したジュリヤンは、城壁を見学しながらルイ14世下の包囲戦という150年前の故事を回想する。

ヴォーバンの要塞が如実に示すように、国境の地方はパリからの距離だけではなく、外国との近さによっても特徴づけられる。事実、スタンダールにとってフランシュ＝コンテは、スイス、そしてその向こうのイタリアとパリを結ぶ通過点として登場する。『赤と黒』第1部第23章では、ナポリ出身のオペラ歌手ジェローニモがパリに向かう途中、ヴェリエールに立ち寄る。スタンダール自

ドゥー川沿いの道

身もまた、イタリアとフランスの行き来のためにこの地方を旅したことがあった。1811年、二度目のイタリアへの滞在のために意気揚々とパリを出発したスタンダールは、途上、「平坦な」景色が終わり、山が見えた喜びを日記に書き残している。なかでも、フランシュ＝コンテの町ポリニーで目撃した稜線は、とりわけ鮮明な記憶として残ることになる。不思議なことに、この作家にとって風景の記憶は、単なる通りすがりの旅の愉しみにとどまることはなく、自身の人生を左右する恋愛の思い出と混ざり合うことになる。『恋愛論』（1822）の第1巻第31章では、ミラノでの片思いの相手マチルドの「怒り」が、自伝『アンリ・ブリュラールの生涯』（1835–6年執筆、未完）第2章では同じくマチルドの「魂」が、ポリニーから見渡される山の景色と重ね合わされながら回想される。

ヴェリエールは架空の町であるしブザンソンと

いう地名はアリバイに過ぎない――、とスタンダールは『赤と黒』の結語に記している。小説のモデル探しをしかねない読者の目を欺く慎重な言い訳であると同時に、この作品が特定の地方の習俗を忠実に再現することを目指した小説ではないことも正確に示している。とはいえ、1811年の旅行が『赤と黒』の冒頭に影響していることが指摘されているだけではなく、この土地ならではの景色は小説のあちこちに描かれている。ドゥー川のつくる複雑な渓谷、ジュリヤンが家庭教師の仕事を放擲し自由を味わう山の岩肌、照り付ける太陽と木陰の対照……。

そんな山と川の魅力は、現在ではフランシュ＝コンテに人々を惹きつける要因となっている。ブザンソンの観光案内所を訪れると、フランス流のバカンスに向けたカヌーやサイクリングといったアウトドア・スポーツの案内が充実している。南仏の輝かしいビーチやアルプスの迫力のある頂と比べると、どうしても地味に見えてしまうものの、深い緑と澄明な水、落ち着いた自然の魅力は代えがたい。「コンテ」の名で知られる特産のチーズ、くせが強すぎることもなく味わい深い、みなに親しまれ何度も繰り返したくなる上質な風味もまた、この土地の魅力を象徴しているようにも思われる。

《上杉誠》

【読書案内】

スタンダール『赤と黒』（上・下）野崎歓訳、光文社古典新訳文庫、２００７年
スタンダール『ある旅行者の手記』（１・２）山辺雅彦訳、新評論、１９８３年
スタンダール『恋愛論』（上・下）杉本圭子訳、岩波文庫、２０１５年、２０１６年

# 第20章　バルザックとパリの真実

## 『ゴリオ爺さん』のパリ

「パリ物語」というかつての副題のとおり、『ゴリオ爺さん』はバルザック（1799－1850）が「パリ評論」に寄稿したパリ小説の金字塔である。しかし意外なことに、『ゴリオ爺さん』のパリは、華の都とうたわれる美しきパリとはまったく違った「知られざる」パリとして描かれている。

その長さと濃密さで知られる小説の冒頭部分でバルザックがまず強調するのは、ヌーヴ＝サント＝ジュヌヴィエーヴ通りの圧倒的な暗さである。現在ではパリ5区、トゥルヌフォール通りと名を変えたこの通りは、学生街カルチエ・ラタンとパリでもっとも庶民的な場末街として名を馳せたサン＝マルセル地区の間に位置する。急坂のため、通りには馬も人もほとんど通ることがなく、「家々は陰鬱で、壁は牢獄を思わせ」るという。パリの守護聖人の名を冠しているにもかかわらず、そこは地下納骨堂《カタコンブ》をも思わせる恐ろしげな通りなのだ。そして、その通り

金を追い続け、借金に追われ続けたバルザックがついに金貨になった（50ユーロの表面、フランス国立造幣局、2014年）

に『ゴリオ爺さん』の主要登場人物たちが暮らす「ヴォケー館」はある。

続いてバルザックは、本丸である「ヴォケー館」の「匂い」を描くべく、描写の限界に挑戦する。

一つ目の部屋［居間］は何ともいえない、「下宿屋の匂い」とでも呼ぶしかない匂いを発している。閉め切った部屋の匂い、カビの匂い、すえた匂いで、人をぞっとさせ、じめじめと鼻をくすぐり、衣服にしみ込んでくる。食事が終わった後の食堂の匂い、食器室や配膳室、養老院の匂いだ。若いのも年取ったのも下宿人全員が放っている独特なカタル性発散物のむかつくような成分を分析する方法がもしも発明されたら、この匂いも描写できるようになるかもしれない。（博多かおる訳）

息がつまりそうになりながらさらに読み進めていくと、今度は、まかない付き下宿屋の生命線である食堂の描写が待っている。「隣の食堂に比べれば、この居間も貴婦人のように優雅で香しく思えてくる」というのだから、そこには想像を絶する奇臭悪臭が立ち込めているのだろう。さすがに読者に気が引けたのか、食堂の「匂い」にはふれぬまま綿密に家具類の描写をし終えた後で、「ようするに」と、バルザックはまとめる。

この食堂には詩情のない惨めさが漂っているのだ。けちくさく、凝り固まり、すり切れた惨めさ。まだ泥まみれになっていないとしても染みだらけ、穴やほころびがなくても、今にも腐り落ちそうな貧困である。

ここまで、ヌーヴ゠サント゠ジュヌヴィエーヴ通り、ヴォケー館、ともに散々ないわれようである。ではなぜバルザックは「パリ物語」の冒頭で、これほどまでにパリをこき下ろし、その「匂い」にこだわりを見せたのか。

第一に、初版『ゴリオ爺さん』のエピグラフとして掲げられた「すべてが真実」というシェイクスピアの言葉どおり、バルザックはありのままのパリを描こうとしたのだと考えることができる。

産業化にともなう都市部への過剰な人口集中、上下水道の欠如に代表されるインフラの不整備、都市住民の衛生観念の欠落など、いくつものマイナス要因が重なり、19世紀前半のパリは不衛生都市として急成長をとげている最中にあった。「労働階級と危険な階級」（ルイ・シュヴァリエ）がパリで存在感を増していったのもまさにこの時代のことである。そうした時代状況の中で、感性鋭いバルザックは、パリの街に漂う不穏な空気や耐え難い生活臭を言語化することに野心を燃やしたのである。

二つ目の理由として、バルザックはパリの象徴としての「匂い」を物語の仕掛けとして効果的に用いようとしたのだと考えることができる。『ゴリオ爺さん』では、登場人物の社会的ステータスと匂いが緊密に結びつけられており、当然ながらヴォケー館の匂いは最底辺に位置づけられている。

「匂い」がいかに物語に組み込まれているか、ラスティニャックの行動を追いながら見てみよう。パリでの成功を夢見る地方貴族の貧乏学生ラスティニャックは、まず手始めに、夜会で知り合った「パリの女神たち」の一人、「背が高く佳麗な容姿の」レストー夫人に狙いを定め、社交界の花形のボーセアン夫人との縁故だけを頼りに、レストー夫人の邸宅に飛び込んでいく。そして、慣れないパリ

ペール・ラシェーズ墓地からパリを見下ろす22歳のラスティニャック（50ユーロの裏面）

貴族の邸宅で右往左往するラスティニャックの目の前にふいに現れるレストー夫人は、何よりその香りで彼を魅了するのである。

かぐわしい香りを漂わせているのは、きっと風呂上がりなのだろう。柔らかさを増したような彼女の美しさは、ひときわ妖艶だった。

この後、香気と美貌にのぼせきったラスティニャックは、首尾よく夫人を誘惑するどころか取り返しのつかないヘマを犯し、早々にレストー家から出入り禁止を食らうことになる。ラスティニャックは傷心のままヴォケー館に戻り、「あの胸の悪くなるような食堂」で立身出世を強く心に誓うのである。

このように、パリの「匂い」を描き物語に組み込むことは、バルザックにとって、パリの真実を描くと同時に物語に真実味を持たせるというリアリズムの二重の要請に応えるための文学的選択だったといえる。

ところで、『ゴリオ爺さん』で「匂い」と並んで重要な役を担っているのは「泥」である。泥といっても、ただの泥ではない。塵埃に生ゴミや糞尿といった汚物が混ざった汚泥のことである。ある時は通行人や馬車に踏み固められ、またある時は水気を含んで融解し悪臭を放つこの汚泥もまた、バルザックの時代のパリの悪名高い名物だった。『ゴリオ爺さん』では、その「泥」がレストー夫人を訪ねるために「とびきり洒落た身なり」をしたラスティニャックを襲う。

　その時、ラスティニャックは「靴に泥がつかないように細心の注意をはらって歩いた」はずだった。だが、歩きながらあれこれ考えごとをしていたのが間違いだった。結局、彼は「泥をはねあげてしまい、パレ＝ロワイヤルで靴を磨かせ、ズボンにブラシをかけてもらわねばならら」なくなってしまう。なけなしの銀貨を小銭にくずしながら、「金さえあれば、馬車で行ったのになあ」と、ラスティニャックはここでも立身出世を願うのである。

　かつてヴォートランとの会話の中で、「あなたのいうパリはまるで泥沼ですね」と他人事のように呑気なことをいっていたラスティニャックも、少しずつ、泥の都パリの表裏に通じていくことになる。やがて彼は、家族に宛てた手紙に「自分の道を切り開くか、泥の中に埋もれて終わるかという分かれ道にきています」と書くに至るだろう。

　思えばこの文章を書いている私も、留学生としてパリに住み始めたころ、街路に散乱する犬の落し物をあやうく踏みつけそうになったり、地下鉄構内の独特の臭気に辟易したりしたものだった。いつかは優雅にタクシーで移動するぞ、とラスティニャックに身を重ねたこともあったが、そんなささやかな願いは去年ようやく叶えられた。匂いたつ泥の都パリは昔も今も青年に野心を抱かせるのである。

《谷本道昭》

**【読書案内】**

「ゴリオ爺さん」博多かおる訳『バルザック』野崎歓編、集英社文庫ヘリテージシリーズ、２０１５年

## コラム2

### 美食と文学の旅
#### 融合する食卓へ

日本の「和食」に先立つこと3年、2010年に「フランスの美食術」がユネスコ人類無形文化遺産に登録された。日本の和食の基本が、ご飯、漬物、汁物、おかず3品（主菜1品＋副菜2品）で構成される「一汁三菜」であるように、フランスの美食術にも基本コードがある。料理を食べる「特別な順序」だ。

在日仏大使館によれば、フランスの美食術の条件のひとつとして求められている特別な順序とは、「食前酒にはじまり、前菜、魚料理または肉料理〔の主菜〕、チーズ、デザートなど少なくとも二品から四品の料理が続いて、食後酒で終わる」という流れを尊重することだという。今、こうした料理の出し方はフランス料理に限らず西洋料理のレストランであればごく普通に見られる給仕法であり、伝統的なフランス人家庭から大統領府エリゼ宮の晩餐会まで品数は違えど同じである。

しかし、このように客（食べる人）ひとりひとりに一皿ずつ料理を順番に出す給仕法は、フランス高級料理の歴史としては比較的新しい現象である。その起源には諸説あるが、1810年、駐仏ロシア大使クラーキン公爵（パリ在住1808−12）によりフランスに紹介されたのが始まりとされている。洒落者で華やかなことが好きな大使は、パリ近郊クリシーにある田舎の邸宅ではじめて盛大なロシア式ディナーを開いた。そこでは、当時の貴族の屋敷でふるまわれるフランス式ディナーのように食卓に前もって豪華に並べられた料理は何もなく、すでに一人前ずつ切り分けられた料理が皿に盛られ、給仕たち

1687年1月30日、パリ市庁舎において催されたルイ14世の全快祝いの宴。版画。ピエール・ルポートル作。ニコラ・ラングロワにより出版（1688年）。パリ国立図書館蔵。

により着席している招待客一人ずつに供されたのだった。この目新しいディナーはすぐさまパリの社交界の話題になった。この給仕法は、のちに大使に敬意を表して「ロシア式サーヴィス」（以下、ロシア式）と呼ばれることになる。

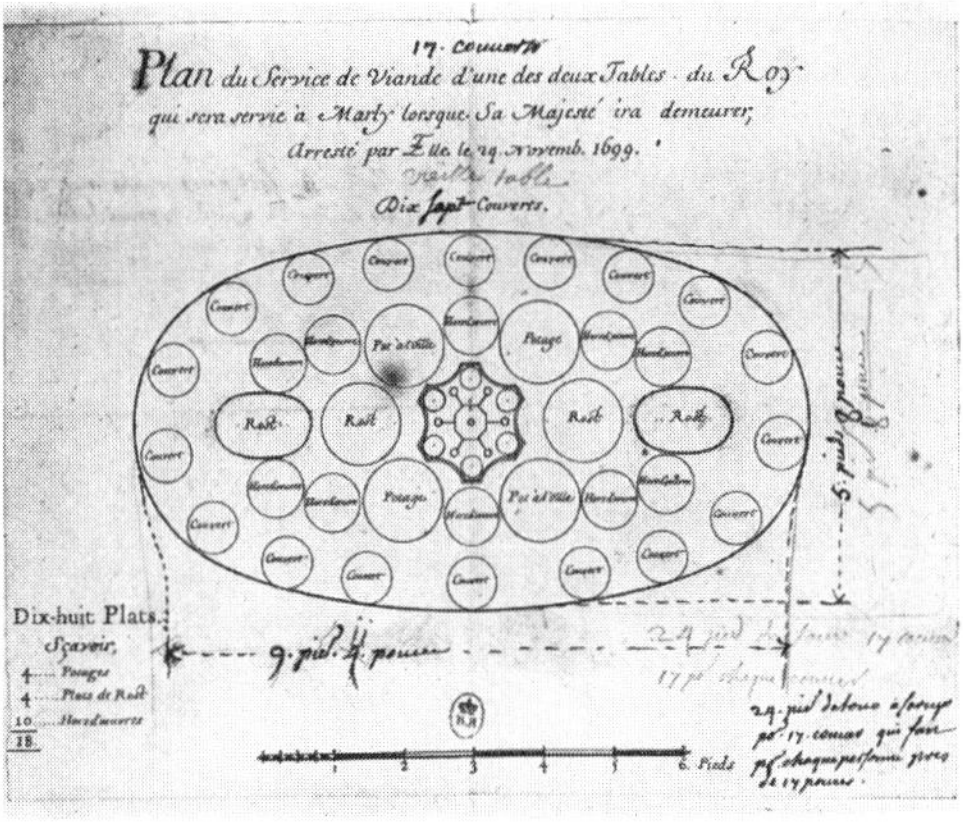


1699年11月24日、ルイ14世のマルリ城滞在時におこなわれた食事会における食卓の料理皿配置図。典型的なフランス式サーヴィス。パリ国立図書館蔵。

だが、この給仕法が本格的に普及するのは、19世紀半ば、ナポレオン3世が統治する第二帝政時代（1852–70）以降である。

1885年に刊行されたモーパッサンの小説『ベラミ』の中の男女四人の有名な食事シーンでは、明らかにひと皿ずつ供されるロシア式になっている。当時、豪華レストランとして名を馳せた「カフェ・リッシュ」で土曜日7時半に主人公たちが会食をする。そのメニュー構成は、生牡蠣、スープ、前菜2品（鱒、仔羊）、主菜（岩シャコ雛のローストの鶉《ウズラ》添え）、アントルメ2品（グリンピース、フォワグラのテリーヌのサラダ菜添え）、デザートの果物、コーヒー、食後酒（リキュール）だ。コースのあいだ中「氷で冷やした口当たりの柔らかい上等のシャンパン」が飲まれている。現在ではアントルメは、デザートの意味で使われることが多いが、19世紀のフランスでは、ロースト肉の合いの手になる野菜料理や甘味の皿などで、今ではオードブルとして出されるフォワグラのテリーヌも当時はこの位置にくることがほとんどだ。また、現代よりもずっと時間に余裕のあった19世紀のブルジョア社会のディナーは、豪勢で長い。たいていスープから始まり、その前に夏にはメロンが、冬には生牡蠣がくることが多い。

では、ルイ14世の御世にヴェルサイユ宮殿において洗練を極めた「フランス式サーヴィス」（以下、フランス式）が、19世紀末、なぜロシア式にとって代わられたのだろうか。

まず、フランス式の利点は圧倒的な視覚的効果にある。さまざまな何皿もの料理が一度に運ばれ、食卓中央のシュルトゥ（装飾皿か置物）を中心に左右対称かつ装飾的に所狭しと並べられ、その配膳が基本的に三回おこなわれる。御膳の間《ま》に入るなり、最初から食卓の上に料理と食器具一式、立派な飾り皿などが整然と美しく並んでいるため、招待客はまずその洗練された豪華さに目を奪われる。その食空間は、国王（招待主）が自らの富や権力、威光を示すのに絶好の装置として働く。だが、現代人の感覚からすれば不都合なことも多い。国王はいつも食卓の中央に座るが、招待客の席順は決められて

2016年9月、ヴェルサイユ宮殿内にオープンしたアラン・デュカスのプロデュースしたレストラン「オーレ（Ore）」（ラテン語で「口」の意）。昼間は現代的なカフェだが、夜はルイ14世時代の特別料理とサーヴィスをイメージして再現（2～124名の予約のみ）。アラン・デュカスとは、現代フランス料理の帝王と呼ばれるカリスマ料理人。世界中で20以上ものレストランを経営し、クリエーターとしてだけでなく実業家としての顔ももつ。
（http://www.ducasse-chateauversailles.com/evenement.php）

おり、自分の好きな料理が近くにない場合は諦めるか、近くの人に頼んで取ってもらわなければならない。食事のクライマックスであるロースト肉はおおかた冷めてしまう。また、グラスやカラフは毒殺予防のため食卓の上にはない。例えば、王がワインを飲みたくなったら、そばに控えている現代のソムリエの祖先のようなエシャンソン（酌係り）に合図をする。すると、エシャンソンはエシャンソン長がいるビュッフェ（食器棚）のところまで行き、そこに置いてある水差しやタストヴァン（きき酒用小カップ）、カラフを使い、王の好みの比率でワインと水を混ぜて、二人で毒見をしてから、水割りワインの入ったカラフと、蓋を取った王のグラスをお盆にのせて差し出す。それを王自ら手に取りグラスに注ぎ、飲んだらすぐにお盆に返すという動作を儀式のようにおこなうのである。

このようにフランス式では、莫大な費用と侍臣のデクパージュ（肉切り）技能や時間が必要となるため、フランス革命後の合理化を重んずるブルジョワ社会においては消え行く運命にあった。だが、すぐには消滅しなかった。ナポレオンをはじめとする新興エリートたちが、あなどれない外交威力があり見栄えのするフランス式にこだわったからだ。貴族社会の美食ルールや常識をもたない彼らにとり、少しずつ簡素化されたとはいえフランス式を採用することがエリートへのパスポートになったのである。外務大臣タレーランに見出され、後に料理人の帝王と呼ばれるアントナン・カレーム（1783–1833）はロシア式の良さを早くから見出していたが、政府の公的な食事の場ではフランス式を貫いた。そのため、カレームの弟子でロシア式の擁護者である『古典料理』（1856）の共著者ユルバン・デュボワとエミール・ベルナールがフランスとロシアの折衷であるミックス式を発案した。それは、ロシア式により、空間が広がり淋しくなった食卓の上に、銀盆にのせた冷製料理や菓子類を最初から並べておき、温製の料理のみ厨房で切り分けて皿に盛りつけ食堂に運ぶか、大型の料理は客にまず見せ、給仕長が食堂ホールに設置したゲリドン（サーヴィス用ワゴン）の上で切り分けるかして、各人に一皿ずつ供する。このフランス式からロシア式への移行時のミックス式給仕は、１８７１年に発表されたゾラの小説『獲物の分け前』に登場する銀行家サカールの催した豪華な晩餐会に見られる。食堂ホールではすでにオードブルが大小の保温器に入れられて食卓の上に対称形に並べられ、さらに一部のデザートものっていた。また、透明で薄くて軽いクリスタルの「無数のグラス、水やワインのカラフ、小さな塩入れ」が「光の洪水」となり、時々澄んだ音を立てながら食卓にフランス式の時にはなかった新たな光景を作り出したのである。また、給仕長役の下僕バティストは、大きな料理を部屋の隅にある「ゲリドンで切り分け」、給仕係たちがそれぞれの客に供している。

最後に、時代もロシア式の後押しをしたことをつけ加えておきたい。19世紀半ば頃から科学産業時代に突入したフランスでは、大量生産できる高級銀メッキの食器具類や、従来のガラスより輝きがあり成型しやすいクリスタルガラスの工場ができた。そのおかげで、ブルジョアを中心とした贅沢品の民主化がおこり、ロシア式で空いた食卓空間は輝くばかりの銀やクリスタル製のテーブルウェアで埋められていった。いつしかそれらは新しい豊かさの象徴になっていたのである。

現在、ゲリドンを使ったロシア式は、古典的な高級フランス料理店に受け継がれ、フランス式は高級ホテルのバンケットがその伝統をわずかに留めている。ロシア式の何よりも素晴らしいのは、同じテーブルを囲む客が共感しあい、喜びの経験を共有できるところだ。「国民の盛衰はその食べ方のいかんによる」という食通ブリヤ＝サヴァランの警句のとおり、芸術と科学、商業の娘である美食は、「国庫に大きな財源を提供する」感動と情熱の産業となるのである。

《岡元麻理恵》

【読書案内】

ギ・ド・モーパッサン『ベラミ』田辺貞之助訳、新潮世界文学、１９８２年

エミール・ゾラ『獲物の分け前』中井敦子訳、ちくま文庫、２００４年

# III

## ユゴーからマラルメまで

# 第21章　ヴィクトル・ユゴーのストラスブール

## 垂直の旅

プティット・フランス地区

　ストラスブールはアルザス地方の中心的な都市。ライン川を挟んでフランスとドイツが隣接する国境にある。以前はパリから電車に乗ると4時間以上かかったが、２００7年にＴＧＶ（高速鉄道）が開業してからは、2時間ちょっとで行くことができる。そこには欧州議会の本会議場などヨーロッパの政治の中核を担う組織が置かれている。他方、ユネスコの世界遺産に登録されているノートルダム大聖堂が街を見降ろし、コロンバージュと呼ばれる伝統的な木組みの家が美しい街並を作るプティット・フランス地区も残されている。そんな過去と現在の混在も、この町の魅力の一つといえる。駅舎も、電車から降りて少し歩き始めた時に見えるのは古い雰囲気の暗い建物だけれど、そこから一歩出ると近代的なガラスのドームが明るい日差しを降り注がせる。それだけで時間の中を旅行した気分になってくる。駅から旧市街に向かう道を歩いていると、フランスにいながら、どこかドイツ的な感じもある。ストラスブールという名前自体、「シュトラス（道）ブルク（街）」というドイツ語をフランス語読みにしているにすぎない。

１８３９年９月の初旬にヴィクトル・ユゴーがストラスブールの地に来た時には、今よりももっとドイツ的な雰囲気が漂っていたに違いない。アルザスを巡っては、ドイツとフランスの間で領有問題が長く続いて来た。新石器時代の遺物が残っていることからもわかるように歴史は古く、紀元前3世紀にはケルト人の村があったことが確認され、その後はローマ帝国の支配下に入った。次いで、フン族の侵入を受け、フランク族が再建。カール大帝の死後、フランク王国が分割される混乱の中で８４２年に結ばれた「ストラスブールの誓い」は、最古のフランス語の資料と考えられているが、その名前の通りこの町で交わされた。その後、しばらくしてアルザス地方はドイツ王ルードヴィヒ2世の支配下に置かれ、約８００年間ドイツ側に属した。フランスの領土となるのは17世紀後半、ルイ14世が自然国境説を主張し、ライン川のフランス側の地域を併合した時からにすぎない。

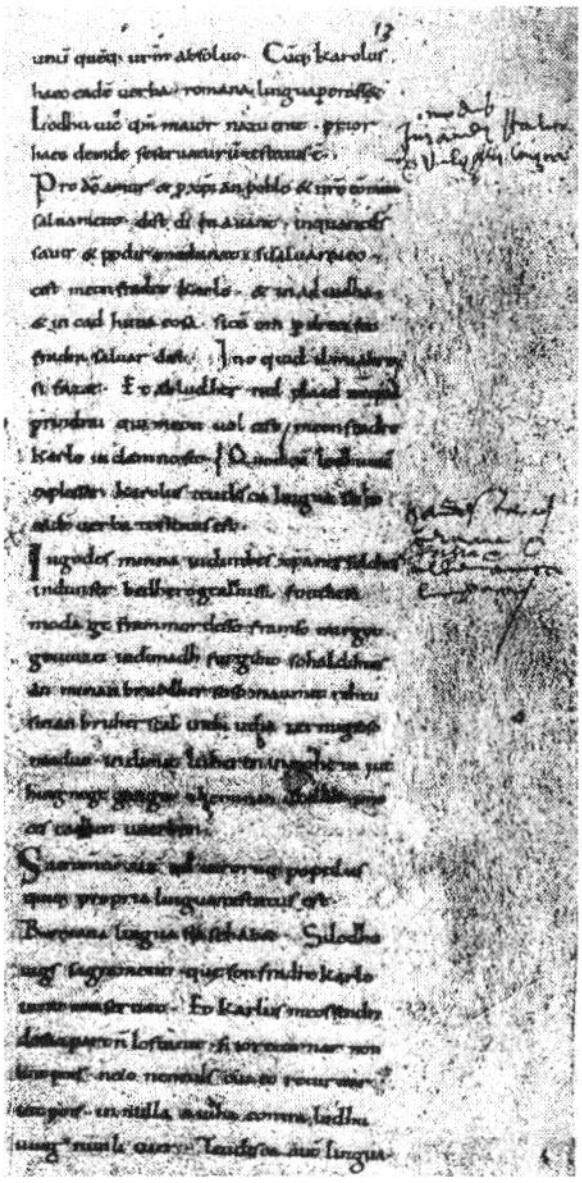

「ストラスブールの誓い」

１８２５年に出版された観光ガイド『ス

トラスブール街案内』には、アルザス地方は870年から1648年までドイツ帝国に属し、1697年に締結されたレイスウェイク条約によってやっとドイツが権利を放棄したため、フランスになってから150年しか経っていず、様々な名所、肥沃な土地や産業などがまだあまり知られていないと書かれている。ユゴーの紀行文『ライン川』がそうであるように、ストラスブールへの旅行は、ライン川沿いに点在するドイツの街々が本来の目的地であり、「道の街」はその入り口に過ぎなかったとも考えられる。ユゴーの直前にこの地を訪れたジェラール・ド・ネルヴァルの紀行文（後に『ローレライ』に収録）でも、旅行者はストラスブールからライン川の向こうにあるバーデン、さらにはその奥にひっそりと佇むリヒテンタールへと進んでいく。ネルヴァルは言う。ストラスブールに着いて驚くのは、すぐにはライン川が見えないことだ。彼はライン川を見た後、大聖堂に向かう。ではユゴーはどうだろう。

8月31日の夕方6時の郵便馬車でパリを出発したユゴーは、9月1日にはナンシーで夕食を取り、2日の早朝ストラスブールに到着する。その日、大聖堂を訪れ、翌3日には聖トマ教会を見物、旅の様子を伝える手紙をパリにいる妻アデルに認《したた》める。ついで4日にはライン川の対岸に位置するドイツの町ケールを通り、フリブール・アン・ブリスガウへと向かう。結局滞在したのは丸2日だけで、その間に大聖堂と聖トマ教会だけが彼の注意を引いたらしい。面白いことに、その二つはユゴーが参照したと言われている『ライン川旅行者ガイド』で紹介されるストラスブールの13の観光スポットの中で、最初と二番目に出てくる目玉的なものであり、彼もガイドブックを結構信用していたのではないかと思うと、微笑ましくなる。もう一つのエピソードを紹介すると、彼はこの時愛人のジュリエット・ドルエと旅をしていたのだが、アデルに宛てた手紙の最後で、パリに残してきた妻や子どもに対する愛の言葉を連ねている。

もしユゴーと一緒に大聖堂と教会を訪れるとしたら、たぶん、そこに向かいながら見えてくる建物の外観には賞賛を惜しまないが、一旦中に入ると不満げな顔になり、文句が聞こえてくるかもしれない。大聖堂では、内部全体が塗り直されている様子を「恥ずかしげもなく」と記し、15世紀のゴシック様式の素晴らしい説教壇も「愚かなやり方で金色にされ」、不幸なことだと嘆く。無知なイギリス人観光客やドイツ語とアルザス語が混ざったような言葉を使う番人にいらいらするのは、歴史的な建造物の中で瞑想に耽りたいからだろう。聖トマ教会でも、当時発見されたナサウ伯爵の遺骨に、防腐処置のためなのか、靴を磨くように蠟が塗られているのを目にし、怒りの気持ちを隠さない。全てが今風になってしまっていることを嘆くのだ。

ストラスブール大聖堂

だからこそ、ユゴーは「垂直な旅」が好みだと言う。空間を横に移動するのではなく、上昇する旅。そのためには、ストラスブールの大聖

大聖堂から街を見下ろす

堂ほど適した建造物はない。その高さは当時随一で、『ライン川旅行者ガイド』によれば、ローマのサン・ピエトロ大聖堂のドームよりも数メートル高い。ユゴーも尖塔の高さは世界一だとしている。地上を離れ、遙か上空に達し、下界を見降ろす。そこからの光景は素晴らしい。足元に見えるストラスブールの古い街並、その間を流れるイル川とローヌ川。彼方には広大な田園風景が広がり、ライン川は蛇行して流れている。塔を回っていけば、北には黒森、西にはヴォージュ山脈、南にはアルプスが見えてくる。ユゴーにとって、この光景は「命を持った地図」であり、靄や煙、影、光、水や葉の揺らぎ、雲、雨、陽の光を感じ取ることができる。

このように、同じ大聖堂を訪れながら、地上に留まっているときの幻滅と、垂直な旅行が発散する恍惚感は、ヴィクトル・ユゴーという作家の本質をはっきりと示している。

《水野尚》

**【読書案内】**

ヴィクトル・ユゴー『ライン河幻想紀行』榊原晃三編訳、岩波文庫、1985年

# 第22章　『王妃マルゴ』とルーヴル宮

19世紀の文豪の名にふさわしく、小説と演劇の両方面で空前の成功をおさめたのがアレクサンドル・デュマ（1802–70）である。だれもが知るようにデュマは歴史ものを得意とし、「シャルル四世の治世から現代にいたるまで」の６００年にわたるフランス史を、小説、戯曲を通じて描くことを自らの使命としていた。デュマをとりわけ惹きつけたのが宗教戦争の時代であり、キャリアの絶頂期にあたる１８４０年代、『三銃士』『二十年後』『モンテ・クリスト伯』といったベストセラーを連発しながら、デュマは『王妃マルゴ』『モンソローの貴婦人』『四十五人組』からなる「ヴァロワ三部作」を完成させている。

王妃マルゴことマルグリット・ド・ヴァロワとナヴァール王アンリ・ド・ブルボンの政略結婚から、シャルル9世の崩御とアンリ3世の即位までを描き、ナヴァール王の都落ちの場面で終わる『王妃マルゴ』は、質量ともに「ヴァロワ三部作」を代表する歴史小説である。なにせ、初版本で全6巻、王家の跡目争いや政治的陰謀、男たちの闘いと友情、そして、ルネッサンス的教養人であると同時に恋

16世紀の古地図（p.29に同じ）「バーゼルのパリ図」のルーヴル宮（右下）

多き絶世の美女として知られたマルゴと勇敢な騎士ラ・モルの恋物語など、多くの要素を盛り込んだ合計２０００ページのまぎれもない超大作なのだ。

この大歴史小説が今なお読み継がれ、映画化され、さらには漫画の着想元ともなっているのはなぜか。作品が魅力的だからといってしまえばそれまでだが、ここでは物語の舞台設定の妙について述べてみたい。

『王妃マルゴ』の中心的な舞台は、16世紀後半のルーヴル宮である。ルーヴルは今では美術館として知られるが、12世紀初頭にフィリップ・オーギュストによって建てられた城砦を起源としている。その後の王たちはルーヴルを宮殿とすべく増築拡張につとめ、最初に王家の居城としたのがアンリ2世の未亡人、シャルル9世とマルゴの母のカトリーヌ・ド・メディシスであった。カトリーヌ・ド・メディシスは摂政として政治の実権をにぎり、混迷をきわめる宗教戦争の時代にルーヴル宮を政治の中枢とした。

『王妃マルゴ』のページをめくった瞬間から、読者は16世紀後半のパリへと引き込まれる。

一五七二年八月十八日、月曜日、パリのルーヴル宮では盛大な祝宴が催されていた。旧王宮の窓という窓は、ふだんはあれほど暗いのに、今日ばかりは煌々と明るかった。隣接する広場や街も、サン＝ジェルマン＝ロ－セロワ聖堂の鐘が九時を告げると、日ごろはあれほどもの寂しいのに、今宵は時は深更にもかかわらず、町民たちの群れで満ち溢れていた。（榊原晃三訳）

物語は、マルゴとアンリの結婚を祝う王家の宴の描写とともにはじまり、聖イノサン墓地、ヴァンセンヌの牢獄、サン＝ジェルマンの森へと印象的な場面転換を挟むものの、全篇にわたって「陰気で恐ろしげ」なルーヴル宮とその周囲で展開していく。カトリックとプロテスタントの首領たちが凄みをきかせて睨み合うのも、マルゴとアンリが立場をこえて共謀を図るのも、カトリーヌ・ド・メディシスが陰謀の糸を張り巡らせ政敵に監視の目を光らせるのも、恋人たちが密かに逢瀬を重ねるのも、すべてルーヴル宮においてである。いい方を変えれば、『王妃マルゴ』では、巨大なスケールの物語＝歴史がルーヴル宮を舞台とするアクションに分割され、一つ一つのアクションは密室劇の緊張感と濃密さをもって語られていく。「極限にまで濃縮されたアクションを手にするために、デュマは閉じられた室内空間の中に「時」を蒸留する」というデュマ演劇に対するジャック・ゴワマールの言葉は、『王妃マルゴ』にもそのままあてはまる。

じっさい、デュマはルーヴル宮の「閉じられた室内空間」を舞台装置として巧みに使いこなしている。王妃の寝室を例に見てみよう。

ラ・モルは、ジロンヌに目もくれず、〔ルーヴル宮内部の〕玄関の広間に入り、廊下と二、三の部屋を通り抜け、最後に天井からぶら下がっているランプで照らされている一室にたどり着いた。

サン＝バルテルミーの夜、ルーヴル宮も虐殺の舞台となった（フランソワ・デュボワ〔1529-1584年〕《サン＝バルテルミーの虐殺》〔1572-1584年頃〕ローザンヌ州立美術館蔵）

金色の百合の紋章のついたビロードの幕の下の、彫刻を施した樫材の寝台に、上半身裸の女性が片腕をついて、怯えた目を見開いていた。

ラ・モルはその女性に駆け寄った。

「王妃さま！」彼は叫んだ。「仲間が殺されています。わたしも殺されそうです。ああ！　あなたは王妃さまです……わたしを助けてください」

そして、絨毯に血を流しながら、女性の足にかじりついた。


サン＝バルテルミーの虐殺の夜、深傷を追ったラ・モルはルーヴル宮に逃げ込む。偶然ランプの灯っていた部屋に入ってみると、そこには肌をあらわにした女性が怯えた目でこちらを見ている。王妃の寝室を劇場の舞台として想像してみると、どたどたと大きな音を立てながら舞台袖から現れ、寝台に駆け寄っていくラ・モルの姿が目に浮かんでくる。二人はここで史実をこえた《ロマネスクな》再会をはたし、それまでギーズ公アンリとの愛の巣窟であった王妃の寝室は、ラ・モルという新たな主人を迎えることになる。

物語の終盤、ラ・モルの死によって二人の恋物語もまた終わりを迎えようとする時、王妃の寝室は別の顔を見せる。

王妃は恋人の形見〔愛してやまなかった恋人の首〕を寝室の飾り戸棚の中に置いた。そこは今日から礼拝堂になるのだ。それから、アンリエットを見張りに残して、この上もなく美しく、この上もなく青ざめたマルグリットは、十時ごろ、舞踏会の大広間へと入っていた。

かつて結婚の祝宴が開かれたのと同じ「舞踏会の大広間」との対比のなかで、王妃の寝室は、愛と死に彩られた厳かな私的空間へと昇華している。興ざめなことをあえていえば、マルゴがラ・モルの首を形見としたというのは全くの作り話であり、「礼拝堂」云々はデュマによる創作である。しかし、フィクションとわかってはいても、「寝室の飾り戸棚」に自らの魂を残すようにして私室を去り、舞踏会へと向かっていくマルゴの気丈さに読者は強く胸を打たれるのである。この場面を最後に、マルゴは物語の舞台から降り、二度とルーヴル宮に戻ることはない。

いうまでもなく、今日のルーヴルは内部も外観も『王妃マルゴ』の時代とは大きく様変わりしている。それでも、かつての地層はルーヴルの随所に残されているし、サン＝ジェルマン＝ローセロワ聖堂、ラ・モルとココナスが出会う宿屋「ラ・ベル・エトワール亭」のあるラルブルセック通りは、ルーヴルの徒歩圏内にしっかり現存している。『王妃マルゴ』のパリは今なおルーヴル界隈に息づいているのである。

《谷本道昭》

**【読書案内】**

アレクサンドル・デュマ『王妃マルゴ』（上・下）榊原晃三訳、河出文庫、１９９４年

# 第23章　ジョルジュ・サンドと水の誘惑

## 「フェミニズム作家」の誕生

パリ9区、モンマルトルの喧騒からほど近いことが信じがたいほど静かな小道を抜けた先に「ロマン主義美術館」がある。画家アリ・シェフェール（1795−1858）の邸宅をもとにしたこの美術館の一階には、ジョルジュ・サンドゆかりの品々が集められている。ロマン主義全盛の1830年代に建てられたこの画家の邸宅兼アトリエに、サンドをはじめとした作家や、ドラクロワ、ショパン、リストといった名立たる芸術家が集まっていたという。

パリの社交界に男装で出入りしていたことで知られるサンドは、同時に、田園を愛した作家でもあり、その長い生涯ノアンとパリの間を数えきれないほど往復した。ノアンは、六角形のフランスのほぼ中央、旧地方名でベリーと呼ばれる地方に位置し、サンドはその村に、貴族の家系をひく父方の祖母から受け継いだ館と所領を所有していた。『魔の沼』（1846）や『愛の妖精（プチット・ファデット）』（1849）といったサンドの「田園小説」は、ベリー地方の自然や農村の生活との親しみを背景に執筆された。

「ノアンの奥さま」と呼ばれていたサンドが、同時に、旅のひとでもあったことも忘れるわけにはいかない。よく知られたものだけでも、１８２５年夫と連れ立ちピレネー、１８３３年ミュッセとはイタリア、１８３６年リストとその恋人マリー・ダグーと合流したスイス、１８３８年ショパンとは地中海のマヨルカ島……。これらの旅は執筆活動の重要な発想源であり、『ある旅人の手紙』(1837) や『マヨルカの冬』(1842) といった旅から直接着想をうけた作品だけでなく、18世紀を舞台に歌姫がヨーロッパ各国を遍歴する『コンシュエロ』(1843) でのヴェネツィアの描写など、外国での体験が虚構作品のなかに痕跡を残している。

ロマン主義美術館（外観）

ロマン主義美術館（内部）

パリ、田園、そして異郷。サンドの人生と作品を貫く以上の三要素は、ジョルジュ・サンドという筆名のもと初めて出版された作品『アンディヤナ』(1832) においてすでに見出すことができる。パリ近郊のブリーの館を主な舞台とし、齢の離れた元軍人の夫に服従を強いられる若妻アンディヤナが、恋人レイモンに恋い焦がれながらも捨てられる過程を描くこの小説における空間的多様性をよく表すのが、繰り返される水死の主題である。

四部構成をとる作品の第一部のクライマックス、ヒロインの乳飲み姉妹で小間使いをつとめるヌンの水死は、田園の風景のなかに置かれる。3月の朝、ブリーの館の庭の霜のおりた芝生をひとり散歩するアンディヤナは、鳥の鳴き声が春を告げるなか、小川の葦のあいだに浮かぶヌンの遺骸を見つける。一方、第三部において、夫のもとから逃げ出したものの恋人から冷たく拒否されたアンディヤナが入水の誘惑に駆られるのは、パリのセーヌ河岸である。人生を賭けた家出が失敗に終わり夫のもとに戻ることが決定的になった早朝、心身ともに疲弊し、おぼつかない脚でセーヌ沿いを歩きながら、ふと気が付くと足は水につかっている。そして小説の結末、幼馴染ラルフとの心中の試みの舞台は、ブルボン島に設定されている。マダガスカルの東に位置する、現在はレユニオン島と呼ばれるフランスの海外県である。最期の地として選ばれたのは、この島のなかでも人里離れたベルニカ渓谷の滝。美しい月明かりがヤシの梢を照らし、宝石のようなコガネムシがコーヒーの木々のあいだからたてる微かな音に囲まれ、二人は水に飛び込む。

フランス各地を背景にこのように執拗に描かれる入水の誘惑は、サンド自身、経験したものでもあった。自伝『我が生涯の記』(1855) では、17歳の頃、ノアンでの祖母の介護に起因する不眠と憂鬱症から自殺の願望に取りつかれた体験が語られる。昼夜問わず世話に専心する健気な孫娘は、どうせぐっすり眠れないのだから二晩に一度しか眠らない、深夜に起こされたら読書をしよう、と心に決める。けれど、その読書が神経をさらに過敏にする。シャトーブリアンの『ルネ』やバイロンに代表される同時代のロマン主義文学は、疲れ切った若い娘に芽生えた現実世界への嫌悪を募らせるばかりである。自殺の願望は「神秘的な魅惑」を湛える水を通して少女に取りつくことになる。田園の散歩も、足はいつしか川岸ばかり、それも深い水に向かってしまう。抵抗し難い水の魔力は、乗馬中に馬もろとも川に落ちるという事件で頂点をつくる。

水の誘惑は、しばしば指摘される『アンディヤナ』における自伝的な要素の一つに数えられよう。けれども、作品の結尾を成すレユニオン島にサンドは実際には足を踏み入れたことがなく、その設定が南海の島という文学的な伝統を踏襲していることが示すように、作品と伝記をそのまま重ね合わせるわけにはいかない。サンド自身、結婚制度という軛《くびき》に苦しんだ点でヒロインと重なる部分がありながらも、上記『我が生涯の記』のなかで「情熱に駆られたクレオール」と自身を重ねることを明確に拒否している。事実、サンドは、夫の圧政から脱するために、入水とも南の島とも異なる生きるための現実的な術《すべ》を探そうとしていた。

『アンディヤナ』執筆の直前の1831年、交渉の末に夫から「許可」を得たサンドはパリでの生活を本格的に開始する。同じく『我が生涯の記』によるならば、現在のサン＝ミシェル広場にほど近いセーヌ川を見下ろす五階に部屋を借り、幼い娘ソランジュを腕に抱えながら慣れない階段を上り下りする生活である。夫との間で決められた金額のなかでぎりぎりのやりくりをするため、女中も雇わず、自ら洗濯することも辞さない。サンドの代名詞である男装は、そんな不如意な生活を送りながら社交界に出るための方策であった。というのも、田舎では味わうことのできない首都ならではの知的芸術的刺激を享受するには、すなわち劇場、美術館、サロンに出入りするには、女性の場合、身だし

ジョルジュ・サンド像（フランソワ・シカール作〔1904年〕パリ、リュクサンブール公園）

なみとして自らを飾り立てる必要がある。「二万五千フラン以下の年金では、パリで女でいることなどできない。」バルザックによる警句をひきながら、サンドは、フロックコートを身にまといパリを闊歩し始めた、そんな顛末を楽し気に振り返っている。

結婚制度に代表される女性を縛りつける桎梏の告発を主題とする『アンディヤナ』は、サンドの実人生においても、因習と対決しながら自らのペンで経済的社会的自立を実現する職業作家の第一歩を印す作品である。フェミニズムという言葉が生まれる前、フランス各地を背景に水の誘惑に惹かれる女性を描きながら、「フェミニズム作家」サンドが誕生した。

《上杉誠》

【読書案内】

ジョルジュ・サンド『アンヂアナ』（上・下）杉捷夫訳、岩波文庫、1937年

ジョルジュ・サンド『我が生涯の記』加藤節子訳、水声社、2005年、全3冊

# 第24章　ジェラール・ド・ネルヴァルのヴァロワ地方

## フランスの心臓の鼓動が聞こえる

モンタニー教会

ネルヴァルの読者にとって、ヴァロワ地方という言葉は神話的な響きを持っている。その名前を聞いただけでうっとりとし、一度でもいいからヴァロワの地を訪れ、エルムノンヴィルやシャーリを自分の目で見たいと夢見る。そして、実際にそこを訪れ、『シルヴィ』の中に出てくる小さな村が今ではパリ近郊の市街地として整備され、昔の面影をほとんど残していないことを発見したとしても、ネルヴァル的世界の魅力から醒めることはない。オティスにあるごく普通の新しい家の前で、ここにシルヴィのおばさんの家があったに違いないと得心し、モンタニーの散文的な街並の中で主人公のおじさんの小さな庭を想い浮かべる。町の外れで、青い空に向かって尖塔を突き上げている教会を見れば、ほとんど恍惚として、主人公もこの教会を見たはずだなどと確信してしまう。
シャーリー・エブド事件を引き起こした犯人の二人が、ダマルタンの印刷所に立て籠もった時、ものすごい衝撃が僕の頭と心を襲った。そこは、シルヴィがグラン・フリゼと結婚し、主人公が物語の最後に彼女の許を訪れた家のある町なのだ。19世紀半ばのネルヴァルの世界と21世紀のテロがリンクした瞬間、夢と現実が烈しい勢いでぶつかった。では、その衝撃のおかげで、現実は夢の世界を破壊してしまっただろうか。否、決してそんなことはない。文学の世界は不思議なほど堅固で、ヴァロワからオーラが消え去りはしない。それほどまでに、文学は現実に夢を纏わせてくれる魔力を持っている。

ネルヴァルも文学作品の中で固有名詞が持つ特別な力をよくわかっていて、読者の心に入り込み、記憶の中に刻み込まれるように言葉を紡いだ。ジャン゠ジャック・ルソーの思想に基づいて設計され、自然をふんだんに活かした庭園が今も残るエルムノンヴィル。ルソーはこの地で亡くなり、大きな池の中に作られたポプラの島に埋葬された。その後、パリのパンテオンに遺体は移されたが、空になったお墓は今も彼の思い出とともに残っている。実際、庭園は昔のままの姿を留め、ジャン゠ジャック・ルソー公園と呼ばれている。『シルヴィ』の語り手は、かつて愛したアドリエンヌとシルヴィを失った後、エルムノンヴィルに向かってこう呼びかける。「お前はたった一つの星を失ってしまった。アルデブランの人を欺く惑星のように、青くなったりバラ色になったりするその星は、アドリエンヌなのか、それともシルヴィなのか。——いや、それはたった一つの愛を二つに割った片方ずつ。一つは崇高な理想。もう一つは優しい現実。お前の木陰、お前の湖、そしてお前の荒れ地は、今ぼくに何をしてくれるというのか。」失われた愛を思い描きながら投げ掛けられたこの詠嘆が、エルムノンヴィルという固有名を読者の心に刻み込み、現実に基づきながらも現実とは違う、「もう一つの現実」とでも言えるものを作り出す。

「シャーリ、そこにもまた思い出がある。」修道院に入ったアドリエンヌが、夢なのか現実なのかわからない雰囲気の中で、キリストの復活を描いた神秘的な劇を演じた場所が、シャーリの古い僧院だった。紀元8世紀くらいから存在が確認されているこの僧院はシトー会派に属していたが、現在はフ

礼拝堂の外観（シャーリ）

礼拝堂の内観（シャーリ）

ランス学士院の博物館として一般に公開されている。その敷地の入り口から入っていくと最初に目に飛び込んでくるのが、崩れかけた修道院の横に佇む礼拝堂。その慎ましやかな姿はとりわけ印象的だ。中に入ると、美しい内部の壁と天井画が目に飛び込んでくる。これらは、ルネサンス期にイタリア美術をフランスに広めた画家たちの一人フランチェスコ・プリマティッチオの手になるもの。つい最近修復されたばかりなので、聖母マリアや天使たちは鮮やかな姿をしている。しかし、かつて色彩はもっとくすんでいたに違いない。ネルヴァルがこの光景を思いながら、神秘劇の舞台としたことに自然と納得がいく。そして、彼の思い出とともに僧院を訪れると、私たちの心の中にも現実と非現実が複雑に絡まり合った思い出が出来上がり、「シャーリ、そこにもまた思い出がある」という言葉が自然と口をついて出てくるようになる。

２０１３年にシャーリとエルムノンヴィルの間には、「作家たちの小径」と名付けられた遊歩道が作られ、とても気持ちのいい散策を楽しむことができる。ルソーやネルヴァル、そして『オベルマン』の作者であるセナンクールを偲んだもので、深い森と小さな泉が点在するヴァロワ地方の自然を楽しむには絶好の空間となっている。

残念ながら近くに電車が通っていないので、日本からの観光客は気軽に行くことができない。実は、こうした状況はネルヴァルの時代からずっと続いている。実際、19世紀に鉄道が発達したとき、森の中心ではなく端にあるクレイユを通ったために、王家とつながりが深いサンリスのように栄えた町も、経済的な発展から取り残されてしまった。そうした中で、パリの喧噪に疲れた人々が憩いを求め、古きよき時代のフランスを再発見したのが、取り残されたヴァロワ地方の町や村だった。それは19世紀半ばのパリの人々にとっても、過去のフランスを思い出させてくれたことだろう。

そうしたヴァロワ地方の雰囲気を夢幻的なタッチで描いた絵画に、ジャン＝バチスト・カミーユ・コローの《モルトフォンテーヌの追憶》（1864）がある。モルトフォンテーヌは今でも本当に小さな村で、ネルヴァルの顔を描いた記念碑くらいだけが私たちの興味を引く。絵画の背景となった森と湖はある富豪が購入して一般には公開していないため、敷地内にあるヴァリエール城も遠くからしか見ることができない。しかし、１８０８年にパリで生まれたネルヴァルが、軍医である父の出征のためにこの村に預けられた１８１０年頃には、コローの描いたような風景を目にすることができただろうし、実際にその中を散策したことだろう。今ではルーヴル美術館の入り口になっているガラスのピラミッドのある場所に、１８３５年頃には安アパートがあり、ネルヴァルはそこでボヘミアン的生活を送っていた。その時の思い出を語った『ボヘミアの小さな城』の中で、南フランスの風景を描いたコローの絵画を二つ持っていたと書いている。としたら、画家とは知り合いで、彼にモルトフォンテーヌの風景の美しさを話していたのかもしれないと想像してみるとどうだろう。コローとネルヴァルの世界が追憶という言葉で一気につながり、絵画と文学のハーモニーが私たちの想像力を活性化させてくれる。そのような経験をした後からは、モルト

ヴァリエール城

フォンテーヌという名前を耳にするだけで、言葉にならない気持ちよさを感じるようになるだろう。

少しだけ現実に戻り、日本からの旅行者がヴァロワ地方を簡単に味わう方法を考えてみよう。それにはシャンティイが最適。パリから電車で30分弱すれば着いてしまう。駅を下りて森の中を歩き、世界でもっとも美しいと言われる厩舎を通り過ぎると、そこはもう城。今では美術館になっていて、フランスでも有数の絵画コレクションがあり、「ベリー公のいとも豪華なる時禱書」も所蔵されている。ル・ノートル作の庭園も美しく、もっと奥まで歩いていくとコローの絵画に描かれたような森と湖の風景を楽しむことができる。

シャンティイ城

『シルヴィ』には、古いヴァロワ地方では、千年以上前からフランスの心臓が鼓動してきた、と書かれている。その鼓動を感じながらネルヴァルに導かれてヴァロワ地方を訪れる喜びは、言葉に言い表せないほど大きい。

《水野尚》

**【読書案内】**

ジェラール・ド・ネルヴァル『火の娘たち』中村真一郎、入澤康夫訳、ちくま文庫、２００３年

# 第25章　ミュッセとフォンテーヌブロー

## 思い出を奏でる調べ

　共通の知人により引き合わされたミュッセとサンドが互いの愛を確認した思い出の場所、それがフォンテーヌブローである。1833年8月、二人はフォンテーヌブローの森に滞在し、愛を深めた。だがこのときすでに、ヴェネツィアでの破局の予兆とも思われる精神的危機がミュッセを襲っていたのだ。その年の12月、旅先のヴェネツィアでまずはサンドが、続いてミュッセが病気になる。病床で狂気の発作に襲われたミュッセの治療を、サンドはイタリア人医師パジェッロに託す。サンドとパジェッロが愛し合うようになったことに気付いたミュッセは、ヴェネツィアを一人発つ。フォンテーヌブローでの牧歌的なときはほんのひとときの夢でしかなかった。

　ミュッセがサンドに送った手紙から響いてくる切々とした声が、映画『年下のひと』（1999）では、馬車に揺られて去って行くミュッセの姿に重ねられる。「君に言われたからこうして僕は出て行き、君に言われたから僕はこうして生きている。僕はもうダメだ。もう何もわからない、自分が歩いているのか、息をしているのか、話をしているのか。僕の天使、幸せになっておくれ。そうすれば僕も幸

コロー《フォンテーヌブローの森》1834年（ワシントン、ナショナル・ギャラリー蔵）

せになるだろうから。僕の愛し方はあまりに不器用すぎた。」ミュッセ役を演じるブノワ・マジメルの声を通して聞こえてくるのは、ミュッセの複数の書簡を巧みに再構成したものだ。

書簡の中でミュッセは言う。パジェッロの中に「僕自身のよい部分を認めたのだ、そう、純粋な部分、それは、毒され取り返しがつかないほどに汚れてしまう前の僕の純粋さだ」（1834年4月30日付の書簡）。この言葉はミュッセの戯曲『マリアンヌの気まぐれ』（1833年刊、1851年初演）におけるオクターヴの台詞と響き合う。分身とも言うべき友人セリオの死に際しオクターヴは言う。「セリオは僕のよい部分であったが、それはセリオと一緒に天上に行ってしまった」（第2幕第6場）。さらに1834年9月15日付の書簡で、フォンテーヌブローでの幸せな思い出に言及したうえで、「さらば命、さらば友情、憐み、ああ！ どうしてこうなってしまったのか。もっとうまくやれたはずなのに。この手紙を折りたたむことで、僕は自分の心を折りたたむような思いだ。僕の心は締めつけられ、骨と化す。さらば」と締めくくる。これに呼応するかのように、オクターヴはマリアンヌの愛を拒み、彼女を絶望させる。「さらば愛、さらば友情！ 地上には僕の居場所はない。」

ミュッセについて大部の評伝を書いたフランク・レストランガンが言うように、あたかも、ミュッセとサンドの熱愛と破局はすでに二人の作品のうちに書き込まれていたかのようだ。ミュッセの最初の戯曲『ヴェネツィアの夜』（1830年初演）で描かれるのは、愛する女性に裏切られ絶望する男の姿。だがその絶望も長くは続かない。友人、女性、楽器奏者を乗せたゴンドラがやってきて、一緒に楽しもうとの誘いに応えて男はゴンドラに乗り込み、音楽と共に去って行く。

この戯曲には、女がピアノを弾き歌おうとする場面（第2場）もある。ロッシーニのオペラ『泥棒かささぎ』（1817年初演）の一節「喜びに私の心は踊る」の前奏を女はピアノで奏ではじめるが、まだ歌い出さないうちに音楽は中断される。女は、二人の愛の障害となる求婚者アイゼナハ公を刺し殺して自分の元に来てもらいたいという恋人からの手紙を読み、心が揺れるものの、まだ見ぬアイゼナハ公がもうすぐここにやってくることに対する期待に胸をふくらませ言う。『泥棒かささぎ』のヒロイン、ニネッタが、戦地から戻って来る恋人との再会に胸を躍らせて歌ったように。「どんな方なのかしら。……互いに会うのはこれが初めて。……その方は私に何とおっしゃるでしょう。……私は目を上げてその方を見ることができるかしら。……ああ！ 胸が高鳴るのを感じる。」女の気持ちはアイゼナハ公へと傾いていく。しかも、アイゼナハ公は恋の生まれる様子を音楽にたとえて語り、女を魅了する。「導入部では演奏家たちはまだ調子を上手く合わせることができないようで、一体となろうと、互いに問いかけ、試し、手探りします。主題が彼らに調和をもたらし、一人ひとりは口をつぐみ、その声はかすかなささやきとなり、そのうちにひとつの調和に満ちた声が立ちのぼりすべてを包み込むのです。」「アンダンテにさしかかると、目は涙でうるみ、ゆっくりと進むアンダンテのリズムに合わせて手と手が結び合わされ、まるで小説の中のように、大げさな誓いが交わされ、ちょっとした約束が交わされ、ほろりとさせる場面があって、メランコリーもある。でも少しずつ、何もかもうまくいき、恋する男は、愛する女性の心が自分に向けられていることをもはや疑わない。喜びが再び生まれ、こうして幸福も戻ってくる。」たたみかけるようにして続けるアイゼナハ公に女は微笑みを返す。

ミュッセはロッシーニのオペラを愛好しており、イタリア人女性歌手を主人公とする戯曲『ベティーヌ』(1851年初演)では、この歌手に想いを寄せる男が愛する人を『チェネレントラ(シンデレラ)』(1817年初演)のヒロインになぞらえて言う。「魅力的な顔立ち、気品と繊細さに溢れ、才気と想像力がみなぎり、なんでもお見通し、何ひとつ見逃すことはなく、必要とあらば、王冠だって頂くことができるのです、ちょうど『チェネレントラ』の最終幕のように……」(第6場)。この他『タンクレーディ』(1813年初演)や『オテロ』(1816年初演)なども話題になっており、ロッシーニのオペラをミュッセがいかに愛していたかが窺われる。1851年時点ではオペラの作曲から遠ざかっていたロッシーニへの愛着が郷愁を持って語られるのだが、そこにはミュッセ自身の思いも重ねられていただろう。ロッシーニへの愛を語る男は言う。「どうしようもありませんよ。今好きなものより、昔好きだったもののほうが好ましく思われるのですから」（第6場）。ベティーヌはミュッセがある若い女優のために書いた役だが、そこにはこの女優への称賛だけでなく、かつて見たロッシーニのオペラでヒロインを演じたある歌姫への熱い思いもまた込められている。愛する男に捨てられたベティーヌに対し、彼女に想いを寄せる男は言う。「詩人は詩を書くものですし、音楽家は歌を作るもの。それは林檎の木に林檎がなるのと同じなのです。ロッシーニは作曲をやめたと言われますが、私はそんなことは信じませんね。ベティーヌ、あなたも、歌うことをやめないでしょう。力を取り戻し、勇気をふるって、〔ロッシーニのオペラ『オテロ』のヒロインの〕デスデモーナのハープをまた手にすることでしょう」（第18場）。

『ヴェネツィアの夜』のゴンドラから立ちのぼる音楽、『ベティーヌ』のうちに響くロッシーニのオペラ、ミュッセの言葉が奏でる妙なる調べが混然一体となり、過ぎ去ったときへの郷愁をかきたてて私を魅了する。

《秋山伸子》

**【読書案内】**

ミュッセ『マリアンヌの気紛れ——他一編』加藤道夫訳、岩波文庫、１９５４年

ミュッセ『ロレンザッチョ』渡辺守章訳、光文社古典新訳文庫、２０１６年

# 第26章　ボードレールとオンフルール
## 「おもちゃの家」での幸福の夢

オンフルールは、セーヌ河口をはさんで、この地方の中心都市ル・アーヴルに相対するちいさな港町で、とりわけ旧港の趣きのある景観で知られている。パリから直通の列車はなく、近くのどこか（チーズで有名なポン・レヴェックなど）でバスに乗り換えていく。日帰りはやや苦しく、一泊してゆっくり滞在を楽しむのにほどよい場所である。

この町に1855年、ジャック・オーピック――詩人シャルル・ボードレールが忌み嫌った彼の義理の父親――は一軒の家を購入する。元老院議員にまで上りつめたオーピックだったが、いまや仕事もほどほどにして妻のカロリーヌと隠居生活を楽しみたいと考えたのだ。その家は眼下にオンフルールの港と町並を望む断崖のうえにあり、庭からの眺望はすばらしい。たしかにのどかな隠居生活にふさわしい住まいのはずだった。だがこのとき彼は健康状態がすでにあまり思わしくなく、その2年後に亡くなってしまう。ボードレールの問題含みの詩集『悪の華』が刊行される2ヵ月ほど前のことである。以後カロリーヌはパリの住まいを引き払ってこの家に住むようになる。1858年に初めてここを訪れた詩人は、こぢんまりした家のたたずまいや庭からの眺望がすっかり気に入って、この家を「おもちゃの家」と呼ぶだろう。そして、ここで最愛の母親と水入らずで暮らしながら、文筆に精を出す生活を強く願うようになる。

「おもちゃの家」

オンフルール行きはボードレールにとって厳密な意味では旅と言えないかもしれない。旅ということであれば、彼にはインド洋のモーリシャス島とレユニオン島への若き日の（無理強いされた）大旅行がある。もちろんこれはこれで彼に強烈な詩的インスピレーションの数々をもたらした決定的な経験である。けれどもオンフルール滞在は、30代半ばを過ぎて早すぎる衰弱を自覚しはじめた詩人に、新たな創作のエネルギーを蘇らせる、奇跡のように豊かな時間をもたらすことになった。（パリではない）「よその場所」での滞在が彼のなかでことのほかの重要性をもちえた、ある意味例外的な事例と言うことができる。そもそも、ボードレールの目にオンフルールがどれほど魅力的な生活と仕事の場に映ろうとも、彼はなんだかんだ理由をつけて結局パリに舞い戻ってしまう。ボードレールほど「パリの詩人」という呼び名が深い意味をもつ詩人はおそらくいない。彼にとっては所詮オンフルールもそこに身を落ちつける場所にはなりえず、そのかぎりでは「旅先」のひとつの場所であるにすぎない。

ともあれこうしてボードレールは、1859年2月、さらに5月と6月、オンフルールの「おもちゃの家」に滞在することになる。そして1861年の『悪の華』再版を代表するいくつかの詩がこのときに構想され、かたちを整えられ、じっさいに執筆されたのだった。

有名な「秋の歌」は、ときに「オンフルール詩篇」と呼ばれたりもするそれらの作品のひとつである。「やがてぼくらは沈むだろう、つめたい闇のなかに。／さようなら、強烈なあかるさよ、あまりにも短いぼくらの夏の！／もうきこえてくる、ぼくには、不吉なショックをつたえて中庭の／敷き石に投げ落とされるたきぎのひびき」（井上究一郎訳）。

「秋の歌」は2部構成になっているが、第1部からは、暖炉用の「たきぎ」が中庭に積み上げられる音が不吉に響くこれらの詩句を皮切りに、もうとうに夏が終わって、早くも冬が近づきつつある寒々としたパリの、重く湿った空気の感触が伝わってくる。

それにたいして第2部では、詩人は「恋びとであり妹であるひと」に、「母になってください、ぼくが恩知らずでも、意地わるでも。」「落日のやさしさに、かがやかしい秋のやさしさに、なってください」と、（いささか身勝手な）願いをこめて切々と呼びかける。なぜ「落日のやさしさ」、「かがやかしい秋のやさしさ」なのかというと、夏が終わり冷えきった空気が彼の心を凍らせるいま、「何ものも、あなたの愛も、閨房も、いろりも、／海の面にかがやく太陽にまさるとは思われない」からである。しかしいずれにせよ、第1部と違って、（いまは記憶のなかにしかないオンフルールの）「海の面にかがやく太陽」のイメージが全体を支配している。

このように「秋の歌」はボードレールにとってのパリ／オンフルールが端的に言い表された詩だ。いやおうなしに彼が直面せざるをえないおぞましい現実としてのパリと、失われたかがやきの記憶として束の間の慰めを彼にもたらすオンフルール。ただ、先に「オンフルール詩篇」という言い方をしたが、そこに含まれる詩のすべてに「秋の歌」のような海のイメージが読まれるわけではない。なかには「7人の老人」や「小さな老婆たち」など、『悪の華』再版で「パリ情景」というセクションの中核をなす詩もある。ボードレールとパリとの関係は愛憎こもごもと言うしかないが、いずれにしてもパリなしに彼の詩は考えられないのだ。

オンフルールの旧港

1859年のオンフルール滞在中にボードレールは思いがけない再会を果たしている。たまたま近くに絵を描きに来ていたギュスターヴ・クールベとの久方ぶりの出会いである。彼らは1848年の二月革命の前後とりわけ親しく、ともに気ままなボヘミアン生活を謳歌する仲間同士であった。しかしその後芸術上の方向性の違いから、関係は疎遠になっていた。そんなわだかまりはあったものの、ふたりの友情は死んではいなかった。クールべはこの出会いを記念して《アスターの花束》という魅力的な作品を制作した。そこには「わが友ボードレールに捧げる、1859年」という献辞が書きこまれている。

　ところで、ボードレールはクールべ（ともうひとりの友人）を「おもちゃの家」に食事に招き、ふたりを送っていって、なんとそのまま彼自身もパリに戻ってしまったのだった。ボードレールは晩年、何ひとつ思い通りにならない不本意なブリュッセル滞在を2年近くにわたって続け、ついに発作に倒れて、言葉を失って半身不随の状態になる。結局彼の命を奪うことになるその発作がおこる1週間ほど前に、彼は母親にこう書き送っている。「オンフルールに落ちつくことは、ぼくにとっていつももっとも大切な夢でした。」しかし彼はつねにこの「夢」を裏切り続けた。そしてそれこそがボードレールであるということなのであった。

《吉村和明》

**【読書案内】**

シャルル・ボードレール『ボードレール全詩集』（1・2）阿部良雄訳、ちくま文庫、1998年

シャルル・ボードレール『ボードレール批評』（1－4）阿部良雄訳、ちくま学芸文庫、1999年

# 第27章 フローベールとルーアン
## 『ボヴァリー夫人』の町を歩く

フローベールと医学史の博物館（撮影：橋本由紀子）

ギュスターヴ・フローベールはフランス北部、ノルマンディー地方の主要都市ルーアンの生まれ。ルーアンおよび郊外のクロワッセで生涯の大半を過ごした。

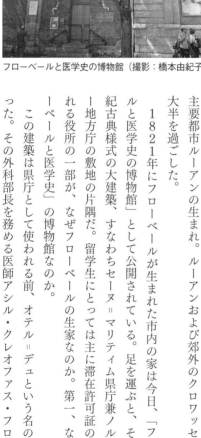

1821年にフローベールが生まれた市内の家は今日、「フローベールと医学史の博物館」として公開されている。足を運ぶと、そこは17世紀古典様式の大建築、すなわちセーヌ＝マリティム県庁兼ノルマンディー地方庁の敷地の片隅だ。留学生にとっては主に滞在許可証の更新で訪れる役所の一部が、なぜフローベールの生家なのか。第一、なぜ「フローベールと医学史」の博物館なのか。

この建築は県庁として使われる前、オテル＝デュという名の大病院だった。その外科部長を務める医師アシル・クレオファス・フローベール

セーヌ＝マリティム県庁（旧オテル＝デュ病院）

の病院内にある住居で、ギュスターヴは生まれたわけだ。ギュスターヴの兄、アシル・フローベールも父と同じく医者となった。博物館内には病院にあった人体模型や標本も置かれ、生家の近くには「ギュスターヴ・フローベール通り」に加え「アシル・フローベール通り」もある。

町の名士、フローベール家の、医者にならなかった息子が作家になったのだ。旧オテル＝デュ病院の威容を眼前にすると、ギュスターヴの社会的な立ち位置がリアルに感じられて、彼のブルジョワ嫌いも、また作中人物の心臓をえぐり出す外科医姿で描かれた有名な諷刺画も、見え方が違ってくる。

その後、一家の住まいはルーアン近郊、セーヌ川沿いのクロワッセに移り、フローベールは1880年に亡くなるまでここに暮らした。現在は建物の一角だけが残り、作家の遺品などを収めた記念館となっている。

名の知れた作家となってからも上京せずクロワッセでの生活をつづけたため「クロワッセの隠者」とも呼ばれたが、完全に引きこもっていたわけではない。『サランボー』や『感情教育』を発表したころはパリのタンプル大通り42番地に部屋を持ち、マチルド大公妃のサロンに出入りする社交人の側面もあった。

このようにパリとルーアン郊外を行き来する生活は、１８４３年に開通したパリ・ルーアン間の鉄道路線あってこそだ。今日の特急のように1時間強で両都市を結ぶほどの速度は当時の蒸気機関車にはないにしても、時速50キロで走るなら2時間半程度の距離。馬車がせいぜい時速10キロだったことを思えば、汽車が土地をめぐる人々の認識をどれほど劇的に変えたか、想像がつく。

ちょうど鉄道開通前後の時代のノルマンディーを舞台とするフローベールのデビュー作『ボヴァリー夫人』で、エマは乗合馬車に（所要時間の記述にむらがあるが、おそらく）3時間以上揺られて、架空の田舎町ヨンヴィルからルーアンへ出かける。彼女にとっては、パリなど夢のまた夢だから、いわばパリの代替品として、ルーアンの都会らしさに酔う。落ち合う相手は二人目の愛人、パリ帰りの青年レオンだ。

金持ちの遊び人ロドルフにふられたあと、以前ヨンヴィルで好感を抱いていたレオンにルーアンのオペラ座で再会し、翌日エマが滞在するボーヴォワジーヌ広場のホテルで面会、さらに明くる日ノートルダム大聖堂――フローベール晩年の作『三つの物語』における「聖ジュリアン伝」の発想源となったステンドグラスのある場所――で会った末、レオンはエマを辻馬車に押しこむ。公序良俗に反するとして雑誌掲載時には削除された有名な場面である。

馬車はグラン＝ポン街をくだり、デ＝ザール広場からナポレオン河岸へ出て、ヌフ橋を渡り、ピエール・コルネイユ像の前でがたんととまった。

「もっと先まで！」と内側《なか》から声がした。（山田𣝣訳）

以下、セーヌ左岸の植物園から、右岸へ戻って丘を越えた隣町まで、ひたすら地名を列挙することで、あてどなく走りつづける馬車の中で何がおこなわれているのかを、フローベールは書かずに書く。通りや広場、教会の名の多くは今日と変わらない。そう簡単に歩き通せる距離ではないが、いかに滅茶苦茶な行程か、一部を歩いて確かめてみるのもいい。

フローベールは作中人物の主観的な負荷がかかった視覚描写を確立し、映画以前の映画的小説と評されることもある。ルーアンに住んでみると、それまでもうひとつ理解できなかった『ボヴァリー夫人』の描写が現実とつながる瞬間に幾度も遭遇した。特に印象に残る二点について述べたい。

ひとつは、完成稿では削除された草稿上の特異な場面として名高い、ヴォビエサール城でのエマの散歩である。一度きり招かれた侯爵邸での舞踏会（第1部第8章）で、エマは貴族の生活に触れ、胸を膨らませる。翌日、帰る前に招待客一同は広大な庭を歩く。短い場面だが、下書き段階ではより長く（フローベールは推敲の段階で大量に削除するのが特徴）、他の人々から離れたエマが一人で古い小さな空き家に入り、色とりどりのガラスを嵌めた窓を覗きこんで、緑や赤に染まった景色を眺めるという挿話があった。

色フィルターを通した風景を描くという、視覚実験のような面白い描写だが、腑に落ちないのは「多彩な色ガラスで作った窓」の非現実感だった。ステンドグラスとも違うようだが、これは一体なんだろう。どこからフローベールはこんな不思議な窓を思いついたのか。しかし、ルーアン旧市街を

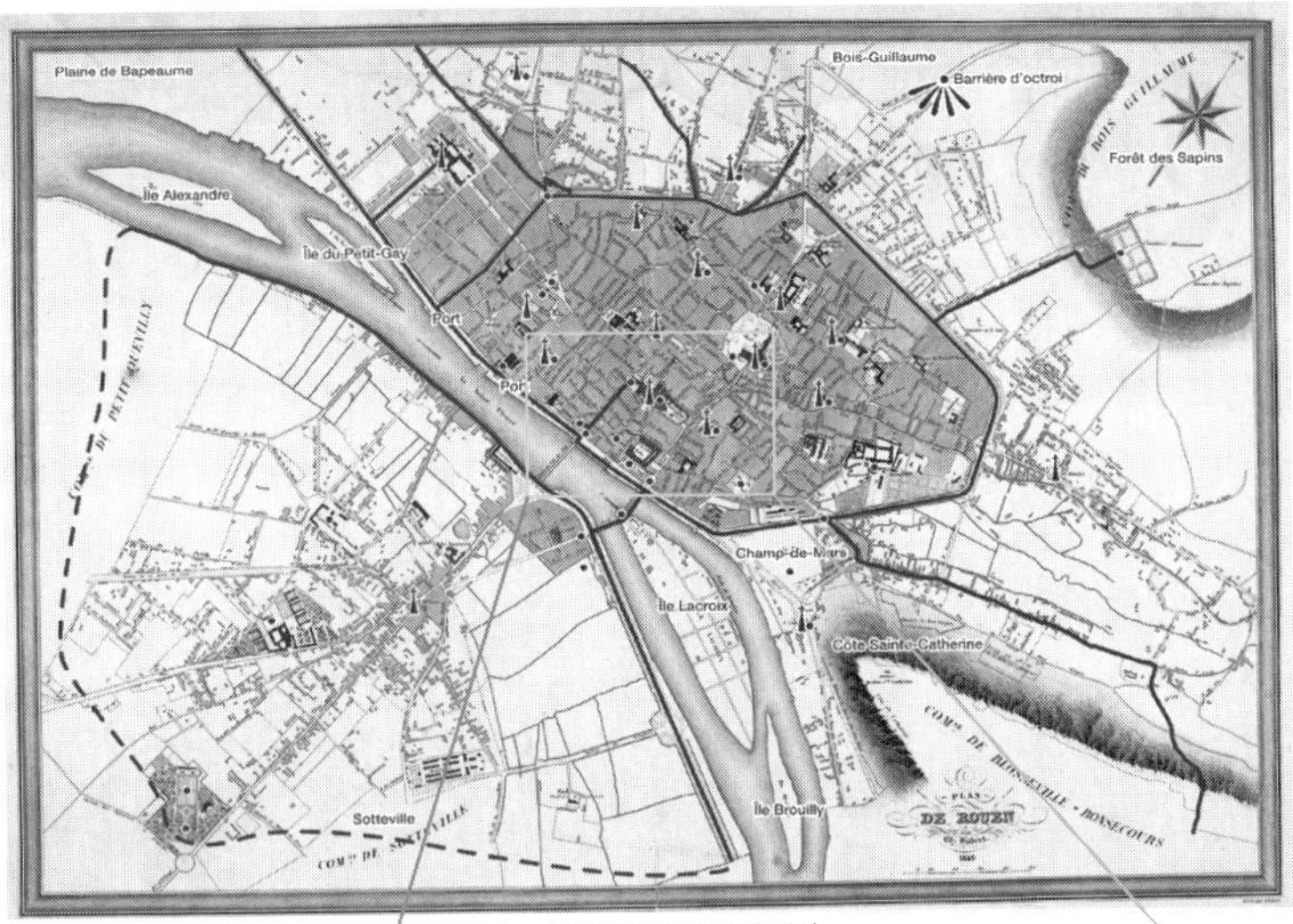


『ボヴァリー夫人』の時代のルーアン（太線は馬車の行程）

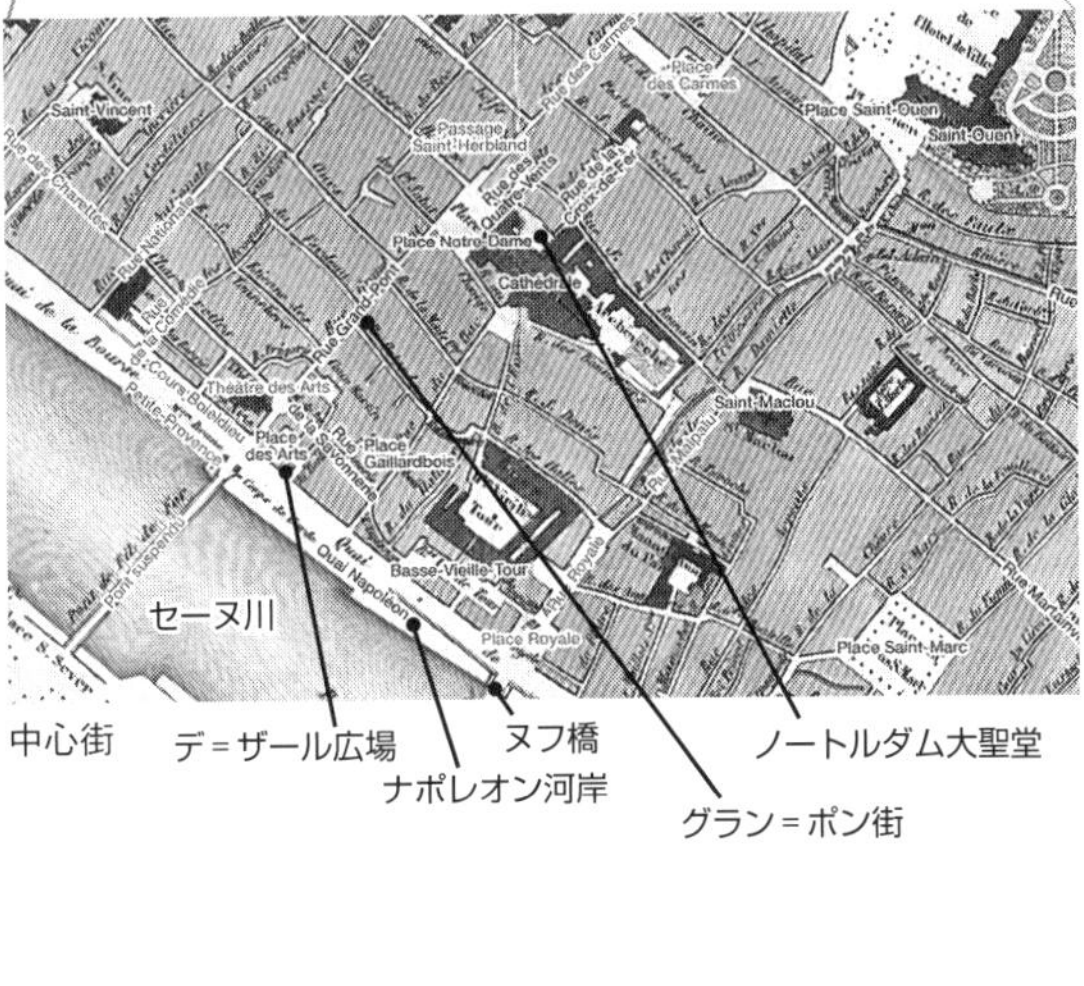

ノートルダム大聖堂

歩いてみれば、謎は氷解する。中世以来の木組みでできた建物の窓は実際、細かい格子状の桟のなかに色とりどりのガラスをランダムに嵌めこんだものが存在するのだ。

もうひとつ。後に愛人関係になろうとは知る由もなく、互いの恋心を隠したままパリ修業へ発つレオンを見送ったエマは、窓からぼんやりと空を眺める（第2部第6章）。西に広がりつつある黒雲の向こうから金の箭《や》のように日の光が射しているが、一陣の突風が吹くや雨が降り出す。そしてまた陽光が現れる。

日が翳って雨が降り、また日が射すまでずっと外を眺めるというのは長すぎではないか、冗談みたいだと、東京にいたころの私は疑った。けれどもノルマンディーの通り雨は、まったくこの描写のとおりだった。気がつけば私自身が窓辺に立って、日射しと黒雲が数分で入れ替わったり、ほんの一瞬の天気雨が降ったりするのを眺めている。本の言葉と現実との関係がわからなくなってくる感じがした。

《笠間直穂子》

【読書案内】
フローベール『ボヴァリー夫人』山田𣝣訳、河出文庫、2009年
フローベール『フローベール』堀江敏幸編、集英社文庫ヘリテージシリーズ、2016年

# 第28章　ヴェルヌと帆船ロマン

## 港町ナントに生まれて

　のちにいくつもの海洋小説を書くことになるジュール・ヴェルヌ少年の抱いていた海への憧れ――生まれ故郷のナントの街は、大西洋からロワール川を50キロ以上さかのぼったところにあり、ヴェルヌは12歳になるまで海を見たことがなかった――そして、船への愛と冒険への志向。それらが最も美しく結実し、壮大な展開を見た作品の一つに、１８８５年に刊行された長篇小説『シャーンドル・マーチャーシュ』が挙げられる。その前年の自家用蒸気ヨット「サン゠ミシェル号」での地中海周航の体験を活かして書かれたこの小説には、当然のことながら船の描写や航海のシーンが頻出する。しかも、いかにも帆船好みのヴェルヌらしく、じつに多彩な船舶が登場するこの作品にあって、最も長大な描写が捧げられているのは、蒸気ヨット「フェラート号」、水雷艇「エレクトリック号」といったより近代的な船を差し置いて、主人公アンテキルト博士の所有になる2本マストの帆船「サーヴァレーナ号」なのである。

『シャーンドル・マーチャーシュ』の布装丁の表紙

> まったく、博士のヨットときたら、ウォータースポーツをたしなむアメリカ、イギリス、フランスの、とびきりリッチで贅を好む紳士たちにとっても、所有していれば名誉となるような代物だった！　マストは２本、船の中央寄りに直立し、おかげで主帆とフォアステースルを大きく広げることができた。バウスプリットは長く、２枚のジブで帆装されていた。フォアマストには横帆が直角に交わり、トップマストの帆もずいぶんと大胆なものだった。これほどの帆の装備があれば、どんな天候でも驚異的なスピードが出せるにちがいない。このスクーナーの積量は３５０トンだった。船体は細長く、先にいくほど尖っているうえ、マストに対する船首と船尾の傾斜角も大きいのだが、横幅が充分にあり、喫水も相当に深いため、非常に安定していた。まさに「海上建築物」たる船の面目躍如である。

長くなるのでこのあたりで止めておくが、ヨットの描写はまだ数ページにもわたって続いてゆく。物語の進行にはまるっきり不必要とも思える過剰な描写を嬉々として連ねてゆくわれらが小説家は、お気に入りの玩具について熱弁をふるう小さな子どものようだ。だが、この帆船の前で感嘆のため息を洩らしているのは、ただ一人、ヴェルヌだけではないのである。というのも、作中にもこのヨットに熱い視線を注ぐ「観客」たちがいるからだ。すなわち、南仏プロヴァンス地方出身の貧しい二人組の曲芸師、ポワント・ペスカードとカップ・マティフーである。

ポワント・ペスカードとカップ・マティフーは、明日になればアンテキルト博士の招待で船にあがれるにもかかわらず、港の水夫たちにも劣らぬ好奇心で、また、彼らよりも少しばかり深い感動をもって、この船を眺めていた。プロヴァンス地方の海辺で生まれ育ったので、二人は海のことにおそろしく敏感だったし、とりわけポワント・ペスカードの方は、この造船術の驚異を玄人同然の目で眺めることができたのだ。というわけで、その晩、二人は興行を終えたあと、ひたすらこの船に眺め入っていた。

「ああ！」とカップ・マティフーが声を洩らせば、

「おお！」とポワント・ペスカードも応えていた。

「どうだい、ポワント・ペスカード！」

「俺も同感だよ、カップ・マティフー！」

こんな感嘆詞のような言葉でも、この貧しい二人の曲芸師が口にすれば、なまじ多くの言葉が費やされるよりも、よほど雄弁なのだった！

海から遠く隔たったナントと、海に隣接するプロヴァンス。出身地こそ違えど、アンテキルト博士の船を見つめて感嘆の声をあげる二人組の背後に、とりわけ「この造船術の驚異を玄人同然の目で眺めることができた」というポワント・ペスカードの背後に、幼き日のヴェルヌの姿が認められることはまちがいないだろう。ナントの中心部、「フェドー島」と呼ばれるロワール川の中州に生まれ、1歳から12歳までの11年間を過ごした二番目の住居もロワール川とエルドル川の合流地点にあったから、少年時代の彼の目の前にはつねにおびただしい数の帆船と、商業都市の港の活気とがあったのだ。「青少年時代の思い出」という自伝的な小文の中で、ヴェルヌは子どもの頃、「すでに航海用語の知識を持ち〔……〕船の操作についても理解していた」と豪語している。弟と二人で一日一フランの貸ボートを借り、「干潮を利用して、西風に向かってジグザグ帆走をしながら川を下った」というヴェルヌのことだから、そこに嘘や誇張はないのだろう。だが実際のところ、少年時代のヴェルヌにとって、本物の海、本格的な船は決して手の届かないところにあり、それだけにいっそう不在の海と所有不可能な船に対する彼の憧憬の念は強まっていったのだ。「青少年時代の思い出」にはこう書かれている。

私たちの借り船が両岸のあいだを鈍重に進んでいるとき、川面を軽快に滑ってゆく立派なレジャー用ヨットの数々に、どれほど羨望のまなざしを投げかけたことか！

こうして胸の内に芽生え、肥大していった夢と欲望を、ヴェルヌは実人生においては三隻の「サン＝ミシェル号」を手に入れることによって、また作品中ではたとえばアンテキルト博士に贅を尽くしたスクーナーをあてがい、カップ・マティフーとポワント・ペスカードのような善良な二人組をそこに乗せることによって、ともに実現させることになるのである。

だが今日、中途半端に現代的な相貌をまとってしまったナントの街に、ジュール・ヴェルヌの面影を見つけるのは難しいかもしれない。船を愛する少年に尽きせぬ喜びを与えたロワール川もいまは水が濁り、どこかうらぶれて見える。しかし、ただ幻滅を味わうのみでナントをあとにしたのでは、あまりにももったいない。ロワール川が大小の船にあふれていた往時を偲び、ヴェルヌの舟遊びに思いを馳せようとするのであれば、ナントとその隣町トラントムーを往復する水上バスに乗ってみてはどうだろうか。

ベレム

ロワール川の水はたしかに綺麗とは言えないし、川べりの風景もいまいち面白みに欠ける。だが快晴に恵まれさえすれば、川面をわたる風が心地よく、片道約10分のお手軽な「航海」でヴェルヌ少年のロワール川での冒険を追体験できるはずだ。途中、船のデッキからは高台の上に建つジュール・ヴェルヌ博物館の瀟洒な建物が見える。もう少し遠くまで目を凝らせば、ル・コルビュジエの設計した大型集合住宅、「ルゼのユニテ・ダビタシオン」も視界に入ってくるだろう。そして、さらに運がよければ、水上バスの発着所からほど遠からぬロワール川の北岸に、19世紀のフランス商船団の生き残り、3本マストの帆船ベレムの雄姿も見られるかもしれない。このベレム、数少ない現役の大型帆船ということで、国際親善のイベント等に引っ張りだこだから、母港とはいえナントを留守にしていることも多いのだが、もしも折よく出会うことができたなら、幾多の帆船の活躍するヴェルヌの世界へと一気に魂が連れ去られてしまうこと請け合いである。

《三枝大修》

【読書案内】

ジュール・ヴェルヌ『シャーンドル・マーチャーシュ』三枝大修訳、新井書院、2019年刊行予定

ジュール・ヴェルヌ『ジュール・ヴェルヌ「驚異の旅」コレクション』（1－5）インスクリプト、2017年（刊行中）

# 第29章　ゾラとプロヴァンスの原風景

## セザンヌと駆けた大地

多くの文学者が旅に出て見聞を広めた19世紀にはめずらしく、エミール・ゾラ（1840−1902）は国内からほとんど出なかった作家である。貧しかった青年期には旅に出るゆとりもなく、自然主義作家として名声を手にした壮年期以降はつねに締め切りに追われる人生だった。ノルマンディーやブルターニュに避暑に出かける夏もあったが、ほぼ休まずに執筆をつづけ、旅先で目に映る風景も小説の素材としてとらえていたようである。代表作『ルーゴン＝マッカール叢書』（1871−93）には、『居酒屋』（1877）や『ナナ』（1880）などのパリ小説のほかに、フランス北部の炭鉱を舞台にした『ジェルミナル』（1885）や、ボース地方の農民を描いた『大地』（1887）などの地方小説がある。だがゾラは「旅人」の視点から物語を紡ぐのではなく、その環境に根を下ろして生きる人々の日常をありのまま写しとろうとした。自分のルーツはボースの農民だった祖父母にある、とも晩年に語っている。

パリ郊外のメダンに邸宅をかまえたゾラのスローガンは、「一行モ書カヌ日ハ一日モナシ」だった。しかし書斎の窓から見下ろす風景には、パリからル・アーヴル行きの鉄道の線路が横切っており、ゾ

『獣人』（1890）の取材で汽車に乗るゾラ

ラはいつも列車の汽笛や轟音を聞きながら執筆をしていた。真面目な仕事人ゾラの根底にはおそらくかなわぬ旅への憧れと、それ以上に進歩する科学技術への称賛の念があった。その筆力はとくに、雄大な自然の風景や群衆のうごめく活気ある光景を描くときに発揮された。パリに流通する食材が集まる中央市場を描いた『パリの胃袋』（1873）や、花咲き乱れる庭園パラドゥーを舞台にした『ムーレ神父のあやまち』（1875）など、日本の読者にはなじみの薄い小説においても、ページを繰るごとに自然の生命力あふれる描写が迫ってくる。どの作品でも草花や木々は勢いよく芽吹き、大地は豊饒の実りをもたらし、時には嵐のように圧倒的な力で人間の営みをなぎ倒す。生涯のほとんどを書斎にこもりながら、ゾラはどうやってこの壮大な自然観をはぐくみ、想像力を膨らませることができたのだろうか。その原点は、おそらく作家が生涯心に保ち続けた南フランスの故郷プロヴァンスの風景にあるのだろう。

ゾラは幼少期をエクス＝アン＝プロヴァンスで過ごしたが、イタリア人技師の父は幼いころに亡くなり、病弱な母と二人の生活は楽ではなかった（サント・ヴィクトワール山には、ゾラの父が設計したゾラ・ダムが残っている）。しかし中学校では、のちの画家ポール・セザンヌや、ジャン＝バティスタン・バイイと知り合い、強い絆で結ばれた。三人組はしょっちゅう学校をエスケープし、プロヴァンスの山野で狩りや釣りを楽しんでは、ミュッセやユゴーの詩に読みふけってロマンティックな夢想をめぐらせるなど、自由気ままな青春時代を過ごした。18歳でゾラはエクスを離れ、バカロレアに失敗して厳しい現実に突き当たるが、故郷の親友二人には熱心に手紙を書き送った。プロヴァンスの風景を懐かしむ若きゾラの文体はみずみずしく、南仏の風や匂いさえも感じさせる。パリ到着後にセザンヌに宛てた手紙を引用しよう。「僕をプロヴァンス地方に惹きつけるのは、そよ風の息吹に波打つ松の木々だろうか、乾いた峡谷だろうか〔……〕それともプロヴァンス地方の絵のように美しい自然だろうか。僕には分からない。でも僕の中の詩人の夢想が、塗装されたばかりの家よりも切り立った岩壁の方がいいし、大都会のざわめきよりも波のささやきの方がいいと、そして凝りすぎてわざとらしいものより無垢な自然の方がいいと語りかけてくるのさ」（有富智世訳）。

故郷エクス＝アン＝プロヴァンスは、ゾラの作品では南仏の小都市プラッサンとして、名前を変えて登場する。母子家庭で苦労した記憶を反映してか、プラッサンは保守的で無気力な田舎町として描かれるが、プロヴァンスの風景への憧憬そのものは、作家の心に脈打ち続けた。1860年代にセザンヌはゾラの熱心な勧めに応じて上京し、マネやのちの印象派グループと知り合う。親友二人組は、美術界に吹き始めた新たな風を肌で感じ、故郷で描いた夢を実現すべく踏み出した。ゾラはマネを擁護する美術批評で名を挙げ、セザンヌは初期の印象派展に参加した。しかし、年を経るごとにパリの画壇と自らの美学の相違を感じたセザンヌは、やがて活動拠点をプロヴァンスに戻す。パリにとどまり続けたゾラが1886年に発表した『制作』は、印象派グループと芸術革命をめざして共闘した青年期をモデルとした芸術家小説である。とくに第2章で主人公が少年期を回想するシーンは、かつて

サント・ヴィクトワール山（セザンヌ画、バーンズ・コレクション、1885年）

ゾラがセザンヌに書き送った手紙を思わせる。「遠出の道すがら、岩の洞窟の奥とか、麦打ち場のまだ太陽のぬくもりがたっぷり残っている麦わらの上とか、だれもいない納屋の床にタイムやラヴェンダーを敷きつめてつくったベッドの上とかで、自由きままに眠ったのだった。それは、世間からの脱出であり、豊かな自然のふところへの本能的な没入だった」（清水正和訳）。ゾラがかくまでプロヴァンス時代の想い出を吐露したページは、ほかのどの作品にも見当たらない。

　セザンヌ没後１００周年を記念した映画『セザンヌと過ごした時間』（2016）は、パリとプロヴァンスの風景を往還しながら、二人の芸術家のたぐいまれなる友情を描いた伝記作品である。青春期に夢をわかちあい、歳を重ねるごとに環境の変化や芸術観のずれからすれ違ってゆくゾラとセザンヌを、名優ギヨーム・カネとギヨーム・ガリエンヌが熱演している。作中には、ゾラやセザンヌが通ったエクス＝アン＝プロヴァンスの「カフェ・レ・ドゥー・ギャルソン」や、街の中心にある噴水広場も登場するし、現存するメダンのゾラ邸でもロケが行われた。ダニエル・トンプソン監督は、書斎で執筆するゾラと、戸外で制作するセザンヌの姿を交互に映すことで、灰色の都会と地方の大自然を対比させている。とりわけスクリーンに映し出されるプロヴァンスのきらめく日光や赤い大地、抜けるような青空は息をのむほどに鮮やかだ。映画の通り、晩年のセザンヌは《サント・ヴィクトワール山》や《大水浴図》などの連作に取り組み、ゾラは倦むことなく『三都市叢書』や『四福音書』などの大作を発表し続けた。パリとプロヴァンス、二つの都市に分かれても、文学と絵画という異なる道を選んでも、芸術に身を捧げるという少年期の約束は守られたのである。

《福田美雪》

**【読書案内】**

ゾラ『書簡集――1858－1902』ゾラ・セレクション第11巻、小倉孝誠編訳、藤原書店、２０１２年

ゾラ『制作』（上・下）清水正和訳、岩波文庫、１９９９年

# 第30章　ステファヌ・マラルメとヴァルヴァン

## 別荘での詩人のくつろぎ

フランス象徴主義を代表する詩人ステファヌ・マラルメの作品は、極度なまでに研ぎ澄まされ、これ以上はないほど稠密な小宇宙を作りあげている（それだけに難解このうえない）。そんなマラルメと旅はあまり結びつかない。若いころ英語の勉強のためにロンドンに留学の経験があるほか（後述するように、そこで結婚もした）、そのロンドンあるいはベルギーに講演旅行に出かけるぐらいがせいぜいで、夜が更けるまで書斎にこもり、白いページをにらみ、珠玉の言葉を求めて呻吟している、といったイメージが強い（勝手な思いこみだが）。とくに１８６０年代、代表作「エロディアード」の制作に死力を尽くす詩人はすさまじい精神的な苦悶のなかにあって、「ぼくは〔……〕〈虚無〉に到達した」、「ぼくの〈思考〉は思考それじたいを思考し、〈純粋観念〉に達した」、「ぼくはいまや非人称的であり、きみの知っていたステファヌではない」、などおどろおどろしい言葉が手紙に踊る。

そんなマラルメにとっていわば旅の代用となったのが、１９７４年以降ほぼ毎年繰り返されたヴァルヴァンの別荘での滞在である。ただ別荘といっても、詩人の収入源はもっぱらリセ（高等中学）の英語教師としての給料のみで、暮らしはつましく、購入したのではなく、借りただけである（それも当初は二階の一部のみ）。

ヴァルヴァンは、森で有名なフォンテーヌブローにほど近いセーヌ河畔の静かな田舎町だ。パリから1時間ほど郊外線を乗り継げば簡単に行ける。パリの中心からたった1時間の距離なのに、セーヌ川の様相も一変し、ほとんど印象派絵画のような風景が見られる。

マラルメは、学校の勤めがあるあいだは、基本的には夏のヴァカンス（8月と9月）を家族とともにヴァルヴァンで過ごした。しかし3月の復活祭や11月の万聖節のころにもこの場所に足を運ぶようになり、退職してからは、しばしばひとりだけでヴァルヴァンに滞在する期間が増えていった（1895年以降、名刺にも5月から10月はヴァルヴァンにいる旨が記されている）。「誰もが生まれ故郷をもっている。わたしはヴァルヴァンをわが故郷とした。」このように言うほど、彼はこの土地を愛したのだった。

マラルメはヴァルヴァンでどのような生活を送っていたのだろうか？

友人の画家エドゥアール・マネに宛てた手紙に、彼はこう記している。「こちらでは何も新しいことはありません。わたしは朝のうちは何枚かの紙片を字で埋め、午後はヨール〔ヨット〕で川に滑りでたり、天気が悪いときは、帆を濡らしたりしています……。つまり、相も変わらぬ毎年のヴァルヴァンなのですが、わたしはここから十分な精神の力と若々しさをもちかえるでしょう。」

じっさい、詩人は朝9時から12時までは書斎にこもって、受けとった手紙に返事を書き、校正刷りに手を入れ、新作の構想を練る。午後は、自分の名前のイニシャルから「S・M号」と名づけたご自慢のヨットで川に出る。水夫服を身にまとい、帽子をかぶって舟をあやつるマラルメの写真が残っているが、そこには「白いページを前に呻吟する詩人」のすがたは微塵もない。

S・M号のステファヌ・マラルメ
（撮影：ジェリー・マネ）

別荘から少し離れたフォンテーヌブローの森まで散策を楽しむこともある。じつはこの森は彼の若き日の思い出の場所でもある。1862年、マラルメはちょうど20歳になったばかりの若者で、5月には友人たちや彼らの女友達とここでピクニックをしておおいに楽しい時を過ごした。さらに同じ年の9月には、さかんに恋文を送って気を引こうとしていたドイツ人女性マリア・ゲルハルトを、ついにこの森でのデートに誘うことに成功したのだった。ふたりは翌年、ロンドンで式を挙げることになるだろう。

ヴァルヴァンはまた、たくさんの友人、知人たちと交友の機会をもつ場でもあった。たとえばすぐ近くに、マラルメもしばしば記事を掲載した雑誌『ルヴュ・ブランシュ』の発行人、タデ・ナタンソンの別荘があり、魅力的な妻のミシア（そのピアノ演奏もすばらしい）や、そこを訪れるボナール、ヴュイヤールなどの画家たち、ジャリなどの文学者たちとのおしゃべりは彼にとって抗しがたい誘惑だった。ヴァルヴァンに到着するやいなや、いそいそと友人宅の食事に出かけるマラルメに、娘のジュヌヴィエーヴは皮肉に書いている。「ほんとうに、いかにもお父さんらしいですね。わたしの言ったとおりでしょ、お父さんは孤独な修道士なんかじゃありません、ぜんぜん違います。」いっぽう彼自身も、親しい友人をヴァルヴァンに招いて遊興の時をともにすることを無上の喜びとしていた。「どうか、仕事の邪魔をしに来てください。あなたたちの来訪はわれわれみんなにとってちょっとした祝宴です。川も森も準備万端整えていますよ。」ウジェーヌ・マネ（エドゥアールの弟）にこう書き送る文面には、厚情溢れる友愛の人マラルメの人柄がうかがわれる。とりわけこのウジェーヌ・マネとその妻の画家ベルト・モリゾ、娘のジュリー・マネの一家は、マラルメ家（長男のアナトールが8歳で急逝したあと、子どもは長女のジュヌヴィエーヴひとりだけ）のもっとも親しい友人と言ってよかった（ベルト・モリゾが亡くなったあと、マラルメは画家のルノワールとともにひとり残されたジュリー・マネの後見人になる）。ジュヌヴィエーヴとジュリー、そのいとこのポールとジャニーの「花咲く乙女たち」はヴァルヴァンに華やいだ雰囲気をもたらし、詩人の晩年のおおきな慰めになったにちがいない。

マラルメは「音楽と文芸」というエッセイのなかで、〈文学〉においては〈日常的人物《ムッシュー》〉を「抹殺」しなければならないと書いた。物を書く自己（文学的自己）と生活者としての自己のあいだに厳密な区別を設けなければならないということである。ヴァルヴァンは、マラルメが自然を満喫し、家族や友人たちとゆっくり過ごすなかで、まさしく〈日常的人物《ムッシュー》〉としての自分を心おきなく解放できるかけがえのない場所であった。そのことは彼にこのうえない安息と慰めをもたらした。そしてそれこそが〈日常的人物《ムッシュー》〉の「抹殺」を旨とする彼の創作の大きな助けになったのだとしたら、われわれはこの「逆説」におおいに感謝しなければならないだろう。

《吉村和明》

**【読書案内】**

マラルメ『マラルメ詩集』渡辺守章訳、岩波文庫、２０１４年

コラム3

## 文学と音楽の旅
### バスク海岸、ある日の音楽

木の葉と雨粒が擦れるような香りが電車の座席にまで流れ込んできて、くすぶった跡のないこの湿気をどこかで吸い込んだことがあるように思った。木の枝が電車の屋根を叩きそうな気がして乗客はおもわず身をかがめる。樹々のトンネルの間から時々白い波がのぞく。スペインへと続くバスク海岸の広がりを一気に感じるには、大空を飛ぶ自由な羽を思い浮かべる必要があるかもしれない。ピエール・ロティの小説『ラムンチョ』の冒頭、初秋の嵐をはらむ大洋を逃れた鴫たちは、ビスケー湾に注ぐ幾筋もの川の河口で鏡のような水面をかすめ飛びかっていた。

ユゴーの時代に人々が泳いでいたビアリッツの旧港（後ろはギュスターヴ・エッフェル設計の橋で陸とつながれた聖母の岩）

「朝。日がのぼる。美しい道。右にビアリッツが見える。小高い丘の上を行く」と1843年夏、この沿岸を愛人ジュリエット・ドゥルーエとともにスペインに向かっていたヴィクトル・ユゴーはメモした。長女レオポルディーヌの死で打ち切られた悲劇的な旅の結末に他の光景はしばしばかき消されてしまったが、旅の途中で書かれた手紙や走り書きに暗い予感などあるはずもない。懐かしいバイヨンヌ——ナポレオン軍の軍人としてスペインに赴いた父に合流する機会を待って、母や兄たちと一緒に幼いころ一ヵ月を過ごした町——から、作家は馬車でビアリッツに日帰りの旅をする。いい馬と馬車が見つかれば半時間の旅程だ。「ディエップやル・アーヴル、トレポールでと同じようにビアリッツでも人々は泳いでいますが、美しい空と気持ちよい気候のおかげで何とも言えない自由な空気が漂っています」と手紙に書いている。ある日、海岸の洞窟を散策していると、土地の訛りが混じった歌い声が聞こえた。「騎兵銃を持った男ガスティベルザは歌っていた、「このあたりにサビーヌさんを知っている人はいるかね？」踊れ、歌え、村人よ！　ファルー山に闇が迫る。山から吹き降ろす風に気も狂いそう。」歌っていたのは白いシャツに短いペチコートをはいて泳ぐ土地の娘だった。

この歌詞はユゴーが3年ほど前に発表した詩集『光と影』の「ギター」の冒頭にある。当時次々と流行歌を作っていたイポリット・モンプーが作曲し巷に広めた。女王でもそばに寄ったら輝きを失いそうな娘サビーヌ、一度キスし微笑んでもらうためならスペインとペルーを手放してもいいと王様にため息をつかせた庶民の娘は、貴族に贈られた金の指輪のためにその美しさと愛を売ってしまう。切ない節かと思いきや、モンプーの曲は牧歌的で軽やかだ。ユゴーたちは旅路で何度もこの歌を耳にしたというが、作家はビアリッツで自然のこだまのように返ってきた歌声にことさら魅せられているらしい。大洋がくれたままの姿を漁村ビアリッツが失うのを恐れ、旧港でなく新港で泳ぐ人が出てきた、宿泊場所が増えてきた、などとぼやく。ユゴーの予感は的中した。19世紀後半、ナポレオン3世の妃ウジェニーに愛され、ビアリッツはヨーロッパ随一のきらびやかな保養地へと変貌を遂げる。ユゴーが予測しきれなかったことに、「ガスティベルザ」の詩は別の節でも歌われた。すでに1844年フランツ・リストがこの詩をロマン派的な激情みなぎる歌曲に仕立てたなら、ピレネー山脈を地中海側に抜け東に行った町セートに生まれた20世紀の歌手・作曲家ジョルジュ・ブラッサンスは、モンプーと同じくギターにのせて、詩の皮肉を早口ことばのように軽快に炸裂させた。

また別のある日、ビアリッツからスペインの方角へ向かったユゴーは、サン＝ジャン＝ド＝リュズ近くの質素な宿屋の入り口で牛車の車輪が立てる轟音を耳にし、一人うっとりする。はじめてピレネーの山並を越えた幼い頃を鮮やかに思い出したのだ。「記憶は4月の夜明けのように澄みわたり、すべてが同時に蘇ってきて、あの幸せな頃が隅々まで朝陽に照らされたかのようにくっきりと輝き現れてきました」と作家は書き、ウェーバーの合唱曲もベートーヴェンの交響曲もモーツァルトの歌曲も、滑りの悪い車輪がいびつな舗石の上に軋んで立てる奇妙な騒音ほどに甘美な想いをくれたことはないと断言している。プルーストの『失われた時を求めて』のマドレーヌの挿話にも似た体験だが、耳を聾する牛車の軋みが甘美な記憶を揺り起こすずれの妙味を作家は意識していたのだろうか。

たしかに楽曲に劣らず、土地の人々の生活から立ち上る音は旅人の内側の何かを揺さぶるようだ。舟人たちが呼び交わす声、子供の笑い声、石に洗濯物を打ちつける音などが、満ちてくる潮の音や風と混ざり合うのを聞いてユゴーは「こうした音はすべて音楽なのだ」ともらす。晩年バスクに住んだピエール・ロティも、土地の球技「プロート」で糸を巻き皮でくるんだ球が壁にぶつかる音、バスク地方特有のダンス「ファンダンゴ」のリズム、軽やかなrの音のせいで口の中に雀の羽音が響くかのようなバスク語等からなる音の交響に聞き惚れた。

1928年7月のある日、アメリカへの演奏旅行から戻った作曲家モーリス・ラヴェルは、生家に近いサン゠ジャン゠ド゠リュズの別荘にいた。「ラヴェルは朝早くからサマズイユと海辺に出かけようとしていた。だが肩紐の付いた黒い水着の上に黄金色のガウンをはおり、深紅の水泳帽をかぶったままピアノの前に座り込んでなかなか動かず、鍵盤を一本の指でたどって一つのフレーズを繰り返し弾いていた。このテーマにはなんだか執拗な感じがあるね？とサマズイユに言った。」作家ジャン゠エシュノーズはモーリス・ラヴェルの有名な作品『ボレロ』誕生のきっかけをこう描いている。はじめ「ファンダンゴ」と題されていたラヴェルの『ボレロ』は、カスタネットなどを使った民族舞踊の色合いを作曲過程で失っていき、執拗に同じフレーズを繰り返しながら破滅に向かって膨れ上がる曲となって世界中で演奏された。メカニックに魅せられていたラヴェルの、機械が人間を動員する時代への不穏な予感をはらんでいるとも言われるこの曲は、1920年にロティが没したアンダイから15キロしか離れていない海岸で7年後、ラヴェルの頭に浮かび、土地の古いリズムと地球を回る機械じかけのリズムの関係をとつじょ非情なほど鮮明に告げたのである。

ある日、『ラムンチョ』の若者たちはサン゠ジャン゠ド゠リューズに密輸仕事の相談に出かけた。道中、大回りをして乗った小さな汽車は祭りがえりの陽気な若者や娘でいっぱいで、車輪や蒸気機関の騒音に混じり古い歌を繰り返す彼らの声が野に軌跡を残していった。窓を大きく開いた車室に、野が発散する強烈で甘美な香気が流れこんでくる。バスクの地の起伏をたどる車両は轟音を立てながら、ピレネー山脈がせき止める大洋の水のせいか植物が独特な匂いを放つ海と山の間を今も走っていた。

《博多かおる》

【読書案内】
ピエール・ロティ『ラムンチョ』新庄嘉章訳、岩波文庫、1955年
『ヴィクトル・ユゴー文学館　第1巻　詩集』辻昶／稲垣直樹／小潟昭夫訳、潮出版社、2000年
ジャン・エシュノーズ『ラヴェル』関口涼子訳、みすず書房、2007年

ラヴェルの生家が建つシブール／サン＝ジャン＝ド＝リュズの港からピレネー山脈をのぞむ

# Ⅳ

## ヴェルレーヌからヴァレリーまで

# 第31章　ポール・ヴェルレーヌのパリ

## モンマルトル地区とカルチエ・ラタンの放浪

秋の夕べ、木の葉が風に揺られて舞い散る中を歩いていると、遠くから鐘の音が聞こえてくる。そんな時、ある詩句が必ず頭に浮かぶ。「秋の日の／ヰ゛オロンの／ためいきの／身にしみて／ひたぶるに／うら悲し。／（中略）／げにわれは／うらぶれて／ここかしこ／さだめなく／とび散らふ／落葉かな。」この上田敏の名訳は、ヴェルレーヌという名前を日本人の記憶に刻み込むために大きな役割を果たした。ヨーロッパの石の文化に象徴される永遠性ではなく、生の儚さや移ろいやすさに基づいた抒情性は、19世紀後半に活動したフランスの詩人を日本的な感受性で受容することを可能にした。しかしそのことは、この詩がいつどこで作られたのか考えない原因となったようにも思われる。

ポール・ヴェルレーヌは1844年3月30日に、ロレーヌ地方の小都市メスに生まれた。その後、1851年に両親と共にパリに転居し、1872年にランボーとロンドンやブリュッセルに旅立つまで、パリに住んだ。「秋の歌」は1866年に刊行された『サチュルニアン詩集』に収録された作品であり、詩の中で歌われる落葉舞う情景は、第二帝政末期のパリの風景だと考えてもいいだろう。

軍人だったヴェルレーヌの父親が軍を退役し、一家がパリに移住した1851年の12月、ルイ＝ナポレオンによるクーデターがあり、一年後には第二帝政が宣言された。それはまさに社会の変動期であり、パリという都市の姿も変貌し始めようとしていた。フランス革命以来、1830年の七月革命、1848年の二月革命と大きな暴動が起こり、小さな路地に反乱軍はバリケードを築いた。それを阻止するためには道路を拡張し、貧しい人々の住む集合住宅も整備する必要があった。1850年には、現在ルーヴル美術館の入り口になっているガラスのピラミッドの場所にあったアパート群が取り壊され、その横を通るリヴォリ通りを塞いでいた建物が撤去され、一本の道として開通した。

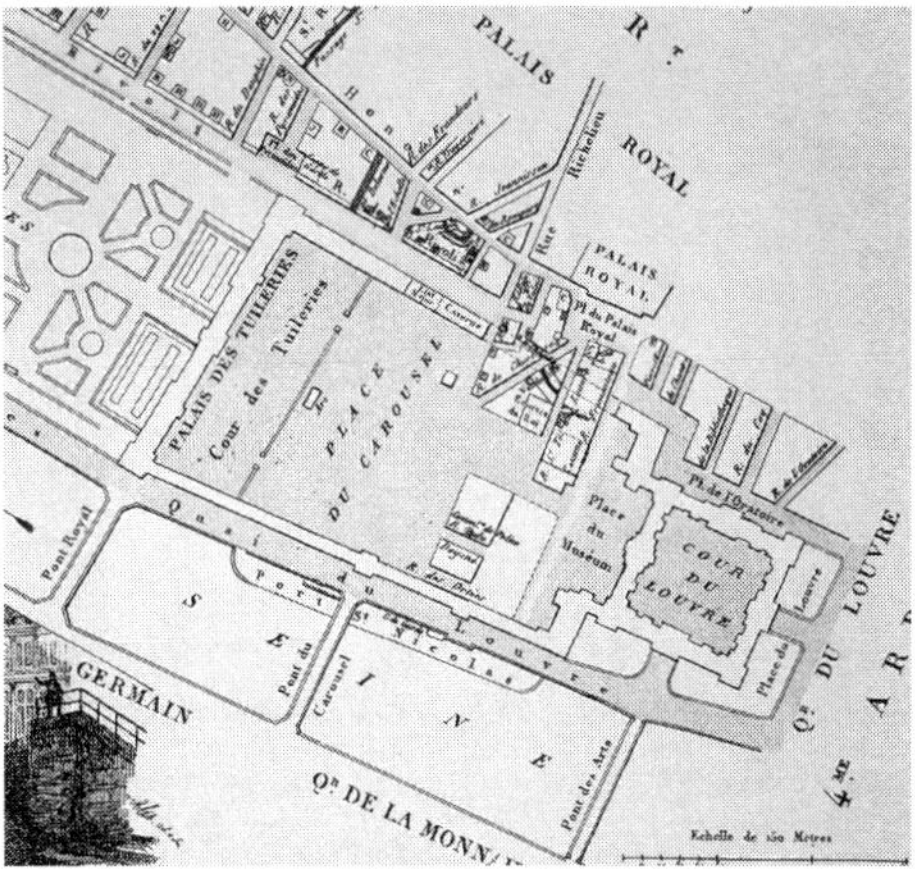

リヴォリ通りの地図

1860年からは、ナポレオン3世の構想に基づき、セーヌ県の知事ジョルジュ・オスマンによって大規模な都市整備計画が実行され、パリは近代都市としての様相を整えていく。現在のパリでは、大きな通りに面して6階建ての建築物が町の外観を形成している。しかし、少し裏手に行くと、道が狭く、3階建ての建物を目にすることがある。それはオスマンの改造以前のパリの姿の名残である。1860年には、パリ郊外の場末であったモンマルトルがパリ市に編入され、大きな変貌を遂げることになる。貧しい酒場やダンスホールに人々が通い、芸術家たちが集まるようになる。エドワール・マネのアトリエはモンマルトル地区の西の端に位置するバティニョールにあり、アンリ・ファンタン＝ラトゥールの《バティニョールのアトリエ》にその姿が描かれている。また1860年の後半、彼の仲間たちは「カフェ・ゲルボワ」にたむろした。そのマネの描く《テュイルリー公園の音楽会》(1862)に集う人々が、ルノワールの《ムーラン・ド・ラ・ギャレット》(1876)でも休日を過ごす時代になっていく。ルノワールのアトリエはその丘の上にあり、現在はモンマルトル美術館として一般に開放されている。

ヴェルレーヌが青春時代を送り、「秋の日の」と詠ったのは、こうした変貌するパリだった。しかも、生活の拠点はモンマルトル地区。7歳で最初に住んだのは東駅に近いプティット・ゼキュリ通り。9歳になるとシャプタル通りにあるランドリー学院に寄宿し、その後には両親の方もバティニョールやクリシー広場に近い地区に移り、その後も何度か転居。64年からヴェルレーヌは九区の区役所やパリ市役所で定職を得、翌年父が死亡すると、母とクリシー広場近くのレクリューズ通り26番地のアパルトマンで暮らし始める。妻となるマチルド・モテと初めて会ったのはニーナ・ド・カリアス(マネ「扇の夫人」のモデル)邸とされるが、それはランドリー学院と同じシャプタル通りにある。マチルドとの結婚式は1870年8月11日に、モンマルトル区役所とクリニャンクール・ノートルダム教会で行われた。普仏戦争でナポレオン3世が敗北し、パリがプロシア軍に対して抵抗運動をしている間、ヴェルレーヌは妻の実家のあるニコレ通り14番地に身を寄せる。そこは、後にパリ・コミューヌを記念して建立されるサクレ＝クール寺院のすぐ下だ。

パリの建物(3階建て)

生活の拠点がモンマルトル地区だったとして、それ以外の地区へ出なかったわけではない。『サチュルニアン詩集』を出版し、『現代高踏派詩集』の版元でもあるアルフォンス・ルメールの出版社は、1862年にオペラ座の近くにあるパッサージュ・ショワズールで産声を上げた。ヴェルレーヌはそこで、ボードレール、テオフィル・ゴーチエ、ルコンド・ド・リール、テオドール・ド・バンヴィル等、当時を代表する詩人たちと出会ったことだろう。高等派の集まりは、オデオン座の近くにあるバンヴィル宅や、廃兵院大通りにあるド・リール宅で行われることもあり、そこにも足を運んでいる。1869年からはヴェルレーヌやシャルル・クロを中心にした集まり「破廉恥な善人たち」と自称するグループが、リュクサンブール公園の先端を少し超えたところにあり、現在でも営業を続けているカフェ、クロズリー・デ・リラなどに集まることもあった。1871年9月30日、ランボーが「酔いどれ船」を朗読したのは、オデオン座に近いボナパルト通りの「破廉恥な善人たちの夕食」というレストランだったと言われている。画家のアンリ・ファンタン＝ラトゥールもそうした会の参加者の一人であり、有名な絵画《テーブルの片隅》(1872) は当時の貴重な証言となっている。文学がヴェルレーヌをカルチエ・ラタンを中心とした左岸に導いていたのである。

クロズリー・デ・リラ

その後、1872年に妻を捨てランボーとロンド

ヴァル・ド・グラース教会

ンに逃れてから10年間ほどパリを離れるが、82年に戻ってから96年に死を迎えるまでは再びパリの住民となる。最初、彼は母と共にバスティーユ広場方面に住んでいたが、１８８６年の母の死を機に、ほとんど放浪生活といっていいような生活をカルチエ・ラタンを中心に送るようになる。88年に彼が組織した「文学の水曜日」も、ヴァル・ド・グラース教会に近いロワイエ・コラール・ホテルで行われた。１８９２年にリュクサンブール公園のすぐ横の通りにあったカフェ・フランソワ一世で撮影された写真は、当時のヴェルレーヌを見事に捉えている。

死の時は、パンテオンの裏手にあるデカルト通りの小さなアパルトマンで迎えた。葬儀はサント・ジュヌヴィエーブの丘にあるサン・テチエンヌ・デュ・モン教会で執り行われ、遺体はバティニョール墓地に葬られる。最後の道行きは、晩年を過ごした右岸から青春時代を送ったモンマルトル地区へと、時間を遡るかのような印象を与える。

《水野尚》

**【読書案内】**

『ヴェルレーヌ詩集』堀口大學訳、新潮文庫、２００７年

# 第32章　ロートレアモン伯爵と真冬の海

## 『マルドロールの歌』の中のサン゠マロ

サン゠マロの城壁の上から見た海と旧要塞

サン゠マロの城壁の上に立ち、海を眺めていたら、ふとこんな考えが浮かんだ。『マルドロールの歌』に出てくる海岸のモデルはここではないだろうか、と。

どうしてそんなことを思いついたのかは、よく分からない。「ロートレアモン伯爵」ことイジドール・デュカスがサン゠マロに行ったという記録はないから、そもそもこれは純然たる妄想に過ぎない。だが、足を止めて見渡せば見渡すほど、これぞまさに『マルドロールの歌』の海だ、という勝手な確信が深まってゆくのだった。

24年という短い生涯に比して、デュカスと海との関係は濃密だった。海に面したウルグアイの首都モンテビデオに生まれ育ち、13歳のときに渡仏。その後も1867年にボルドーの港を出発してフランス、ウルグアイ間を一往復しているから、都合三度、船で大西洋を横断したことになる。さすがに彼の想像力にとって海の存在は大きかったようで、『マルドロールの歌』にも海を舞台とする印象的なシーンはたくさん出てくる。

だが、彼とサン＝マロとの関係は、伝記的に見る限りではあくまでも稀薄だ。すぐに思いつくものとしては、モンテビデオへの里帰りの際に乗ったハリエット号が1859年にサン＝マロで建造された船であること、また、その船主がサン＝マロの人物であったこと、くらいだろうか。

しかし、それにもかかわらず、この街の城壁にのぼるや否や、私の連想が『マルドロールの歌』へと飛んだのは、この作品の第五歌第二詩節、女の裏切りを罰するペリカンやスカラベの物語の中に、やや唐突に挿入されているサン＝マロの老水夫のエピソードの印象が強すぎたからだろう。

最近、ブルターニュの小さな港町で、沿岸運輸船の船長である老水夫がほとんど人知れず亡くなったが、彼こそは恐るべき物語の主人公であった。彼はその当時、遠洋航海の船長をつとめ、サン＝マロの船主に雇われて航海に出ていた。さて、十三か月ぶりにわが家に戻ってみると、妻はまだ床に臥していて、彼の跡継ぎを生んだばかりだったのだが、その認知に関して、彼にはいかなる権利も自分にあるとは思えなかった。船長は驚きも怒りもいっさい顔に出さず、妻に、服を着て町の城壁の上を一緒に散歩するよう冷静に求めた。季節は一月。サン＝マロの城壁は高く、北風が吹きすさぶと、命知らずの連中でも尻込みをする。不運な女は平静に観念して従った。家に戻ると、精神

に錯乱をきたした。彼女は夜のうちに息を引き取った。（石井洋二郎訳）

淡々と語られているだけに、いっそう不気味な物語である。散歩をしただけで精神に錯乱をきたすとは、サン゠マロの城壁とはいったいどれほど危険な場所なのか。人間の理性を吹き飛ばすほどの強風が、そこには吹き荒れているのだろうか。思わず「妻」の錯乱を追体験したくなり、一月のサン゠マロ訪問へといざなわれてしまうほどの強烈なエピソードだと言えよう。いかにもデュカスらしい筆致で綴られた、デュカスらしいテーマの挿話ではないか。

だが、くだんの文章の著者は、正確にはデュカスではないのである。思い出しておこう。デュカスは『ポエジーII』の中で、「剽窃は必要だ。進歩はそれを前提としている」と公言していた。シュニュ博士の『博物誌百科』をはじめ、『マルドロールの歌』には実際に他者の文章が取り込まれてもいる。だから、サン゠マロのエピソードは、第五歌第二詩節に溶かし込まれてはいるが、前後の文章から微妙に浮いて見えることもあり、新聞の三面記事の引き写しではないかと以前から推測されていたものなのだ。そして、2014年、ついにその推測が裏付けられることとなる。発見者は、いまから40年ほど前にイジドール・デュカスのものと推定される写真を発掘したことでも有名なジャン゠ジャック・ルフレールだ。引用元は、1868年9月12日の『フィガロ』紙の記事。つまり、サン゠マロの逸話の真の著者は――すなわち、『マルドロールの歌』の中に「サン゠マロ」という固有名詞を書き入れたのは――デュカスではなく、『フィガロ』紙に寄稿していたエミール・ブラヴェという作家兼ジャーナリストにほかならないのである。

イジドール・デュカスのものと推定されている写真

しかし、それにもかかわらず、デュカスの作品に登場する無数の匿名の海と、サン＝マロの城壁の周りに広がる海景とを多少強引にでも重ね合わせてみたくなるのは、くだんの老水夫のエピソードが、『マルドロールの歌』の冒頭に読まれる読者への警告と共鳴し合い、このきわめて危険な書物を読むことの比喩ともなっているからである。実際、「命知らずの連中でも尻込みをする」という一月のサン＝マロの城壁は、「このような未踏の荒れ地にこれ以上入りこまぬうちに、踵を返せ、前進するな」と警告される『歌』の邪悪なテクストと等価なのではないだろうか。そして、そこに足を踏み入れることによって発狂して死に至る水夫の妻は、強靭な精神を欠いているにもかかわらず『歌』を読んでしまった、か弱き読者のアレゴリーとして理解することができるだろう。また、このとき、妻（＝読者）をあえてサン＝マロの城壁にのぼらせる水夫は、『歌』の語り手の分身なのだと考えて差し支えあるまい。つまり、問題となっている一節は、剽窃された他人の文章でありながら、『マルドロールの歌』そのものを映し出す鏡としても機能しており、ここでは物語の中と外とのあいだに、《夫－『歌』の語り手》、《妻－『歌』の読者》、《サン＝マロの城壁－『歌』のテクスト》、という三重の平行関係が見出されるのである。偶然なのか、意図的なのかはわからないが、なんとも巧妙なパッチワークではないか。デュカスはこの寓意的にも読めるエピソードを自作に嵌めこむことで、北風の吹き荒れるサン＝マロの城壁に、言葉の荒れ狂う『マルドロールの歌』を重ね合わせることに成功しているのである。

だから、もしもサン＝マロを訪れることがあれば、ぜひともイジドール・デュカスに想いを馳せてみてほしい。そして城壁の上に立ち、「エメラルドの海岸」と謳われもする煌《きら》びやかな海を眺めてきてほしい。観光シーズン、春から夏にかけての晴天の海は、光にあふれていてもちろん素晴らしい。だが、寒風の吹きすさぶ真冬の荒天のサン＝マロも、そう悪くはないはずだ――かつてあの水夫の妻から理性を奪ったという、すさまじい光景と出会うことができるだろうから。そして、そこに佇んでずっと目を凝らしていれば、岩礁の向こうから、エメラルドグリーンの波浪を突いて、何かがやって来るのが見えはしないだろうか。たとえば、『マルドロールの歌』の海を荒らす「巨大な雌鮫」（第二歌第十三詩節）や、魚たちの王として君臨する「新種の両棲人間」（第四歌第七詩節）のような、途方もない何かが……。

《三枝大修》

【読書案内】

ロートレアモン『ロートレアモン全集』石井洋二郎訳、ちくま文庫、２００５年

# 第33章　ユイスマンスとシャルトル大聖堂

## 聖母の大伽藍に魅せられて

パリに生まれパリで没したジョリ＝カルル・ユイスマンス（1848−1907）は、執筆のかたわら役人としても約30年間勤めあげたという、異色の経歴をもつ作家である。文学史上では、自然主義から象徴主義へと転換し、前半生ではゾラ、後半生ではマラルメやヴィリエ・ド・リラダンに激賞されたことで知られる。まったく方向性の違う作家たちとの親交や、オカルティスムへの傾倒からカトリック作家への転向など、一見すると矛盾に満ちたユイスマンスの生涯は、対極的な美学に引き裂かれる芸術的葛藤と、理想と相容れない現実への失望の連続であった。ひとつひとつの作品に理想の美を求める作家の苦悩が反映されている。

モーパッサンと同じく、ユイスマンスの本格的な文壇デビューは、自然主義グループへの接近によって実現した。初期作品『マルト、ある娼婦の物語』（1877）や『ヴァタール姉妹』（1879）は、ゴンクール兄弟の影響が明らかで、ゾラから手放しの評価を受けた。モーパッサンが『脂肪のかたまり』を発表した『メダンの夕べ』（1880）には、ユイスマンスの短編『背嚢を背負って』も収録されている。しかし、やがてゾラの自然主義に限界を見出し、「メダンの夕べ」グループから離脱したユイスマンスは、自然主義とはまったく逆の美学に貫かれた『さかしま』（1884）によって、象徴派の芸術家たちに熱狂的な支持を受けることとなった。

『さかしま』の主人公デ・ゼッサントは、パリの喧騒を逃れて郊外に館をかまえ、贅を尽くした調度品に囲まれ、革で「装幀」された書斎に閉じこもって隠遁者さながらの暮らしを送る。ギュスターヴ・モローやオディロン・ルドンの幻想的な絵画を飾り、オリエントへのはてしない夢想をさまよわせるデ・ゼッサントだが、彼は絶望的に「旅に出られない」人間でもある。一度は人恋しくなってイギリスへの長期旅行を思い立ち、荷造りをしてパリ北駅に向かうが、馬車でパリの街をめぐるうちに体調を崩す。そしていっさいの旅行を断念し、自宅で思うさま内省にふける生活に逆戻りしてしまうのだ。このきわめて耽美的な書物には、ゾラからの離反やボードレール、リラダンへの傾倒、神秘主義・象徴主義芸術への深い関心、トラピスト修道院への憧れなど、ユイスマンスの後半生を決定づける美学観が凝縮されている。

『さかしま』発表後のユイスマンスは、超自然主義的世界への興味を深め、リヨンの黒魔術師ブーランに傾倒する。15世紀の貴族ジル・ド・レをモデルにした『彼方』（1890）は、当時ユイスマンス自身がのめり込んだ黒ミサや悪魔主義、オカルティスムの描写に満ち満ちている。しかし、神秘主義にも魂の救いを得られなかったユイスマンスは、1892年にカトリックに改宗し、パリ近郊のノートル＝ダム・ディニーのトラピスト修道院や、さらに首都から離れたソレームのベネディクト会修道院で一時的に隠遁生活を送る。かなわぬことではあれ、芸術家たちに囲まれた修道院に隠棲することが、ユイスマンスの夢であった。とかく都会から隔絶された小空間に安らぎと慰めを見出した晩年には、心身に不調をきたしながらも、ベルギーとオランダを旅している。

芸術雑誌にもさかんに寄稿したユイスマンスは、『三つの教会と三人のプリミティフ派画家』(1908) など重要な美術批評も残している。父方の家系はフランドルの画家一族だったこともあり、北方の霧にけむる風景や寒冷な気候は、神秘主義的な彼の文学と親和性が高かったのかもしれない。50代のユイスマンスが訪れたのは、プリミティフ派や北方ルネサンスの宗教画の傑作を有するベルギーやドイツの諸都市であった。とくにマティアス・グリューネヴァルトのイーゼンハイムの祭壇画《キリスト磔刑図》には賛辞を惜しまなかった。ファン・アイク兄弟やファン・デル・ウェイデンなどプリミティフ派の絵画をたどるため、ブリュッセル、ブリュージュ、ゲント、アントワープなどの諸都市も何度か訪れている。

中世の宗教美術に関する該博な知識と抗《あらが》いがたい情熱は、晩年の大作『大伽藍』(1898) において昇華される。ユイスマンスは小説ともエッセイともつかぬこの作品で、1260年に完成したシャルトル大聖堂の美をあらゆる角度から読み解いた。それがどれほどの労苦を伴う仕事であったかは、以下の書簡からも読みとれる。「小生は、中世の象徴主義一切、教会の形、画家の使う色、ステンドグラスその他の象徴体系をもう一度洗い直さねばなりません……。二、三年がかりの仕事です。ただしこれに成功したら、教会の魂をその全体にわたって――神秘神学、象徴大系、典礼、文学、絵画、彫刻、音楽、建築にわたって表すことになるのですが……」(岡谷公二訳)。

ボース平野にそびえたつ大聖堂の外観および内観を、緻密に描写しつくした16章の大作を、しかし作家はシャルトルに住むことなく書きあげた。彼はパリから足しげくシャルトルに通い、異なる時間、

シャルトル大聖堂のステンドグラス《青の聖母》

異なる陽光のもとで大聖堂を観察しては、そのつど新たな魅力を見出したのである。その感動は、作者の分身とおぼしき主人公デュルタルが大聖堂を見上げてわれしらず浸される賛嘆の念に代弁されている。「この聖堂こそ、身を軽くしようとする物質の努力、すらりと高い壁の重みすら投げ捨て〔……〕石の不透明を排して硝子の透明な表皮を用いようとする、あの至高の努力そのものである。〔……〕その穹窿の狂おしげな飛躍と、そのステンドグラスの狂乱する燐光とをもって、聖堂は人を自失せしめる」（出口裕弘訳）。

中世の巡礼者たちも目指した尖塔を見上げるデュルタル（＝ユイスマンス）は、フランス各地のどの大聖堂も及ばない、もっとも壮麗で軽やかなゴシック建築の至宝だと感嘆する。彼は気の遠くなる時間をかけてこれを建立した人々に想いを馳せ、救いを求めてやまない自らの魂の苦闘をそこに重ね合わせる。そして、シャルトル大聖堂は聖母マリアに捧げられ、天へと飛翔する純粋な祈りそのものだと嘆息するのだ。12世紀に作られた青色のステンドグラスは、「シャルトル・ブルー」とも呼ばれ、今日では技術的に再現不可能といわれるが、有名な「青い聖母」や北のバラ窓、「エッサイの家系樹」など、「読む聖書」としてのシャルトル大聖堂は、作家が愛したままの姿で今も残っている。

《福田美雪》

**【読書案内】**

J・K・ユイスマンス『さかしま』澁澤龍彦訳、河出文庫、2002年

J・K・ユイスマンス『大伽藍』出口裕弘訳、平凡社ライブラリー、1995年

# 第34章　モーパッサンとセーヌの水辺

## ボート乗りの見はてぬ夢

『脂肪のかたまり』（1880）や『メゾン・テリエ』（1881）など、短編小説の名手として知られるギ・ド・モーパッサン（1846−93）は、じつに魅力的な二面性をたたえた作家である。わずか42年の生涯の間に、兵士や官吏、旅人やジャーナリストとして、職業作家以外のさまざまな経験を積んだ。その観察眼はつねに冷徹かつシニカルだが、ロマンティックな恋愛への夢想や抒情的な田園風景への憧れも根底に流れている。現実世界そのままと思わせるプチ・ブルジョワの日常を描いたかと思えば、狂気の淵にたつ人間のモノローグに貫かれた幻想小説も手がける。素朴に生きる人々への温かい眼差しに満ちた小品もあれば、利己的な人間性への絶望を描いたペシミズムの色濃い作品もある。彼が残した400篇近い作品には、流れる水のようにうつろいやすい人の世の陰影が、あますところなく映し出されている。

初期のモーパッサンは、ミュッセに憧れて詩や劇作に精進し、韻文作家としての成功を目指していた。しかし1880年に、ゾラが自邸で催していた文学サークル「メダンの夕べ」において朗読した

『脂肪のかたまり』が高く評価され、自然主義グループの熱狂的な後押しによって文壇に本格的なデビューをした。当時流行の『ル・ゴーロワ』紙や『ジル・ブラース』紙に寄稿した作品によって一躍人気作家となるが、コントだけではなく時評や紀行文なども手がけている。その滞在先はノルマンディーやブルターニュ、南仏のニースやカンヌやマントン、サン＝トロペなどのリゾート地にとどまらず、アフリカのアルジェリアにまで及んだ。モーパッサンはまた、ボートやヨットなど、水辺のレジャーをこよなく愛するスポーツマンでもあった。1885年には大型ヨット「ベラミ号」を購入、1887年には気球に乗ってベルギーまで旅している。『太陽の下へ』（1884）や『水の上』（1888）、『放浪生活』（1890）などの旅行記は、観察眼豊かな旅人モーパッサンをよく表している。

モーパッサンの作品では、観光地へ向かう馬車や鉄道の旅路の途中で主人公の語りが始まることが多い。手持ち無沙汰な人の集まりのなかで、気晴らしの話をせがまれた誰かが語り出すという構造は、古くから民話などにもみられるパターンだ。しかしその場所が車中というのは、いかにも19世紀後半のフランスらしい。作家の生きた時代はちょうど、鉄道網がフランス全土に拡大してゆき、ブルジョワ階級を中心にバカンスの習慣が根づいた頃である。ふとしたきっかけから語り手は物語を紡ぎ出すが、きわどく愉快な話であれば車中はにわかに活気づき、胸を打つ悲恋であれば聞き手もしんと静まり返る。人々をひきこむ「物語の底力」をわずかなページで発揮する手腕において、モーパッサンに比肩する作家はそういない。

モーパッサンには、『水の上』（1880）や『野あそび』（1881）など、ボート乗りたちを描いた「セーヌもの」とでも呼ぶべき作品群がある。光踊る水面をかきわけて進む舟の上では、ときに恋が生ま

ピエール＝オーギュスト・ルノワール《舟遊びをする人々の昼食》1881年（フィリップ・コレクション）

れては破れ、ときに死の影がよぎる。若者たちが興じる舟遊びの様子は、カイユボットの《イエール川でボートを漕ぐ人》（1877）やルノワールの《舟遊びをする人々の昼食》（1881）など、セーヌ川での水遊びを愛した印象派たちが描いた情景そのものだ。とりわけ、ともにノルマンディーで少年期を過ごし、陽光の下で自然の美を発見したモネとモーパッサンの想像力には共通点が多い。モーパッサンの短編によく出てくる、朝もやにふるえる大気に覆われたセーヌ川や、リンゴの花咲き乱れるノルマンディーの田園などの風景描写は、モネが描いた一連の風景画をまざまざと想起させる。たとえば、『ミス・ハリエット』（1884）における海辺の夕景を描いた一節はこうだ。

赤い球体は、ゆっくりと沈み続けています。そうしてやがて海にかかりました。ちょうどその時、停まった汽船が火の枠におさまるかのように、輝く太陽の真ん中に姿を見せました。太陽は、徐々に海に呑まれてゆきます。（……）日没。ただ小さな汽船だけが、遠い金色の空を背景にそのシルエットをずっと浮かび上がらせていました。（山田登世子訳）

クロード・モネ《エトルタの断崖》1885年（クラーク・コレクション）

ひと口にノルマンディー地方といっても、ルーアンをはじめさまざまな小都市があるが、モーパッサンが愛したのはとりわけ、ディエップ、エトルタ、ル・アーヴルなど、自分が実際に滞在した海辺の町であった。とくにクールベやモネが描いた白い奇岩で知られるエトルタは、19世紀の人気のリゾート地でもあり、たびたび小説の舞台に選ばれている。おそらくイル・ド・フランス地方からノルマンディー地方へと芸術家たちの足跡をたどれば、往時の面影をとどめる牧歌的な風景が見出せるのだろう。とはいえモーパッサンの筆が生み出すのは、旅がもたらす出会いの物語ばかりではなく、閉鎖的な小村で暮らす農民たちの物語、あるいは普仏戦争で荒らされた田舎町の物語など、自ら見聞きした体験をもとにした名もなき人々の営みでもある。

モーパッサンの短編や長編は、フランスのみならず各国で何度となく映画化され、往々にしてひとつの作品に複数のバージョンが存在する。もっとも最近の例では、デクラン・ドネラン監督の『ベラミ』(2012)、そしてステファヌ・ブリゼ監督の『女の一生』(2016) が挙げられる。『ベラミ』は邦題の「愛を弄ぶ男」が指すように、パリ社交界でのしあがる希代の山師が主人公で、『女の一生』のほうは、まどろむように平穏なノルマンディーの田舎で報われない一生を送る平凡な女性が主人公である。「フランス2」で放送された人気テレビドラマシリーズの『シェ・モーパッサン』(2007–11)も想起しておきたい。モーパッサンの中短編を題材に、19世紀の家屋や調度、衣装や訛《なま》りに至るまで、できるだけ忠実に再現して好評を博し、シーズン3まで全24話が制作された。「パリもの」として有名な『首飾り』では、セシル・ド・フランスが虚栄心ゆえに破滅するヒロインを務め、「地方もの」の傑作『ミス・ハリエット』では、ジェレミー・ルニエが魅力的なボヘミアンの画家を好演している。著名な監督や俳優陣を惜しげもなく起用し、フランス映像界の才能を結集させた贅沢なオムニバス・ドラマである。作者の没後1世紀以上も経てなお映像化が絶えないという事実は、モーパッサンの描く登場人物の経験する悲喜こもごもが、どの時代においても人生とはかくもあろうと思わせる、普遍的な訴求力を持つことの証にほかならない。

《福田美雪》

【読書案内】

モーパッサン『モーパッサン短編集』青柳瑞穂訳、新潮文庫、1971年

モーパッサン『モーパッサン短篇選』高山鉄男編訳、岩波文庫、2002年

# 第35章　アルチュール・ランボーのシャルルヴィル

## パリに行きたい

アルチュール・ランボー。現代のフランスでも詩人の代表と言えば彼の名前が真っ先に挙がる。それは詩句の格好良さのためでもあるが、同時に、彼の名前に纏《まつ》わる神話的なエピソードにもよっている。「流星の煌めき」（マラルメ）のようにわずか5年で詩の世界を疾駆し、20歳を少し過ぎた頃には文学を捨てる。その間、ヴェルレーヌとパリ、ロンドン、ブリュッセルで愛憎劇をくり返し、最後は別れ話のもつれから彼にピストルで撃たれ、破局を迎える。その後、ヨーロッパ、東南アジア、中近東、アフリカを駆け巡り、37歳で死んでしまう。ヴェルレーヌが「風の靴底を持つ」と呼ぶことになる男は、エチオピアで貿易商をしている時、右膝に激痛を覚え歩行困難となり、1891年マルセイユに帰国後、右足切断の手術をするが、そのま

ハラールのランボー（1883年）

ま死を迎えたのだった。大歩行者が死を迎えるときに片方の足を失っていたことは、ランボー神話の結末として深い印象を読者の心に刻み込む。

ランボーが生まれたのは、１８５４年10月20日、アルデンヌ地方にある田舎町シャルルヴィルだった。アルデンヌ地方は、フランスだけでなく、ベルギーの南東部、ルクセンブルク大公国、ドイツの一部に広がる地域で、彼の故郷はパリよりもブリュッセルに近い。現在パリからアルデンヌ県の県庁所在地シャルルヴィル＝メジエールまで、特急電車に乗れば1時間40分ほどで行くことができるが、19世紀だと、鉄道に乗る場合にはベルギー回りだった。最初にランボーがパリに出奔したのは、１８７０年８月29日。まだ15歳10ヵ月だった。ベルギーのシャルルロワ経由で汽車に乗り、パリに到着する。しかし、運賃不足のためにその場で捕まり、留置所に放り込まれた。

彼はなぜ家出してまでパリに行きたかったのだろう。実は、３ヵ月前の5月に、詩人のテオドール・ド・バンヴィルに手紙を出し、同封した3編の詩を『現代高踏派詩集』に掲載して欲しいと依頼していたのだった。その手紙の中で、まもなく17歳になると年齢をさば読みしながら、自分はミューズの指に触れられた子どもで、1年後にはパリに出て高踏派の詩人になると大風呂敷を広げている。パリに行かなければ何も始まらない。とにかくパリに行こう。それがシャルルヴィルの少年の気持ちだったのだろう。

当時、時代は大きな転換点を迎えていた。１８７０年7月19日、プロシアとの間で普仏戦争が勃発する。ランボーの故郷に近いメスやヴェルダンなどでも烈しい戦闘が繰り広げられ、9月1日のセダンの戦いで皇帝ナポレオン3世が捕虜となった。議会の穏健派は革命派の活動に危機感を強め、9月

4日、共和国宣言を行い仮政府を樹立。第二帝政の崩壊。ランボーはこうした数々の戦いを肌で感じ、心も体も高揚していたのだろう。そしてパリへ。しかし、すでに記したように、8月29日に北駅に着いた途端マザスの留置場送りになる。9月4日のニュースはそこで耳にしたに違いない。翌5日、シャルルヴィル高等中学校の教師ジョルジュ・イザンバールに手紙を書き、釈放のために尽力してくれるように依頼する。そのかいあってか8日に解放され、先生が帰省していたドゥエ市にあるジャンドル家に引き取られる。そこからシャルルヴィルに戻ったのが9月27日。しかし、10月の初めには二度目の家出。ブリュッセルに行き、そこからドゥエ市にいる先生の許へ向かう。その時、少年は自作の詩を清書し、先輩詩人ポール・ドメニーに託した。「わが放浪（ファンタジー）」には、リビドーに動かされて放浪する詩人の姿が浮き彫りにされている。野宿しながら夜を過ごし、破れた靴の紐を楽器の弦のようにしてリズムをとり、詩句を口ずさむ。シャルルヴィルの駅前でも（「音楽に」）、マザスの監獄に入れられていた時も（「92年の死者たち」）、戦さで死んだ軍人の姿を谷間で目にした時も（「谷間に眠る男」）、歌うことを止めなかった。

シャルルヴィル駅前

この時、詩人はやっと16歳になったばかり。まだ戦争は続いていて、1871年初めには、メジエールやシャルルヴィルもプロシア軍に占領された。1月末になると、パリも包囲網に耐えきれず、仮政府がプロシアと休戦条約を締結する。外の世界がこれほど騒がしいとき、ランボーが大人しくしていられるはずがない。2月下旬に再びパリへ出奔し、革命派たちが徹底抗戦を呼びかけ、政府と争う様を肌で感じる。その後、3月10日今度は徒歩でシャルルヴィルに戻るのだが、その直後に最大の内戦がパリで勃発する。3月18日、仮政府の首相チエールが反政府派の武装解除のため、武力で制圧するように命令を下したのだ。しかし、この攻撃は失敗に終わり、政府派はヴェルサイユに逃走。パリの実権は反政府派に渡る。「プロレタリアート独裁」による自治政府が宣言され、約2ヵ月の間パリ・コミューンと呼ばれる状態が続いた。もちろん、ランボーはシャルルヴィルにじっとしていなかった。4月から5月にかけて再びパリに行き、彼から見た騒乱の様相、つまり革命派の視点に立った戦いを、「体罰を受けた心」や「パリの軍歌」の中で描いた。

ムーズ川

このようにして、シャルルヴィルとパリを往復する間、ランボーは目にしたこと、肌で感じたこと、湧き上がってくる内的な欲求を詩にしてきた。生まれながらの大歩行者が彷徨の中で、鼻歌を歌うように詩句を紡ぎ出していったのかもしれない。それは15歳の時も17歳に近づきつつあった時も変わらない。

ところが、詩に対する考え方は明らかに変わりつつあった。1871年5月に書かれた「見者の手

酔いどれ船の壁

紙」と呼ばれる書簡の中で、ランボーは「全ての感覚を錯乱させる」という内容の詩法を展開する。15歳の時の詩「感覚」では、自然の中で感じる皮膚感覚を詩の中で再現していた。「体罰を受けた心」になると、悲しい心が船尾で涎を垂らすといった風で、言葉が現実を超えて疾走している。8月になってバンヴィルに再び手紙を送る。そこに書かれた「花について人が詩人に言うこと」という詩は、高踏派の詩人に対する嫌みで埋め尽くされている。写真のように現実を再現するのではなく、感覚を錯乱させる詩句の生み出す新しい感覚を目指すべきであるというのが、ランボーの主張だった。

その直後、ポール・ヴェルレーヌにも手紙を書く。ヴェルレーヌは送られてきた「酔いどれ船」を読んで感激し、「来たれ、偉大な魂よ」と返事を書き送る。それを読んだランボーはまたパリに向かい、二人は劇的な出会いを果たす。この逸話はよく知られている。しかし実際には、「酔いどれ船」の書かれた時期ははっきりしない。ただ、9月末の詩人たちの集まりで読まれ、彼等を驚かせたことはわかっている。その詩は、「見者の手紙」の詩論を実践したものといえる。言葉が現実の束縛から自由になり、想像力が大きな翼を広げ、大海原での大航海が現実を超えたレベルで展開する。ところが、その詩の最後、小さな子どもがアルデンヌ地方の小さな沼で弱々しい舟を浮かべている様が浮かび上がってくる。その子どもはシャルルヴィルの少年ではないのか。彼はムーズ川の前に佇み、その水の流れがごく小さく感じられるほど巨大な大海原を思い描いたのではないか。

「酔いどれ船」の詩句は、今もサン・シュルピス教会とリュクサンブール公園をつなぐ道に沿った壁に彫り込まれている。ランボーは酔いどれ船に乗船し、しばらくの間は詩の海を航海した。その後、現実の世界で長い旅を続け、死後はランボーという神話となった。

《水野尚》

【読書案内】

ランボオ『地獄の季節』小林秀雄訳、岩波文庫、１９７０年

アルチュール・ランボー『ランボー全詩集』宇佐美斉訳、ちくま文庫、１９９６年

# 第36章　モーリス・ルブランとノルマンディー

## 怪盗ルパン、活躍の地

怪盗紳士ルパンの生みの親であるモーリス・ルブランがとりわけ敬愛した作家が、『ボヴァリー夫人』で小説におけるレアリスムを徹底的に追究したフローベールと、その弟子たるモーパッサンだったと聞いたなら、いささか意外に思われるかもしれない。けれどこの三人、ともにノルマンディー出身という共通点がある。フローベールとルブランはルーアン生まれ、モーパッサンはディエップ近郊の生まれで、出身校も同じルーアンのリセ・コルネイユ（フローベールの時代は、ルーアン王立コーレージュ）だった。ルブラン家とフローベール家は遠縁関係にあり、作家の兄で外科医のアシル・フローベールはモーリスの出産にも立ち会ったというから、もともと純文学志向が強く、心理小説、恋愛小説によって作家デビューをしたルブランが、同郷の先輩大作家に並々ならぬ敬意を払っていたとしても、なんら不思議はないだろう。

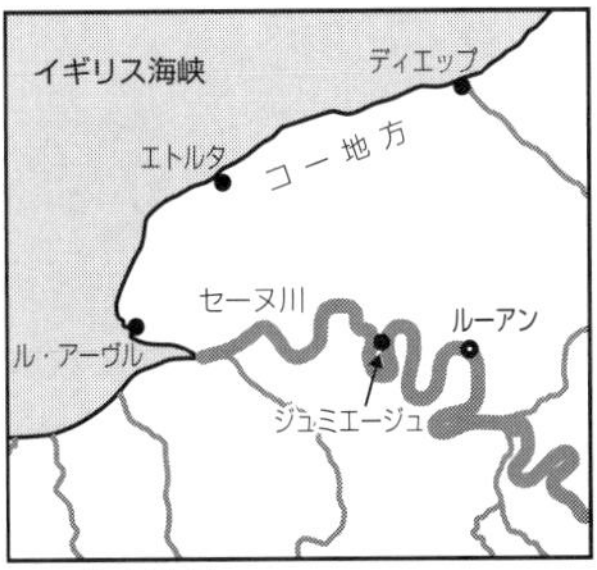

コー地方地図

ジュミエージュの廃墟

そんなルブランのルパン・シリーズには、故郷のノルマンディーを舞台にした《コー地方もの》とでも呼ぶべき一連の作品がある。コー地方とは、大まかに言うならルーアン、ディエップ、ル・アーヴルを結んだ三角形の地域で、「三角形の一辺は海、一辺はセーヌ川、もう一辺はルーアンからディエップに到る二つの谷だ」と『奇岩城』のなかで説明されている。ルパンは1905年、月刊誌『ジュ・セ・トゥ』に掲載された短編「アルセーヌ・ルパンの逮捕」によって初めて読者の前にお目見えしたが、続くシリーズ第二作「獄中のアルセーヌ・ルパン」のなかに、早くもコー地方は登場する。「およそ旅行家を名乗る者ならば、セーヌ川の流域を訪れたことがあるはずだ。そしてジュミエージュの廃墟からサン＝ヴァンドリーユの廃墟まで行く途中、川の真ん中の岩に毅然として立つ奇怪な古城マラキにも、目をとめたことがあるだろう」と始まるこの作品のなかで、ルパンはパリのラ・サンテ監獄に収監されたまま、コー地方のセーヌ川沿いに立つ城館から美術品を盗み出すという離れ業をやってのける。「セーヌの河口にコー地方、ぼくの生涯がそこにある。つまりは現代の歴史がそっくりそのまま」（『バール・イ・ヴァ荘』）とルパン自身も言っているように、そこは怪盗が数々の冒険を繰り広げた場所なのだ。

先の引用に名の挙がったジュミエージュの廃墟とは、ルーアンから車で30分ほど、セーヌ川にほど近い小村に残る古い修道院跡で、考古学者ロベール・ド・ラステリーが「フランスでもっとも感嘆すべき廃墟」と評したとミシュラン・ガイドにも紹介されている。設立は645年。ノルマン人（ヴァイキング）の侵攻によって破壊されたものの、11世紀に再建された。宗教戦争や大革命によってまたしても廃墟と化したが、左右に塔を頂くファサードや回廊などが往時を偲ばせる。ルブランは高校生のころ、ジュミエージュの近くに住むおじの家で夏休みをすごしていたというから、このあたりのことはよく知っていたのだろう。『カリオストロ伯爵夫人』でも、ジュミエージュの近郊が重要な役割を演じている。ここに登場するルパン（ラウール・ダンドレジーと名のっている）は弱冠二十歳《はたち》。まだ怪盗ルパンとして名を成す前の、野心に満ちた一青年が、カリオストロ伯爵夫人を自称する謎の美女ジョゼフィーヌ・バルサモに恋と犯罪の手ほどきを受け、一人前の盗賊に育っていく物語である。「教会が10世紀にわたって蓄えた財産」を追うルパンの行きつく先が、7世紀に遡る修道院の廃墟がある場所だったというのは、なるほど絶妙な設定ではないか。

ところで『カリオストロ伯爵夫人』の冒頭近くには、次のような描写がある。ラウールが恋人クラリスの部屋に泊った翌朝、二人で窓から外を眺めている場面だ。「数時間がすぎた。冷たい海風が、

エトルタの奇岩

台地を越えて二人の頬をくすぐる。目の前に広がる大きな果樹園のむこう、陽光の降り注ぐ菜種畑の平野にはさまれた窪地ごしに、右にはフェカンまで続く絶壁の白い稜線が、左にはエトルタ湾とアヴァルの水門、巨大な針岩の切っ先が見渡せた。」引用のなかで「針岩」と訳したフランス語は〝Aiguille〟。「縫い針」や「注射針」のほか、「尖塔」や「針状にとがった岩」などの意味があり、ここではエトルタの断崖に面した海のなかから細長く突き出た白い奇岩を指している。波に削られた石灰質の台地が作り出す白亜の絶壁は「雪花石膏海岸」とも呼ばれ、モネやブーダン、クールベ、マチスの絵でも有名だが、ラウール（ルパン）はのちにここで自ら運命を左右する大発見をすることになろうとは、まだ知る由もない。

かくして『カリオストロ伯爵夫人』から十数年後、フランスじゅうに勇名を馳せ響かせる怪盗紳士となったルパンの活躍を描いたのが、シリーズ屈指の傑作として名高い『奇岩城』だ（ただし執筆の順番は『奇岩城』のほうが先）。ルイ16世が残した暗号文をもとに、空洞の針（l'aiguille creuse）という謎の言葉（この作品の原題でもある）をめぐって、ルパンと天才少年探偵イジドール・ボートルレが丁々発止の知恵比べを繰り広げる物語は、かつて若きルパンが恋人と眺めたエトルタの奇岩へと読者を導いていく。「目の前には高さ80メートル以上もあろうかという巨大な岩山が、ほとんど崖のうえあたりまで、海から突き出るようにそそり立っていた。海面すれすれに広がる花崗岩の礎から、細い先端へと伸びるこの堂々たるオベリスクは、とてつもなく大きな海獣の牙を思わせた。色は断崖と同じ、くすんだ灰白色。燧《すい》石の跡を残す横溝が無数に走り、石灰質と砂利の層が何世紀にもわたって幾重にも重なったようすが見て取れる」というのが、『奇岩城』に描かれた針岩の威容である。

ルブランはよほどエトルタが気に入ったのだろう、20年以上にわたりこの地で夏をすごしている。1919年には、もともと借りていた別荘を買い取り、ルパン荘（Le Clos-Lupin）と名づけるほどの愛着ぶりだった。ルパン荘は現在、ルブラン記念館となって一般公開され、ルブランの書斎を再現した部屋や奇岩城の模型、ルパン映画のポスターなどの展示物で怪盗紳士の世界を楽しむことができる。

《平岡敦》

**【読書案内】**

ジャック・ドゥルワール『ルパンの世界』大友徳明訳、水声社、２０１８年

# 第37章　ガストン・ルルーとパリ・オペラ座

## 怪人の棲み処

ルーヴル宮、エッフェル塔、凱旋門……堂々たる歴史記念建造物《モニュマン・イストリック》が綺羅星のごとく立ち並び、町全体があたかも巨大な美術館であるかのようなパリのなかでも、その壮麗さによってひときわ目を引くのが、左右には黄金色に輝く女神像《ミューズ》、中央には竪琴をかかげる芸術の守護神アポロン像を頂くオペラ・ガルニエ座（パレ・ガルニエ）だ。敷地面積1万2000平方メートル、高さ74メートル。舞台には450人があがることができ、誰が数えたのかドアは1531もあるという。目のくらむような大階段と、贅を尽くした中央ロビー（グラン・フォワイエ）を擁する名建築である。

オペラ座の建設が計画されたのは、皇帝ナポレオン3世治下の第二帝政期。時、おりしもセーヌ県知事オスマンによるパリ大改造が行われているさなかで、オペラ座は旧来の暗く不衛生なパリを近代都市に造り変えようというオスマン計画を象徴する建物のひとつだった。1860年の設計コンクールによって集まった171人の応募作のなかから、当時はまだ無名だったシャルル・ガルニエの案が選ばれて建設が始まったが、途中パリ・コミューン期の中断をはさんで1875年に完成したときに

オペラ・ガルニエ座

はすでにナポレオン3世はこの世になく、時代は第三共和政に移っていた。

敷地の下にはもともと水脈が通っていたため、工事に際しては大量の水が出た。その水を貯めるため、地下には池や水路が設置された。そんなところから、オペラ座には巨大な地下湖があるという都市伝説まで生まれたらしい。ならばオペラ座の地下湖に異形の怪人を棲みつかせるのも面白かろう、と考えたのがガストン・ルルーだった。ルルーはもともと弁護士出身。やがてジャーナリストに転身し、新聞や雑誌に裁判記事を書く司法記者、スペイン、モロッコ、ロシアなどを飛びまわる海外特派員として活躍したのち、創作にも手を広げるようになる。密室ミステリの古典として知られる『黄色い部屋の秘密』と、その続編『黒衣夫人の香り』の成功を機に、本格的に作家生活に入った。そんなルルーが満を持して発表したのが、『オペラ座の怪人』だった。

「オペラ座の怪人《ファントム》は実在した。それは長年信じられていたように、芸人たちの思いつきや代々の劇場支配人に伝わる迷信でもなければ、踊り子やその母親、案内係、クローク係や門番たちが興奮のあまりに抱いた、空想の産物でもなかった。／そう、見かけは本物の幽霊《ファントム》、つまりは幻影のようでありながら、生身の人間として実在したのである。」物語はこうして始まる。そもそも劇場には、怪談がつきものだ。華やかな舞台と暗い奈落。愛と憎しみ。栄光と挫折。光と闇がいたるところで交差する非日常的空間が、人々の目にこの世ならぬ者の幻を映し出す。おおぜいの観客でにぎわうホールも、ひとたび芝居が跳ねれば人っ子ひとりいなくなり、がらんとした舞台には置きっぱなしになった大道具の不気味な影が浮んでいる。『オペラ座の怪人』のなかでも、そんな印象的な描写を読むことができる。「作りかけの大道具が残された舞台のうえも、人気《ひとけ》がなかった。その家の穴から射し込む光が（死にかけた星が瞬くような、青白い陰気な光だった）、ボール紙製の銃眼を頂く古い塔を照らしている。このまがいものの夜、偽りの昼のなかでは、あらゆるものがいびつに歪んで見えた。青緑色のカバーをかけた一階席の椅子は、まるで荒れ狂う海の波が、嵐の岬の巨人として知られるアダマストルが下した密命により、一瞬にして凍りついたかのようだ。」古典からバロックまでさまざまな建築様式が混然一体となった過剰なまでの装飾も、明るい光のもとでこそきらびやかに輝くものの、薄暗がりのなかではお化け屋敷よろしく恐怖を掻き立てるだけだ。

オペラ座が内包するこうした二面性を、おどろおどろしい伝奇小説の舞台装置として見事に生かしきったところにこの作品の特質がある。例えばヒロインの歌姫クリスティーヌが恋人の青年貴族ラウールに怪人の秘密を打ち明け、初めて口づけを交わすのは、オペラ座の屋上だ。そこでは太陽神でもあるアポロンの像が、二人を見守っている。恋人たちの背後から彼らのようすをそっとうかがう怪人は、ただ悲痛なうめき声をあげるだけ。それは闇の支配者たる怪人にとって、陽光に包まれた屋上は力の及ばない世界だからにほかならない。「夜の鳥は太陽が嫌いなのよ。だから日の光のなかで、彼に会ったことはないけれど」とクリスティーヌも言っているように。ミュージカルや映画のなかにも、この屋上シーンは効果的に取り入れられている。

いっぽう、奈落は地獄そのものだ。ラウールがペルシャ人と呼ばれる謎の人物に導かれ、怪人にさらわれたクリスティーヌを追って地下へむかう場面は、亡き妻エウリュディケを連れ戻さんとするオルフェウスの冥府下りを思わせる。オペラ座の断面図を確かめると、たしかに舞台の下には奈落が何層にも続いているのが見て取れるが、そこでは「真っ黒い、悪魔のような人たちが、スコップや熊手をボイラーの前で動かし、猛火を燃えあがらせて」いる。そう、「地獄の業火が噴き出し、悪魔たちの歌声が響くのも、すべて奈落の底から」なのだ。

しかしこの作品でもっとも驚くべきは、天上から冥界へといたる雄大なイメージが、オペラ座という限られた空間に封じ込められている点だろう。実際、物語の舞台が劇場の外へ出ることはほとんどない。それは作者ルルーの奔放な想像力のなせる業《わざ》であるとともに、オペラ座が持つ魔力の産物でもある。もとより劇場とは、小さな舞台のうえにひとつの世界、ひとつの宇宙を出現させる幻影の場であり、オペラ座の華麗な建物自体にそうした仕掛けが満ち溢れている。オペラ大通りをのぼりながら、正面にひかえる緑色のドーム屋根を眺めるときから、われわれはすでにオペラ座の魔法に魅せられているのである。

《平岡敦》

**【読書案内】**

ガストン・ルルー『オペラ座の怪人』平岡敦訳、光文社古典新訳文庫、2013年

ガストン・ルルー『黄色い部屋の秘密』高野優／竹若理衣訳、ハヤカワ文庫、2015年

# 第38章　ジッドと旅の必然

## プロヴァンスとノルマンディーに引き裂かれて

ユゼス出の父とノルマンディー出の母を持ち、パリに生まれた私は、いったいどこに根づくというのだ、バレス氏よ。だから私は旅することに決めた。

ユゼスは南仏プロヴァンス地方の小都市で、ノルマンディーはパリからセーヌ川を下って英仏海峡に至る地域の名である。アンドレ・ジッド（1869–1951）の母方の親戚は、ノルマンディーの各地に広壮な邸宅や別荘を持っていた。ジッドの小説のいくつかでは、それらの屋敷が舞台である。ジッドは回想録『一粒の麦もし死なずば』（1926）でも、生前に公表した『日記』（1939）でも、思い出の地を麗しく書いている。幼少期を過ごしたパリのリュクサンブール公園界隈の描写にも愛着がこもる。だから、彼が嫌うのは特定の土地ではない。「根づく」のが嫌なのだ。ジッドは旅することに決めた。

それではどこに旅立つのだろうか。いや、そもそもバレスとは誰なのか。

モーリス・バレス（1862–1923）はジッドより七歳年長のフランス作家で、「若者たちのプリンス」

ともてはやされ、若くして国会議員に選ばれた。引用したのは、ジッドが文芸同人誌『エルミタージュ』に寄せた、バレスの小説『根こぎにされた人々』（1897）の書評である。バレスは故郷であるフランス東部のロレーヌ地方の若者たちが、教員の悪しき薫陶で郷土を捨て、それぞれ堕落し、破滅してゆく様を例として、アイデンティティの核である土地と死者（祖先）をしっかり持てと訴えた。そこから外来者を嫌う偏狭なナショナリズムが生じる。これに対してジッドは、自分にはふたつの故郷があり、今は大都市の住民だ、それゆえ自由なのだと答えた。

「元ジッド家のシャトー」（ホームページe-gide）。使用人の屋敷がホテルに改装されているらしい。いまや文豪はノルマンディーの観光資源。

その頃、ユダヤ系陸軍将校のスパイ容疑事件、すなわちドレフュス事件が、フランス世論を揺さぶっていた。ジッドは服役中のドレフュスを擁護し、バレスは反ドレフュス派の筆頭だった。両者の対立は根が深いのである。

しかも、内省的な作家であるジッドは、みずからの人格形成に、容易になじまないふたつの極の作用を察していた。「ノルマンディーとバ＝ラングドック」（1903）には、ふたつの「土地と祖先」の及ぼす影響が、みずみずしい筆致で書かれている。父方はプロテスタント系、母方はカトリック。幼時からジッドは、休暇のたびにノルマンディーと南仏を往復していた。母の実家のあるルーアンと、小作人のいる農地と森のついたラ・ロック＝ベニャールの別荘は、それぞれ『狭き門』

青年時代のジッド

(1909)と『背徳者』(1902)に見える。一方、父方の祖母の暮らすユゼスの自然も愛してやまなかった。例えば、川岸に咲くツルボラン(asphodèle)は、カミュの『異邦人』で主人公ムルソーの恋人マリーがバッグで花びらを散らすのと同じ白い花で、地中海地方の鮮烈な青空に映える。これに対してノルマンディーでは、家も立木も湿気た霧に隠れている。

『背徳者』第2部の青年は、北アフリカで心身の健康を取り戻し、気鋭の古文書学者としてパリのコレージュ・ド・フランスで代用講師を引き受けてからというもの、すっかり自信を回復して、新妻とともにノルマンディーに帰郷する。そして、不実な小作人の契約更改を拒否し、みずから馬を駆って領地を実況検分する。

ジッドの初期小説の例に漏れず、『背徳者』と『狭き門』はエゴイズムゆえの欲求不満と幻滅が勝ちすぎた物語だが、ノルマンディーの風土が、そこにいかにも田園小説らしいエキゾチシズムと猟奇を添える。例えば、『背徳者』の青年が背徳者たるゆえんは、小説前半のアフリカで経験した少年愛にあって、性はそれ自体、罪深いものとされる。そして、領地で若い密猟者をわざと泳がせて黒幕を捉えようとする彼は、罠にかかった鹿にとどめをさす無法者の歓喜に、悪に感化されたかのように戦慄を禁じえない。

「ラ・ロック＝ベニャールの教会」ジッド広場と改称

後年の短編「青春」（雑誌初出1931年）には、モーパッサンさながらの苦い後味がある。この短編でジッドは、手放して人手に渡り、今は鉄条網で囲われているラ・ロック＝ベニャールの別荘を回想する。若き日の彼は管理人の陰謀で村長にさせられるが、これは1896年5月の実話である。さて、語り手は子沢山の独身男を森番にしようとして、別荘管理人のロビデに、彼は前科者だと反対される。ちなみに、管理人は『背徳者』でボカージュと呼ばれ、実名はアルマン・デゾネである。ジッドは鉄道会社の労務者だったこの男が、議員の息子の罪をかぶったという打ち明け話を信じて同情する。村長として何とか名誉回復を図って、旧知のレオン・ブルムに協力を願ったが、判決を覆すのは難しかった。後日、ロビデとこの男について話した時、「あの男が服役したのは幼女暴行のせいでさあ」と真相を知らされる。ノルマンディーに根づく人々は、ジッドには測り知れない暗部を持っている。それはベルエポックと呼ばれた世紀転換期のブルジョワの足元で、階級の壁を無効化する社会変動の闇でもあった。田園風景は、このような性と習俗の劇を、幼年時代の思い出で彩って表す背景だったのである。

「旅することに決めた」といっても、それは食べるために働かなくていい有産階級の作家らしい、急行列車とホテル暮らしの旅であろう。『背徳者』の若夫婦がアルジェリアで滞在するのも豪華ホテルで、しかも主人公は料理が食べられたものではないからと、妻にパテや缶詰を探させる。

しかし、植民地に赴いて行政当局と企業の不正を、ブルムに勧められて社会党機関紙で暴いた『コンゴ紀行』（1927）の作家はどうだろうか。共産党に接近した行動的知識人のジッドはどうか。林達夫は第二次世界大戦の始まる年に刊行された評論集『思想の運命』に収めた「旅行者の文学」で、ジッドにとって難しかったのは執着の郊外と訣別することであり、さらに「執着の郊外、それは私有財産の世界である」と喝破した。なるほど『背徳者』の新領主は、ラ・ロック（小説のラ・モリニエール）の売却を決意する。だが、その諸々を語る小説は、ついに書かれなかった。

ミシェル・ヴィノックは大著『知識人の時代』の叙述を三部に分けて、それぞれ「バレスの時代」「ジッドの時代」「サルトルの時代」としている。これを、フランスの知識人が閉塞した時代、外に出ようともがいた時代、諸外国にフランスを注目させた時代と言ってもそれほど誇張ではないだろう。

《有田英也》

**【読書案内】**

アンドレ・ジイド『背徳者』石川淳訳、新潮文庫、改版、1951年

ジッド『狭き門』中条省平／中条志穂訳、光文社古典新訳文庫、2015年

# 第39章 『失われた時を求めて』の夢想の地図

## イリエからコンブレーへ

シャルトルを発って半時間、麦秋のボース平野を横切っていく車のフロントガラスの彼方に、ほっそりとした尖塔が見えてくる。不意に視界を覆う大聖堂の横顔を見つめながらシャルトル駅に到着するような鉄道でのアプローチとは違って、イリエ＝コンブレーへの車の接近は、道のうねりの先に蹲《うずくま》る村邑の家並みに一時隠れても存在感を消し去ることのないサン＝ジャック教会の鐘塔を目じるしに、ゆったりと続けられるのだ。

行き先方向を名前に採った「シャルトル通り」を逆に進んで町に入っていくと、後陣の側から教会横の広場に着く。初めて目にしたときには無骨に思えたサン＝ジャック教会は、周辺に点在する教会建築に比べてみるとはるかに優雅で、堂内の造りも豊かである。実際、中世より農作物や畜産物や布製品の流通でイリエは富を蓄積してきたのだった。

『失われた時を求めて』第一篇の舞台のモデルとされるこの町は、作家の生誕百周年に当たる1971年に、小説の中の名を加えられてイリエ＝コンブレーとなった。以来、その現実の地図の上にプルースト的風景を私たちは透かし見ようとするのである。

「私の内的な生にとって意味を持つ」と作家が語ったコンブレーの「二つの方」が一対の散歩道として語られるのは、作品構想を書き留めた1908年の手帳の中である。「ヴィルボンの方とメゼグリーズの方が私に教えてくれたこと」が主題の一つに挙げられていたのだ。イリエの北北西にあるヴィルボンは小説のゲルマントのモデルの一つとなり、メゼグリーズは西南西にやはり実在するメレグリーズの名に因むものとされている。

『失われた時を求めて』において、「野原の最も美しい眺め」であるメゼグリーズの方（「スワン氏の屋敷の前を通るのでスワン家の方とも呼ばれる」）と「川の風景の典型」であるゲルマントの方は「まったく正反対のもの」で、それぞれの散歩の記憶は「交流なく閉ざされた甕《かめ》」に封じ込められていると語られることになるのだが、この対照性は実のところ、初めから確立されたものではなかった。1909年の原稿では、「ヴィルボンの方」に向けて「ル・ロワール川」（実在するこの川の名は後にヴィヴォンヌ川に変わる）沿いに進んで行くと、「小道が川と別れるところで」「スワン氏の庭の入口に出る」のであって、しかも「《ヴィルボンの方》に出かけたある日には、スワン嬢がちょうどその庭の門扉のところにいた」。また、ゲルマントの方の散歩でめぐりあうのは川辺や川面を覆う「水生植物の花」だけではなく野の花でもあり、「私がサンザシの花を好きになったのは、ガルマント〔ゲルマントの名の前身〕の方においてであった」のだ。

当初は未分化だった「二つの方」の風景。由緒正しきゲルマント一族が君臨する貴族社会と、同化したユダヤ人スワンが属するブルジョワ社会、プルースト小説を構造化する二つのフランス社会を、

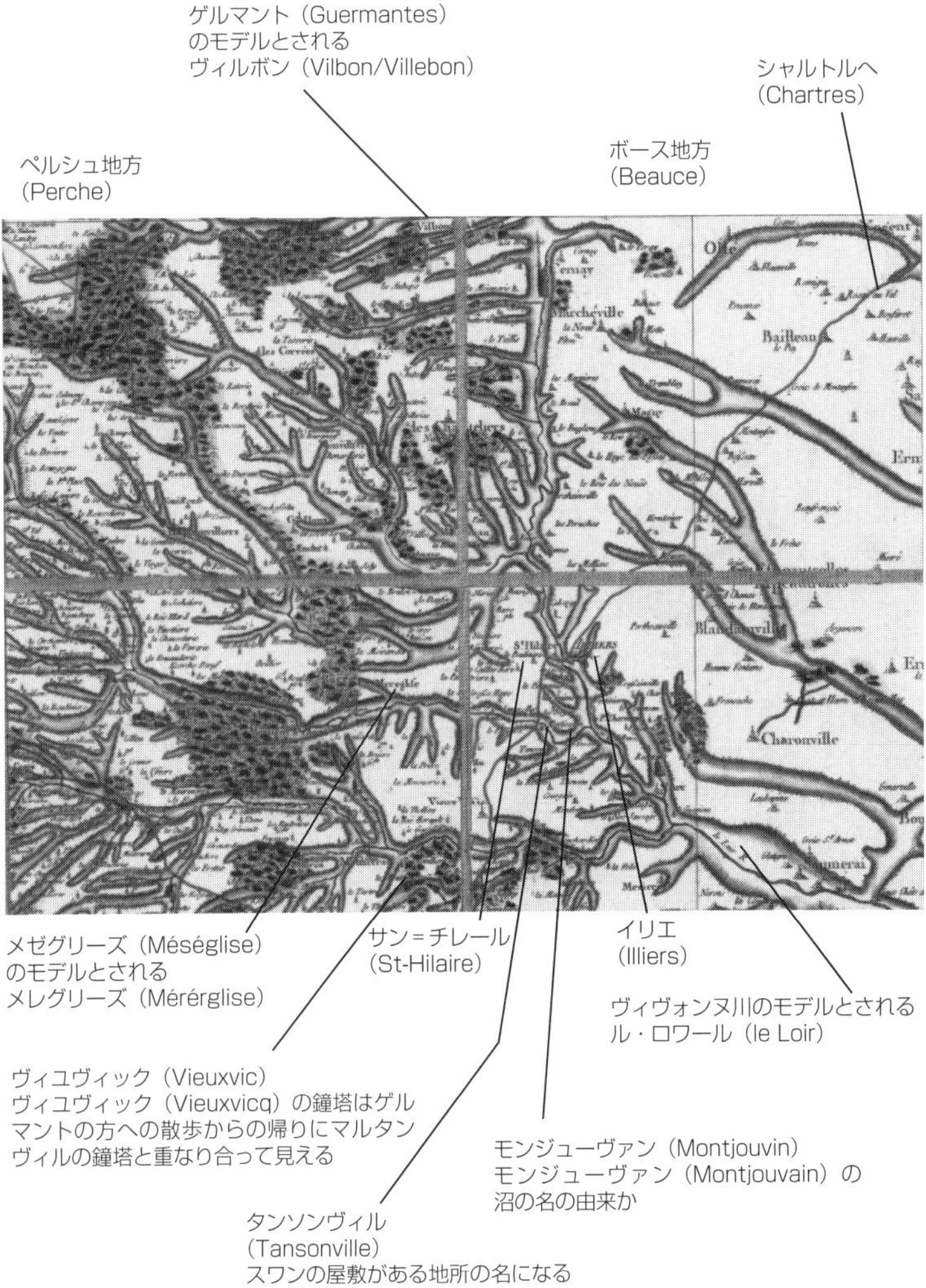
ゲルマント（Guermantes）
のモデルとされる
ヴィルボン（Vilbon/Villebon）
シャルトルへ
（Chartres）
ペルシュ地方
（Perche）
ボース地方
（Beauce）
メゼグリーズ（Méséglise）
のモデルとされる
メレグリーズ（Mérérglise）
サン＝チレール
（St-Hilaire）
イリエ
（Illiers）
ヴィヴォンヌ川のモデルとされる
ル・ロワール（le Loir）
ヴィユヴィック（Vieuxvic）
ヴィユヴィック（Vieuxvicq）の鐘塔はゲルマントの方への散歩からの帰りにマルタンヴィルの鐘塔と重なり合って見える
モンジューヴァン（Montjouvin）
モンジューヴァン（Montjouvain）の沼の名の由来か
タンソンヴィル
（Tansonville）
スワンの屋敷がある地所の名になる

カッシーニの地図（1757年）

コンブレーの「二つの方」の対比的な散歩に象徴させて語るアイデアに作家が辿り着いたのは、イリエの地理的な二相を意識したときではないかと私は考えている。というのも、今日「ウール＝エ＝ロワール県の小郡の郡庁所在地」と簡略に紹介されるイリエについて、19世紀から20世紀初頭にかけての地歴書は繰り返しその地勢上の「二元性」を強調していたからである。

地理学に歴史的視点を導入し、第三共和政下の「地理」教育の推進に与ったヴィダル・ド・ラ・ブラーシュが『フランス地理提要』（1903）で指摘するイリエの地勢上の「混成」相とは、シャルトルから平野が続くボース地方と緑濃い木立《ボカージュ》に囲まれたペルシュ地方との境に位置する町の顔である。両地方の天然の境界線をなすのがル・ロワール川で、旧体制下《アンシャン・レジーム》の地名事典には、川を挟んだ二つの教会の名を冠するサン＝ジャック・ディリエ（Saint-Jacques d'Illiers）とサン＝チレール・ディリエ（Saint-Hilaire d'Illiers）がイリエの町の二地区として採録されていた。大革命後の郷土史文献はこの二つの教区にボースとペルシュの二つの地方を重ねて語り、コンブレーの司祭のモデル、マルキ神父の著作『イリエ』（1904）の冒頭も「イリエはル・ロワールの川岸、ボースとペルシュの極限《きわ》に位置する町である」という文で始まっていたのだった。

この書を繰りながら思い起こした「5年前」の出来事について、プルーストは1913年6月の書簡で語っている。友人の父親に「どの地方（province）の出かね」と尋ねられ「ウール＝エ＝ロワールです」と答えたところ、「それは県（département）じゃないか」と冷たく否された日の記憶である。旧体制下の州に当たる「地方」区分は、歴史や生活文化の特徴を反映する風土の意味合いを持つものとして、大革命後に設定された「県」以上に今なお人々の心に深く根付いている。その際に言い直した答えを、小説の刊行を控えた作家はあらためて口にするのだ――「その小さな町は、一方の地区はボースに、他方はペルシュに同時に属する、フランスでおそらく唯一の町なのです」と。

地勢上のこの気づきが反芻されるなかで、イリエをめぐる実在の地名はコンブレーの夢想の地図の上でコントルダンスを踊り出したのではなかろうか。ヴィルボン＝ゲルマントの方の「川の風景」を際立たせるために、メレグリーズはペルシュを潤す水域から引き離され、ボース平野を思わせる「野原の眺め」の典型のメゼグリーズの方となる。ル・ロワールに合流する川のほとりのメレグリーズの水景色は、スワン家の庭の「人工池」の描写に小さく封じ込められ、「メゼグリーズの方にあるモンジューヴァンの沼」に面影を残すのみだろう。

ただし、マルキの書を読み込んだのであれば、プルーストはイリエのもう一つの特徴にも気づいたはずである。ヴィルボンの方に水源を持つル・ロワール川は、イリエ周辺の地層に水脈を張り巡らせていて（イリエの名の語源を水に囲まれた「島《イール》」に関連づける説が19世紀にはあった）泉や池や浅瀬がかつては随所に見られたこと、その多くが大革命後に埋め立てられ野原や耕作地に変わっているということだ。

野原の底の伏流水。コンブレーの散歩道の「野原の眺めと川の景色の理想」という対比は、イリエの二重の地勢の表裏にすぎないかもしれない――。ボース平野の端、水の記憶に満たされた町イリエを小説舞台の原風景とすることによって、「二つの方」の物語は、地下水脈の如き密やかな縁を『失われた時を求めて』のなかに紡ぎだしていくのである。

《中野知律》

# 第40章　ポール・ヴァレリー、セットとジェノヴァ

## 地中海を旅する想像力

終わったところから始めた旅に、終わりはない、と安部公房は『終わりし道の標べに』の冒頭に記した。ヴァレリーの旅もしばしば、現実の旅が終わったところからはじまる。まるで現実の旅の終わりが、もうひとつの旅の幕開けとなるかのようだ。例えば、「オランダからの帰り道」。「私はオランダをあとにする……。するとたちまち、〈時〉が始まるように思われる。」デカルト、レンブラント、フランス・ハルスを求めてアムステルダムを歩いていた時より、列車に乗ってパリへの帰途についた時のほうが、本物の出発が始まるかのようである。

なぜ終わったところから旅を始めるのか。ひとつにはヴァレリーの描く旅がほとんどつねに、ひとつの現実が終わった後に想像力によって再構築される旅、だからだろう。「レオナルド・ダ・ヴィンチ方法序説」の次の言葉は、そんな旅の流儀を典型的に示している。「一人の人間を、私は想像してみようと思う。」一人の人間が死後に残した作品・草稿・断片を出発点として、その人が考え、制作していた時の精神活動をよみがえらせようというのである。自分自身、あるいは誰かが生きた現実の

感触を、残された痕跡を手がかりに、現在の感覚としてよみがえらせることが、ヴァレリーの書法の基本的な身振りなのだ。わずかな痕跡を手がかりに躍動する想像力は、実際にそうであった現実世界と、そうであったかもしれない可能世界、人間に再現可能な世界と、再現不可能な世界の境界をかけめぐることになる。

半ばは現実、半ばは想像上のこの旅は、ヴァレリーが生まれ育った地中海の二つの都市と深く結びついている。ひとつは南仏の港町セット。もう一つはイタリアの都会ジェノヴァである。セットは、もともとはラングドックの海岸近くの島だったが、ローヌ河の運ぶアルプス山脈の岩の粉末によって岸に結びつき、砂州で陸地に結ばれた小高い丘となった。ヴァレリーの生家は、一方は町中の道に面し、もう一方は運河に沿った道に面していた。運河の向こうには港があり、幼いヴァレリーは港を見下ろす家のバルコニーから海と人間の活動に見入っていたという。港に出入りする船の動きを目で追って、それらの船がどこから来たのか、どこへ行くのか、どんな貨物を積んでいるのかを友人たちと当てっこすることもあった。中学校はサン・クレール山の中腹にあり、町と海を一望できる校庭があって、そこから海を見ているだけで時間が過ぎていったという。セットからの眺めは、間近に行き来する多様性をヴァレリーに印象づけた。

ヴァレリーの墓（セット）

セットが、地中海のはるかな広がりに眼を向けさせたとすれば、ジェノヴァは内に広がる精神の果てしない探究へとヴァレリーを誘うことになる。ジェノヴァはイタリア貴族の血を引くヴァレリーの母ファニーゆかりの土地であり、ファニーの姉ヴィットリア・カベッラの家に、ヴァレリー一家は何度も遊びにいっている。港を見下ろす丘に建つカベッラ邸で、1892年10月初め、21歳のヴァレリーは「ジェノヴァの夜」と呼ばれる内的クーデターを経験する。マラルメとランボーの「特異な詩の完璧さ」に打ちひしがれ、彼らのような詩人にはなれないだろうという落胆に青年は襲われている。同時に、「目で、見知っただけの」ロヴィラ夫人への愛も成就の見込みがなく、感情生活という点でも自分の人生に絶望している。この嵐の夜、ヴァレリーは自己から、もう一つの自己が分離してゆくのを感じる。引き離されたもう一人の自己は、意気阻喪している自己の姿を、まるで自己とは無関係な存在として見つめはじめる。この眼差しこそ、ヴァレリーの文章の基調をなす、終わりから始まった旅の根底にあるものである。

端的に言えば、ヴァレリーはこれ以降、自分の人生を生きることを止めてしまう。自分にあたえられた人生を生きるのではなく、自分さえひとつの例と見なすような眼差しそのものとなり、人間の精神がどのように機能するのかをひたすら見つめることを決意する。一人の人間に何ができるのか、その可能性の解明にすべてを捧げようと決めたのだ。その決意が一夜にして形成されたという「ジェノヴァの夜」は、自己神話化に過ぎないという説もある。しかし、自分さえ自己とは無縁なものと見つめる眼差しが、1894年に開始される『カイエ』以前に形成されていたことは間違いない。写真複製版で二万六千頁におよぶ覚書は、もがき苦しみながら自分の人生の終わりを受け入れた、一人の若者の決意から生まれたテクストなのだ。

ところで、歴史を見ると、セットとジェノヴァは17世紀から結ばれていたことがわかる。ルイ14世の時代、コルベールがラングドックの開発を積極的に推し進め、新しい港としてセットを建設した。この港町はトゥールーズやボルドーと結ばれるドゥ・メール運河となり、ここからピエモンテ州の入口であるジェノヴァ、リヨン、スイスへ向かうローヌ渓谷などにも、特産品であるブランデーや甘口ワイン・ミュスカ、あるいは安価なワインが運ばれた。またヴァレリーの父バルテレミーの出身地コルシカ島は、18世紀まで都市国家ジェノヴァに支配されていた。ヴァレリー家では、母がジェノヴァ方言の混じったイタリア語、父がコルシカ方言かイタリア語で話していて、フランス語がほとんど話されなかったという。二つの都市はこのように通底し、より大きな地中海という広がりへと開かれている。後年、ヴァレリーは地中海について、それは「まさに一個の文明製造機械であった」(「精神の自由」傍線は原文による)と述べている。三つの大陸が接するこの海の沿岸に、異なる気質、感覚、言語をもった民族が住み、相互に触れあってきたからこそ、人間を万物の尺度とする精神が形成されたというのである。「これらの民族は、交通の便が良いので、あらゆる種類の関係を培い、戦争し、貿易し、好むと好まざるとにかかわらず、物・知識・方法を交換し、そしてさまざまな血・語彙・伝説・伝統を混淆した」(「地中海の感興」)。海への眼差しと、内なる世界への眼差しをヴァレリーのなかで交錯させたものは、身近に存在する異質なものとの絶え間ない交通だったのかもしれない。

サン・クレール山の中腹にあるヴァレリー博物館では、毎年のようにヴァレリー・コロックが開催されている。2年前、参加して驚いたのは、フランスだけでなく、ギリシャ、ポルトガル、イタリアの詩人がそれぞれの作品を自分の言語で朗読し、レバノンの音楽家がヴァレリーの詩を自作の曲とし

海辺の墓地（セット）

て歌っていたことだった。ヴァレリーの精神をこの地でそのまま活かそうとすれば、さまざまな言語の歌となってあふれだすとでも言うかのようだ。この企画は博物館にとどまらず、今ではセットの町の至るところで地中海の詩人が自作を朗読する〝Voix vives〟（肉声〔生き生きとした声〕）という催し物となっている。セットと言えば、サン＝ルイ運河で8月に開催される《ジュート》（水上槍試合）が名高いが、この町角で開催される詩の朗読会、2013年からはジェノヴァ、トレド、そしてアル・ジャディーダ、シディ・ブ・サイド等の都市とも連携して開催されている。

　ヴァレリー博物館から丘を少し下ったところにある「海辺の墓地」は、昔の写真に写された姿と少しも変わりなく今もある。その向こうに広がる地中海に、ヴァレリーの言葉は「虚無への供物」のように差しだされたが、その言葉は紺碧の空の下に、「この上もなく深い形象の数々」（「失われた葡萄酒」）を、いまも踊りあがらせている。

《塚本昌則》

**【読書案内】**

ポール・ヴァレリー『精神の危機——他十五篇』恒川邦夫訳、岩波文庫、2010年

コラム4

## 偏愛の作家を訪ねて
### 仮面をつけて書くために

貸し出しカウンターの女性に名前と用向きを伝えると、手紙のやりとりをしていた責任者とはべつの、小柄な金髪の女性があらわれて、満面の笑みで迎え入れてくれた。想像していたよりはるかに明るい空間だった。閲覧室の一角にL字型に組まれた大きなスチール棚があり、A4サイズの紙製箱型ファイルが手書きのラベルをこちらに向けて、ずらりとならんでいる。蔵書リストと生原稿はすべて分類番号が振られてカード化されており、後者はマイクロフィルムで参照できるという。

お話はうかがっています、わたしにできることでしたら、なんでもおっしゃってください。最初の笑みを再現して、彼女は上目遣いにこちらをじっと見つめる。なにから御覧になりますか？ 私はその眼差しから逃れるように周囲をぐるりと見渡し、さらにひと呼吸おいて正直に言った。じつは、ここに来られただけで胸がいっぱいになって、なにをするつもりだったのか忘れてしまったんです。彼女は高らかに笑って、じゃあ、まずは原稿になさったら？ 御存知のとおり、「彼」の筆跡はとても美しいものですから。そうですね、と私はようやく落ちつきを取り戻してカードをめくり、これはと思うものをメモして彼女に渡した。

あとの記憶は、あまり残っていない。その日から一週間、最下等のホテルと閲覧室を往復し、薄暗いスクリーンに映し出された丸っこい筆記体の、たしかに美しいけれど読みやすくはない文字を辛抱づよく解読してひたすらノートに筆写するという、地味な作業をつづけた。199

0年5月のことである。「彼」の名は、ヴァレリー・ラルボー。1881年に生まれ、1957年に亡くなったこの作家の厖大な蔵書と関連資料が、郷里ヴィシーの市立図書館に設けられた、通称「ラルボー文庫」に保管されていた。愛読者にとって聖地とも言えるその場所を訪れたことが、私の留学時代の、ほとんど唯一の収穫だった。

ラルボーの名を知ったのは、学部生のころに読んだ、ある作家のエッセイのなかでのことだ。読書を「罰せられざる悪徳」と表現した人がフランスにいるらしい。すると、ほどなく、大学近辺の古書店で、まさしくその言葉を題名にした、瀟洒《しょうしゃ》な函入りの本を見つけたのである。一読し、篤実で控えめな感じが気に入って、既訳の作品をつぎつぎに読み進めることになった。コスモポリットな寄宿学校を舞台にした『フェルミナ・マルケス』(1911)、少年少女の心の襞を微熱のある言葉でみごとに描いた短篇集『幼ごころ』(1918)、南米からヨーロッパにやってきた23歳の大富豪の日記と、旅の合間に書かれた彼の詩や短篇をまとめた体裁の『A・O・バルナブース全集』(1913)。とりわけこの『全集』に収録されている「仮面」という詩の一節が印象に残った。「僕はいつも顔に仮面をつけて書く、／そう、古いヴェネチア風の仮面、／白いサテンの大きな鼻面にも似て／長く、頬のへこんだ仮面をつけて」(岩崎力訳)。

読み書きは表裏一体である。「罰せられざる悪徳」を繰り返していると、やがて「書くこと」への憧れがやってくる。しかし、どんなに本を読んでも、素のままで自分の言葉を吐き出すことはできない。吐き出した言葉は、その瞬間、仮面をつけたに等しくなる。ラルボーはここで、過度な熱を取り払い、純粋な精神の快楽を求めて冷静さを保つことの意義をうたっているのだ、と私は強引な解釈をした。そして、この小さな作家のことをもっと知りたいと思うようになった。

　ヴィシーは、鉱泉と湯治場で知られる国際的な保養都市である。19世紀後半、いまもその銘柄が残るサン・チョールの鉱泉を掘り当て、壜《びん》入りミネラル・ウォーターやキャンディーの販売で財をなしたのが、ラルボーの父親だった。晩《おそ》くできたひとり息子のヴァレリーは、バルナブースほどではないにせよ、富豪の息子として、経済的には不自由なく育てられたのである。ヨーロッパ各国の富裕層が訪れ、外国語が飛び交う町の雰囲気は、少年の心に大きな影響を及ぼした。後年、詩や短篇の習作を試みるのと同時に、英語、スペイン語、イタリア語をほぼ独学で習得していった語学好きの土台は、居ながらにしてできあがっていたといえる。

　読書好きの少年が語学から文学へと移行するのは、自然な流れである。第一次世界大戦前にはもう、彼は英文学を中心とする外国文学の目利きとして知られるようになっていた。20年代には、アイルランドから出てきたジョイスの仕事を高く評価し、『ユリシーズ』のフランス語訳の監修に力を注ぐと同時に、経済的に困っていた作家夫婦にパリの自宅を貸し与えた。イタリアのイタロ・ズヴェーヴォやスペインのラモン・ゴメス・デ・ラ・セルナなどを積極的に紹介し、ボルヘスの『異端審問』をフランスで最初に紹介したのも、この時代のラルボーである。ベル・エポックのパリの文学を探っていくと、あちこちで、彼の丁寧な仕事に出会う。

　しかし、私が本当の意味でラルボーに傾倒したのは、プレイアード版の全集を買って、20年代半ばから30年代にかけて書かれた未邦訳の散文を読んでからのことだ。特定のジャンルに収めるのがむずかしい、自由で、典雅で、「仮面」をつけた滋味深い言葉の群れ。『黄・青・白』（1927）と『ローマの旗のもとで』（1938）の二冊にまとめられた、分類を拒む「文章」に触れたとき、私は、ラルボーの作品を研究するのでも翻訳するのでもなく、彼のような日本語を書きたい、という奇妙な思いにとらわれた。そのために、いつか彼が生まれた土地の空気を吸って、手書き原稿を目にしたいと願うようになったのである。

それにしても、晩年のラルボーを襲った不幸を思うと、胸が痛む。1935年、彼は脳梗塞に見舞われて、類い稀な言語感覚と半身の自由を失い、その後20年以上をベッドのうえで過ごすことになった。親独政府が置かれたヴィシーの暗黒時代を知らずにすんだのは不幸中の幸いだった、と言えるかどうかは微妙なところだ。彼の原稿と向き合って30年近く経ったいま振り返ってみると、それらの文字には、強いられた沈黙を先取りするような静けさが張り付いていたように思う。完成された作品の、活字のあいだにも埋め込まれていたはずのその静けさを、私は正確に感じ取ることができていただろうか。日々の喧噪のなかで、「仮面」をつけて書くための冷静さを取り戻すために、もう一度、ラルボーの作品と向き合うときが来ているのかもしれない。

《堀江敏幸》

【読書案内】

ラルボー『A・O・バルナブース全集』（上・下）岩崎力訳、岩波文庫　2014年

# V

## コレットからサルトルまで

# 第41章　コレットとブルターニュの海岸

## 『青い麦』の秘密

ブルゴーニュ地方、ヨンヌ県のサン＝ソヴール＝アン＝ピュイゼという村に、シドニー・ガブリエル・コレット（1873−1954）の生家がある。コレットの評伝を書いたハーバート・ロットマンにいわせれば「魅力的なものは何もない」、「自然の条件にも文化や産業の面でもとりたててすぐれたところがあるわけではない」場所だ。スキャンダラスな作家としてその名を轟かせ、のちに『シェリ』や『青い麦』で文学的評価を揺るぎないものとするコレットは、そんな「平凡な地方」で生まれ育った。生家は現在、記念館となっている。長らくの工事期間を経て2016年に再開館したこの家では、作家の生涯が紹介されていて、彼女が集めていたガラス細工のコレクションの展示室や、パレ＝ロワイヤルのアパルトマンの客間と寝室を再現した部屋などを見ることができる。だが、一介の旅行者がこの地を訪れるのは容易なことではない。サン＝ソヴールは、パリから180キロ、最寄りの地方都市オセールからでも36キロほど離れた小さな村である。車がなければ、一日数本もないバスに揺られていく以外にはない土地だ。コレットは、このような辺鄙でのどかなブルゴーニュ地方の一角で、ブドウ畑ではなく森や草原に囲まれて17歳までを過ごしたのだった。

サン＝ソヴールでのコレットは、周囲に広がる自然のなかを飛び回って過ごし、また読書家の両親の影響で文学に夢中だった。だが、幸せな少女時代がおわり思春期にさしかかる頃、家の経済状態が悪化しはじめる。一家が破産し、故郷を出ることを余儀なくされたのは17歳の時だった。程なくして、ウィリーのペンネームで文筆家として活躍していた14歳年上の男と婚約、そして20歳で結婚し、コレットはパリに出た。その夫が、コレットに小説を書くことを勧め、彼女の分身のような主人公クローディーヌを描いた一連の作品が夫の助けを借りて執筆された。とくに『学校のクローディーヌ』そして後年に書かれる『クローディーヌの家』には、故郷や生家の様子が描写されている。

サン＝ソヴールのコレットの生家

作家として独り立ちするとともに33歳でウィリーと離婚したコレットは、パリのミュージック・ホールでパントマイムを演じて生計を立てつつ執筆生活をするようになった。そして男装の女性ミッシーと

ロズヴァンの海岸

親密な仲になる。もはやサン゠ソヴールの田舎娘の面影はない。そして1910年、37歳の年に、故郷とも、パリとも違うもう一つの重要な土地に別荘を構える。のちに『青い麦』の舞台となる、ブルターニュ半島のロズヴァンの別荘だ。それはモン゠サン゠ミッシェルをのぞむ湾の、カンカルという港町に近いトゥエッス海岸の程近くにある。コレットはミッシーと二人で夏を過ごすための別荘を探していたところ、ロズヴァンに一目惚れしてしまう。家じたいは、かなり手を入れなければ住める状態になかったにもかかわらず、すぐに購入を決めてしまった。しかし、まもなくコレットの心はミッシーから離れてル・マタン紙の編集長であるアンリ・ド・ジュヴィネルに傾き、別荘を買って2年後に彼と結婚するのである。翌年には娘が生まれる。コレットはロズヴァンの別荘をいたく気に入っていたので、その後もそこで、娘や夫の息子たちとともに夏を過ごし続けた。『シェリ』（1920）の大部分、そして『青い麦』（1923）もこのロズヴァンで書かれ、またマルセル・プルーストに『ソドムとゴモラ』献本のお礼状がしたためられもしたのだった。

『青い麦』は、ブルターニュの海岸で毎夏をすごす幼なじみの少年フィルと少女ヴァンカの物語である。お互いに愛しあっていることを意識しはじめていながらも、16歳のフィルは美しい歳上の女性ダルレイ夫人に心惹かれ、誘惑を受け入れるという筋書きだ。ブルターニュの夏から初秋にかけての海と太陽、湿った風や磯の匂いのなかでの、少年と少女の性の目覚めが描かれている。実は、この美しく痛々しい物語には、スキャンダラスな裏話があった。すなわち、2番目の夫であるアンリ・ド・ジュヴィネルの上の息子ベルトランにとって、コレットが「ダルレイ夫人」であったということである。ベルトランはコレットとその娘の3人でロズヴァンに滞在することがあり、またコレットはパリでの彼の住まいにしばしば通っていたのだった。そのアパルトマンがあったのは「ダルレイ通り」で、家賃を払っていたのはコレットであった。はからずもコレットにとってベルトランの存在は、以前に自身が書いた小説をなぞるかのように、あの「シェリ」のようになっていたのだ。当時夫のアンリにも他に女性たちがいたこともあり、夫婦の関係は破綻をむかえる。こうして、『青い麦』出版の翌年の1924年、コレットは2番目の夫アンリと離婚した。なおベルトランはのちに著名な政治学者となり、義理の母であったコレットとの関係について語ることとなる。

アンリと別れた翌年、コレットは、のちに3番目の夫となる16歳年下の真珠のディーラー、モーリス・グドケと出会う。グドケはコレットにたいし、ブルターニュよりも南仏ですごすことを求め、1926年、コレットはサン＝トロペに別荘を購入する。「マスカットぶどう棚の家」と名付けられたこの別荘の購入資金のため、ロズヴァンの別荘は売ることを余儀なくされた。以後しばらく、コレットが休暇をすごす場所は、サン＝トロペとなった。1939年に、訪れる人々が増えて落ち着かなくなったことに辟易したコレットは別荘を売り払った。しかしその地と縁が切れたわけではなく、1942年、コレットは非占領地区だったサン＝トロペに、ユダヤ人である夫グドケを逃している。

最後に、コレットのパリの住まいについて触れておこう。彼女は長らくパレ＝ロワイヤルにアパルトマンを持ちたいと夢見ていたのだが、1938年についに念願がかなう。ボージョレー街9番地。そこが彼女の終の住処となり、作家コレットの住まいとして広く知られるものとなった。このアパルトマンの客間そして寝室が、郷里サン＝ソヴールの生家に再現されてあるのだ。コレットは1954年、このアパルトマンの寝室で息を引き取った。81歳だった。1万人ものパリ市民が彼女の死を悼んでパレ＝ロワイヤル広場に集まったという。葬儀は国民葬とされ、やはりパレ＝ロワイヤル広場で執り行われた。そして彼女の亡きがらは、ペール・ラシェーズに葬られた。

《滝沢明子》

【読書案内】

コレット『青い麦』手塚伸一訳、集英社文庫、1991年
コレット『シェリ』工藤庸子訳、岩波文庫、1994年
コレット『シェリの最後』工藤庸子訳、岩波文庫、1994年
コレット『わたしの修業時代』工藤庸子訳、ちくま文庫、2006年

# 第42章　アポリネールと「ミラボー橋」

## 地味な橋には訳がある

「日も暮れよ　鐘も鳴れ／月日は流れ　私は残る」（堀口大學訳）と言えば、ギヨーム・アポリネール（1880‐1918）の代表的詩篇「ミラボー橋」のリフレインである。この詩篇は画家のマリー・ローランサン（1883‐1956）との恋愛関係が終わった頃に書かれたもので、その経験は作品全体に遺憾なく反映されている。そもそも、ミラボー橋とはアポリネールの住んでいたオートゥイユ地区の橋で、舞台は彼の生活圏そのものなのだ。「ミラボー橋の下をセーヌ河が流れ／われらの恋が流れる」で始まるこの詩篇は、まず１９１２年2月に雑誌『レ・ソワレ・ド・パリ』創刊号に掲載され、次いで詩集『アルコール』（1913）に収録された。雑誌初出時と異なり、詩集版では他の収録作品と同様に句読点が一切排除され、フランス詩においては初めてのことだったので、世間を驚かせた。

「ミラボー橋」は過ぎ去った恋をセーヌの流れに例える。鴨長明（1155頃‐1216）の『方丈記』冒頭部分、「ゆく河のながれは絶えずして、しかも、もとの水にあらず。〔……〕世の中にある人と栖《すみか》と、またかくのごとし」と比較すると、リフレインに含まれる「私は残る」という表現の重さが際立つだろう。ふたりの恋の終焉の後も当たり前のように日々の暮らしは続き、時の流れはふたりの恋の痕跡をじわじわと消し去ってしまう。「流れる水のように恋もまた死んでいく」（「ミラボー橋」）。ここまでは『方丈記』の無常観にも通じる。しかしその一方で、「私」の中では時間が止まってしまい、〈あの日〉から一歩も前に進むことができないのである。いわば、「私」は時の流れから、たったひとり取り残されてしまったのであり、その強烈な疎外感が「私は残る」にこめられているのだ。『方丈記』と「ミラボー橋」とどちらが正しいかと言えば、それは『方丈記』だろう。どんなに辛くてもやはり自分の中にも時は流れているもので、悲痛な疎外感もいつかは消える。だが、「月日は流れ　私は残る」という感覚は、失恋に限らずなにかしらの原因で心に傷を負った者なら誰もが抱く感慨ではないだろうか。失恋というありふれた主題から普遍的な感性の領域に達するが故に、「ミラボー橋」は今でも愛されているのだろう。レオ・フェレ（1916–93）、イヴェット・ジロー（1916–2014）、セルジュ・レジアニ（1922–2004）、マルク・ラヴォワーヌ（1962–）など、これまで数多くの歌手にシャンソンとして歌われてきた。

ところで、詩集『アルコール』冒頭を飾るのは「地帯」という長編詩である。「とうとう君は古ぼけたこの世界に飽いた」という有名な一節で始まる作品だが、ここでは「地帯」第2番目の詩句、「羊飼娘よ　おお　エッフェル塔　橋々の群羊が今朝は泣き言を並べたてる」に注目したい。「エッフェル塔」は「羊飼娘」と同格に置かれ、「群羊」たるパリの「橋々」を見守る役割を担わされている。「泣き言を並べたてる」に当たるフランス語は一方で「羊（山羊）が鳴く」という意味も持つ動詞であり、めえめえと鳴く羊たちを見守る羊飼娘さながらに、パリの橋々の上で繰り広げられる愁嘆場をエッフェル塔は見守るのである。詩集では「ミラボー橋」は「地帯」の直後に収録されているが、その内容はまさに〈橋の上で繰り広げられる愁嘆場〉であり、詩篇「地帯」の詩句に従えばエッフェル塔はその光景もしかと見届けていたということになる。

見守られているということはこちらからも相手を見返すことができるということであって、実際ミラボー橋からはエッフェル塔が良く見える。ミラボー橋は市内南西部のはずれに位置し、セーヌ河をはさんで15区と16区を結んでいる。橋の両端に現在はそれぞれメトロ10号線の駅があり、橋の西側（セーヌ右岸）、すなわち16区側にあるのがミラボー駅、東側（15区）にあるのがジャヴェル＝アンドレ・シトロエン駅である。アポリネールは16区のグロ通りに住んでいたので、アパートから最寄りの橋はミラボー橋ではなく、一本北にあるグルネル橋だったはずである。そもそもアポリネールはマリー・ローランサンのアパートの近くに住むために彼女のアパートのあるジャン・ド・ラ・フォンテーヌ通りに隣接するグロ通りを選んだので、彼女に会うために必ずしも橋を渡る必要はない。なぜ別れの舞台にミラボー橋が選ばれたのだろうか？

もちろん、実際にミラボー橋の上でふたりの別れ話があったから、という可能性もある。しかし、ミラボー橋を別離の舞台とすることに、一定の文学的効果があるのもまた事実である。アポリネールのアパート最寄りのグルネル橋が避けられた理由としては、この橋の特殊な環境が考えられる。グルネル橋の下には「白鳥の島」と呼ばれる南北に細長い中州の人工島の先端部が伸びているのだ。島には「白鳥の小径」という散歩道があり、グルネル橋からセーヌ河を見下ろした際に眼下に広がる並木道の牧歌的雰囲気は、詩篇「ミラボー橋」の孤独な悲壮感にはそぐわない。さらに、グルネル橋の間

エッフェル塔と「自由の女神」像

近に位置するこの人工島の南端部には、高さ11メートルの「自由の女神」像が立っているのである。この女神像は、アメリカ独立100周年を記念して1886年にフランスから贈られたニューヨークの自由の女神像に対する返礼として、フランス革命100周年記念にパリ在住のアメリカ人によって1889年に設置されたもので、1937年の万国博覧会まではグルネル橋側を向いていた。つまり、当時はグルネル橋上での一挙手一投足は全てこの巨大な女神像に見下ろされていたのであり、詩的夢想とは程遠い環境だったのである。一方、ミラボー橋は、橋の面積は比較的広いが高さがそれほどなく、どちらかと言えば地味な橋である。グルネル橋とミラボー橋のどちらが、自分の悲しみを正面から見つめ、掘り下げるにふさわしい環境だったかは、言うまでもないだろう。ミラボー橋でひとり悲嘆に暮れ、遠くから見守る羊飼娘のエッフェル塔に目をやれば、自由の女神は今度はこちらに背を向けている。その後ろ姿も、自分から離れて行く恋人の背中に重なったかも知れない。

ちなみにこの女神像は、「日本におけるフランス年」(1998–99)の際に1年間、東京お台場に貸し出されており、オリジナル返還の後、フランス政府の許可のもと、ブロンズ製のレプリカが2000年にお台場に設置されることとなった。

《前之園望》

**【読書案内】**

ギヨーム・アポリネール『アポリネール詩集』堀口大學訳、新潮文庫、1954年

# 第43章　コクトーと終の住処

## ミイー・ラフォレへの旅

名訳者・堀口大學が丹精込めて翻訳したおかげで、ジャン・コクトーは日本で本国に劣らず——ひょっとしたら本国以上に——愛読者に恵まれた。「私の耳は貝のから／海の響をなつかしむ」とか、「シャボン玉の中へは／庭は這入《はい》れません／まわりをくるくる廻っています」といった大學訳コクトーの詩句に親しむことでフランス文学に開眼した読者は多かった。

その代表格が三島由紀夫である。三島は1960年のフランス旅行の際、「少年時代からあこがれのコクトオの実物を見ておきたい」とパリで会見した。「茶色の外套姿の長身のコクトオが現れたときには、一種の感激を禁じ得なかった。これが永年憧れてきたコクトオその人だと思うと、後光がさしているようにみえた」（「稽古場のコクトオ」）というのだから大変な興奮ぶりだ。

筆者もまた、少年時代にひとしきりコクトーに憧れたくちである。1964年に亡くなったご本人に会うことは無論かなわなかった。しかし留学中の1988年、コクトーの近親ともいうべき人物たちに会って話を聞く機会に恵まれた。某雑誌の企画で、ジャン・マレーとエドゥアール・デルミット

ミイー・ラフォレの屋敷前に立つコクトー

という、コクトーを最もよく知る二人にたっぷりと語ってもらい、記事にまとめたのだ。二人の言葉のはしばしに「ジャン」への親愛の情があふれ出し、思い出がいくらでもよみがえってくる様子だった。同時にまた、世界一周旅行の際に立ち寄った日本の文化や人々に、ジャンがどれほど感嘆し、影響されたかも聞かせてくれた。日本から買って帰った墨や筆、フェルトペンや和紙を使って描いたデッサンがたくさんあるとか、オペラ・コミック座で『哀れな水夫』を上演したときには、俳優に和服を着せ下駄をはかせたといった話を次々に聞かせてくれたものである。

日を改めてデルミットにミイー・ラフォレの屋敷に招いてもらったのも嬉しい経験だった。ミイーはパリから60数キロ南、フォンテーヌブローの森の西にある小さな町だ。1947年、映画『美女と野獣』の撮影でくたくたになっていたコクトーは、その地にあるかつての代官屋敷を紹介された。「パリではわたしに適切な家屋には一つも出会わない。〔……〕わたしが望むのは、『君を待っていたよ』と言ってくれる住居だ」（朝吹三吉訳）。ミイーで出会ったのはまさにそんな住居だったのだろう。コクトーは直ちに引っ越し、16年後に亡くなるまでそこに住み続けた。

館の屋根には、暖炉の煙突というよりも塔とよぶのがふさわしいものが突き出ていた。15世紀にさかのぼるという石造りの建物だが、威圧感よりも瀟洒で居心地のよさそうな印象が強かった。広々とした庭の中に建っていて、豊かな緑に包まれた何ともうらやましいような環境である。屋敷の中に一歩足を踏み入れると、そこはまさにコクトーその人の世界だった。特徴的な線描によるデッサンや彫像や写真があちらこちらに飾られている。とりわけ目を奪われたのは、ワインレッドのドレスに身を包み、扇を片手にこちらを優美な表情で見つめる若い女性の大きな肖像画だった。コクトーにこんな恋人がいたのかとデルミットに尋ねてみると、ジャンのお母さんですよという答えだった。コクトーはいつもこの絵をかたわらにおいて暮らしていたのだそうだ。

デルミットが強調していたのは、とにかくコクトーが一生、お金に苦労し続けた人だったということだ。貴公子然としたイメージを抱いていたので意外に思えたが、万事気前がよく太っ腹な性格のせいでまったくお金が貯まらない。あるときなどデルミットに「もう50フランしかお金がない、どうしよう」と相談する始末だった。ところが戦時中には、困っている友人を助けるためにピカソやブラック、キスリングのタブローをただであげたりしたという。

コクトーはデルミットとミイーで暮らし、1963年にコクトーが亡くなったのちはデルミットが遺産管理人として館を守り続けた。維持費が高くつき、取材等にやってくる人たちも多い。できれば文化財として援助をもらいたいところなのだがとデルミットは困り顔だった。何しろこんなにジャン

サン゠ブレーズ・デ・サンプル礼拝堂の猫

の原稿が残っているのですよと箪笥を開けてみせる。手書きの原稿がぎっしり詰まっているではないか。思わず一枚もらいたくなったがぐっと我慢した。なるほど、これをすべて管理するのは容易なことではあるまい。

庭に出てみると、そこは猫の楽園だった。立派な猫たちが自由気ままに闊歩していた。これはみんなジャンが可愛がった猫の子孫たちなんですとデルミットが微笑みながら教えてくれた。庭の樹木のあいだから不思議な彫像がにゅっと顔を出したりしているのもまた、コクトーの詩や映画の世界に紛れ込んだような面白さを感じさせた。

館のすぐ近くに、サン゠ブレーズ・デ・サンプルという礼拝堂がある。起源は12世紀という由緒あるチャペルだが、小ぶりで簡素な、かわいらしい建物だ。この中にコクトーの作品がある。石灰で白く塗った壁にのびのびとした筆致で描かれた壁画は彼によるものだ。大昔、ここはレプラ患者施療院で、「サンプル」は彼らに与えられる薬草、生薬を意味した（ブレーズ、つまりブラシウスは病をいやす聖人の名）。コクトーが壁一面に草花のモチーフを描いたのはその故事にちなんでのことである。そしてここにも猫がいた。片隅に描かれた一筆書きっぽいユーモラスな猫のデッサンの、おなかの下あたりにはコクトーのサイン、そして彼の〝紋章〟である星型のマーク。コクトーはこのシャペルに眠っている。

パリと絆の深かったコクトーだから、その気になればゆかりの場所をパリ市内のあちこちに探すことができる。『恐るべき子供たち』の雪合戦の舞台となった、リセ・コンドルセ前のシテ・モンティエを訪ねてみてもいい。親友コレットとご近所どうしだったパレ・ロワイヤルのアパルトマン界隈を散策するのもいいだろう。だが、コクトー詣での地としてミイー・ラフォレは欠かせまい。1995年にデルミットが亡くなったのち、館はピエール・ベルジェに売却された。イヴ＝サンローランを支え続けたパートナーであり、またフランス随一の文化メセナとして活躍した人物である（2017年没）。ベルジェの尽力により、現在ミイーの屋敷は博物館「メゾン・ジャン・コクトー」として一般に公開されている。コクトーの寝室の中まで入ってみることができるらしい。彼が大事にした猫たちの子孫のそのまた子孫は、いまも庭で飛び跳ねているだろうか。

《野崎歓》

【読書案内】

『月下の一群――訳詩集』堀口大學訳、岩波文庫、2013年

コクトー『恐るべき子供たち』中条省平／中条志穂訳、光文社古典新訳文庫、2007年

# 第44章　セリーヌと船上生活者

## アコーディオンの聞こえる岸辺

ルイ＝フェルディナン・セリーヌ、本名ルイ・デトゥーシュ（1894-1961）の代表作は、作者の体験を素材に、俗語を大胆に使った小説第一作『夜の果てへの旅』（1932）である。その8年前に、医学博士号請求論文「フィリップ・イニャース・ゼンメルヴァイスの生涯と業績」（1924）が公刊されていたから、セリーヌという名は、医師デトゥーシュの筆名として選ばれたわけである。ふたつの名のあらわすものには距離がある。

博士論文はフランス西部、ブルターニュの入り口の行政都市レンヌで発行された。表紙のゼンメルヴァイス医師の肖像は、最初の妻、エディット・フォレが描いた。その父アタナーズは、レンヌ社会の上層を顧客とする医師で、大司教まで診たことがある。後にパリ市に隣接するクリシーなどで公設診療所に勤務するデトゥーシュ博士とは対照的な、街の名士だった。レンヌで女婿になるには、何が必要だったのだろうか。

ルイ・デトゥーシュはリセ（国立高等中学校）に進学せず、商店の見習い店員を転々とした。その

騎兵姿のセリーヌ

後、陸軍に志願して胸甲騎兵となり、ランブイエの第12連隊に配属された。地方新聞がその勇姿を報じた。そのまま第一次世界大戦に出征し、負傷とロンドン勤務と、アフリカ植民地での契約社員を経験した。この経歴のどこにも、レンヌの上層ブルジョワの娘と結婚して医学博士号を取得する有望な青年の面影はない。

転機は、１９１７年3月に参戦したアメリカ合衆国が、多くの民間団体を衛生キャンペーンのためにフランスに送りこんだ時に生じた。アフリカから病気のため帰国したデトゥーシュは、科学情報誌の出版社で「何でも屋」をしていたが、その繋がりで、「ロックフェラー財団国際健康評議会パリ支部」に雇われた。彼はブルターニュ地方を回って、アルコールの弊害と結核および性病の脅威を、しばしばフランス語の通じない現地の人々に説いた。こうして戦争末期の１９１８年3月、エディットの父親にたどり着く。

とはいえ、結婚を認められるのは容易でない。旧出征軍人に出願資格が緩和されたバカロレア（大学入学資格）を取得したところで結婚し、3年間の医学部前期課程に入ると岳父の往診に随行した。「結婚しなかったら、絶対に医学を修められなかったろう」とセリーヌは最晩年のインタビューで答えている。『夜の果てへの旅』にレンヌの記述はない。なぜなら小説は、大戦前夜、主人公バルダミュが医学生仲間とパリのクリシー広場のカフェで議論して幕を開けたからである。「学生にもどって、食い代をかせぎながら、どうにかこうにか、試験を乗り越えた。（中略）それでもなんとか五、六年の苦しい学業を終えると、資格を手に入れた」とある（生田耕作訳）。
この小説の語り手にして主人公のフェルディナン・バルダミュの姓は、「兵隊の装具一式」を表す語〝barda〟に由来するらしい。復員したバルダミュが独力で医師になるプロセスは、ルイ・デトゥーシュのそれとは大きく異なる。また、バルダミュが開業するのは、「僕に似つかわしい」ガレンヌ＝ランシーという「場末」の街で、そこは「パリを出はずれた、ポルト・ブランシオンのすぐ先」にある。アタナーズ・フォレ医師の得たような上客は望めそうにない。実際にパリ市から西の郊外に出るポルト・ブランシオンと、パリの北郊クリシーを合成した架空の街である。ルイ・デトゥーシュはエディットと離婚した後、共産党市政だったクリシーの公設診療所で勤務医となった。デトゥーシュとセリーヌ、このふたりのルイが、小説の主人公バルダミュの「僕」において、つかず離れずの演技をしている。

さて、消されてしまったレンヌは小説のどこにあるのだろうか。川に浮かぶ船とアコーディオンの音色が手がかりになる。

バルダミュはスペイン国境に近い南仏の古都トゥールーズに友人を訪ねる。生田耕作の訳を引こう。

切符を買うまぎわになって、また引きとめられた、あと一週間だけという約束で。トゥールーズの近郊を案内しようというわけだ。かねがね噂に聞かされたすがすがしい河っぷちを、それに付近のきれいな葡萄畑を、ぜひとも見ておくがいい。

友人とその彼女を乗せてボートを漕ぐのにバルダミュは飽きてしまった。

河の曲がり角のあたりまで来ると、アコーディオンの音が耳に入った。帆船からそいつは、その音楽は聞こえてくるのだった、河のその箇所に舫《もや》っているきれいな帆船から。

一行は、船に招かれて豪華な食事を振舞われ、女主人がアコーディオンを奏でた。船主は画家だった。

この挿話にはモデルがある。セリーヌはレンヌ時代の友人ジェルメーヌ・コンスタンの紹介で、13歳年下の画家、アンリ・マエと1929年秋に知りあった。『夜の果てへの旅』を書いていた頃である。その当時の持ち船は平底船「ラ・マラモア号」で、セーヌ川を下ったパリ近郊のクロワシー＝シュル＝セーヌが根城だった。ミュージックホールや娼館の装飾で売れっ子になると、帆船を買ってブルターニュに遊んだ。マエはセリーヌの没後、もらった手紙を集めて出版した。画家は診療所で看護師のふりをした後、一緒にモンマルトル界隈で食事したが、いつもデトゥーシュ博士は自宅に戻って執筆した、と回想している。

「マエの帆船に乗ったセリーヌ」（マエの著書のカバー、サン＝マロにて、1936年）

アタナーズの娘エディットはどこにいるのだろうか。小説の終盤、バルダミュはパリ西郊の広大な開放式の精神病院に勤務する。その地ヴィニイ＝シュル＝セーヌは、「ラ・マラモア号」の寄港地を思わせる。院長バリトンにはエーメという娘がいた。バリトンは娘を伯母に託すと、身勝手にも病院経営をバルダミュに任せて、自分はイギリスから北欧をめぐる船路に旅立った。

夏が来ると、バルダミュはセーヌ河畔を散策する。

むこう岸の土手の後方には、ジェヌヴィリエの広大な平原が続いていた、灰白色のたいそう楽しい広がりのところどころに煙突が埃と霧の中にふんわり姿をのぞかせている。曳き舟道のすぐわきには船頭相手の酒場が立っている、まるで運河の入口を張り番しているみたいに

ここは現在、「印象派の散歩道」と呼ばれる観光スポットになっている。

僕たちはそこへ、その橋の上へアコーディオンを聞きにやって来るのだった。川へ入るために水門の前で、夜が明けるのを待ちながら、舟の水夫たちがかなでるアコーディオンを

今度は船に招き入れられない。そして物語は、若き日を懐かしむ間も無く急流にさしかかる。

《有田英也》

**【読書案内】**

セリーヌ『夜の果てへの旅』（上・下）生田耕作訳、中公文庫、２００３年

# 第45章　ブルトンとパリ散歩

## 「時間は意地悪なもの」とナジャは言った

シュルレアリスム運動の中心人物であるアンドレ・ブルトン（1896–1966）は、『ナジャ』（1928）という一風変わった作品を残している。人から「とても美しい恋愛小説だ」と聞いて私は初めてこの作品を手にしたのだが、その紹介は正確ではなかった。それは確かに「美しい」書物だった。しかし『ナジャ』は小説ではない。語られるエピソードは全て実話である（ということになっている）。証拠代わりにところどころ場所や人物の写真も挿入され、作品の中心部には日付も明記されているので一種の日記として読むことも可能である。また、語り手たるブルトンと作品中のヒロインとも呼べるナジャは、なるほど特別な磁力で互いに惹きつけあっているが、それは一般的な恋愛感情とは異なるものだった。ブルトンがナジャと一緒にパリの街を歩くと、常識では考えられない偶然の出来事が次々と起こる。ブルトンにとってナジャは現実世界におとぎ話の世界の不可思議な事件を生じさせることのできる自由な妖精だった。彼は、ナジャ本人よりもナジャの魔力によって引き起こされる〈日常生活の中の驚異〉を目撃することに興味があったのだった。一方ナジャの方はブルトンのことを、恋愛感情を超越して神のように崇拝し畏敬の念を抱いていた（とブルトンは分析する）。ブルトンの気を惹くためのある種の演技《ポーズ》もそこに混じっていた可能性も否めないが、確かにナジャの振る舞いや彼女の書いた詩句を見ると、ブルトンの分析もあながち強引とは言えないようである。ある日、偶然に路上でナジャと出会ったブルトンは、彼女と街を歩くことで中世ヨーロッパの妖精譚の世界を現代のパリで実際に生きてしまった。『ナジャ』は、その体験を戸惑いつつも読者に報告する書物なのである。

2002年9月より私はブルトン研究を名目に1年間リヨンに留学する機会を得て、週末などを利用して何度かパリにも訪れることができた。パリ滞在は『ナジャ』の舞台を実際にこの眼で確認できる数少ないチャンスである。最初に私が訪れたのはドーフィーヌ広場だった。ドーフィーヌ広場はパリの中でも特にブルトンが愛する場所で、パリ中心部にあるシテ島の西側に位置する。西側に頂角を持つ二等辺三角形をした小さな広場で、広場全体に背の高い樹木が規則正しく配置されている。三角形の南北の斜辺にはアパートが城壁のように並び、底辺にあたる東側にはパレ・ド・ジュスティス（最高裁判所やコンシエルジュリなどの建築物を敷地内に多く含む巨大な施設）のファサードが厳めしく聳《そび》えている。広場の三角形の頂角は、細く短い道を介してポン＝ヌフ橋の中ほどに接しており、ここが広場の〈入口〉と言えるだろう。建物で視界が遮られて橋からは広場の全容は見えず、橋から谷間のような小道を入ると、急に周囲から隔絶された小ぢんまりとした空間が広がる。『ナジャ』では、ブルトンはこの広場に来るとなぜか落ち着いてしまい、他所《よそ》へ行く気が失せていくと言っていた。この漠然とした愛着の要因を、後年ブルトンは広場の特殊な形状に見出す。彼は1950年に「ポン＝ヌフ」というエッセーを執筆し、その冒頭でシテ島を囲む輪郭線としてのセーヌ河が、目覚め際のしどけない巨大な女性像を描き出していることを喚起する。その上で、樹木の茂みに覆われた広場の三角形の形状とそれを二分割する裂け目のような小道を強調し、ドーフィーヌ広場のことを「間違うことなきパリの性器」と断ずるのである。彼はこのアナロジーに大いに感動するのだが、当時の私にはブルトンのこの感動が共有できなかった。しかし、今その原因が分かった。ブルトンの体験を完全に共有するには、新緑の季節にドーフィーヌ広場に行かねばならなかったのだ。三方を背の高い建築物に囲まれ、頭上を葉群れの緑の天井に覆われれば、外部の環境から遮蔽され、確かに独特の安心感に包まれることだろう。しかし残念ながら、私は冬や春先にしかパリを訪れたことがなかったのだった。

とはいえ、ドーフィーヌ広場を実際に訪れることができて、私は大変感動した。ブルトンとナジャが二人で実際にこの広場を、この道を通ったのだ！　個人的ブルトン史跡めぐりに味をしめた私は、次に『ナジャ』に頻繁に登場する「ア・ラ・ヌーヴェル・フランス」というカフェ・バーで食事をすることを思いついた。2002年11月のことである。フランス語版ブルトン全集によれば、「店は現在も残っており、ラファイエット通り92番地とフォーブール＝ポワソニエール通り91番地の角に位置している」とのことなので、友人数名を誘ってそこで夕食を取ることにした。友人たちは特にブルトンに思い入れもないので「今日の店？　ブルトンがバイトしてた店だろ？」などと混ぜっ返して笑っていた。

『ナジャ』に挿入された「ア・ラ・ヌーヴェル・フランス」の写真

2002年時点での「ア・ラ・ヌーヴェル・フランス」

その日はあいにくの冬の雨で、寒いやら濡れるやらで、普段であれば外出もおっくうな夜だったろうが、期待に胸躍らせていた私には特に気にならなかった。メトロ7号線のポワソニエール駅の階段を上ったら、目指す店はすぐそこのはずだ。『ナジャ』に挿入された店の外観の写真は何度も見たし、地図も再度確認した。間違いない。あの角の店だ！

その店の軒先には、独特の赤地に白と黄色の文字で「ラファイエット・エクスプレス／大中華快餐」という店名が書かれていた。中華料理の惣菜屋だ。何度住所を確認しても場所はそこで間違いなかった。茫然としている私に、友人のひとりが言った。

「ブルトンはナジャと中華を食べたのか？」

後で確認すると、くだんのブルトン全集の出版年は1988年。14年も前の情報だったのだ。今ならインターネットで事前にレストラン情報を確認しておくところだが、当時はまだそういう習慣はなかった。お目当ての店で食事ができなくなったのだから、緊急に別の店を探さなければいけなかったはずなのだが、あまりに動揺してその夜のことはあまり覚えていない。せめて写真だけでも、とその店の外観を撮影しはしたが、よほどがっかりしていたのだろう、ひどくブレた写真しか残っていない。どうやら撮影し直す気力もなかったらしい。その夜に無駄足を踏ませてしまった友人のひとりは、その後しばらくの間その店のことを「ブルトンがバイトしていた中華料理屋」と呼び、その話題が出るたびに私はひたすら自らの不手際を詫びるということが続いたのだった。
ちなみに、2018年現在もその建物自体は残っているが、「ブルトンがバイトしていた中華料理屋」とは別のアジア料理店が入っているようである。

《前之園望》

【読書案内】
ブルトン『ナジャ』巖谷國士訳、岩波文庫、2003年

# 第46章　バタイユと「内的体験」

## 思考のつぶやきからの逃走

座禅、瞑想、マインドフルネス。文化的背景に多少の差はあれ、これらの行の基本手順はほぼ共通しており、実践者はまず静かな環境で目を閉じ呼吸を整えて心を静める。すると、いずれの行であっても共通の難関が訪れる。雑念の到来である。この雑念をいかにうまくやり過ごすかが重要で、「雑念を追い払わねば」と反応してしまうとその瞬間から雑念は心に根を張ることになる。逆に、何を思いついてもそのことに執着せずに右から左へと流し続けられれば雑念が居つくことはない。雑念の追い払い方にはそれぞれの実践方法の特徴が現れ、呼吸に集中したり、公案に取り組んだり、マントラを唱えたり、音や皮膚感覚に集中したりと種々の方便が利用される。そうすることで、やがて雑念は気にならなくなり、無念無想の境地に近づくと言われている。

この実践から分かることは、自らの思考を完全に沈黙させることの難しさである。静かな環境に身を置くのは外部からの刺激に思考が反応するのを避けるためだ。しかし、例え理想的な環境に身を置いたとしても、友人との雑談、明朝のゴミ捨て、旅行の思い出、やり残した仕事などといった些末な考えがとりとめもなく頭に浮かんできてしまうものである。また、そうした雑念を首尾よくやり過ごしても、「よし、雑念をやり過ごすことに成功した」と思った瞬間にその内心のつぶやきが雑念となる。人は自らの思考の流出を自在に停止させることはできない。言い方を変えれば、人は涸《か》れることなきつぶやきの源泉を自らの内部に持ち、後から後から湧いてくるその思考のつぶやきから逃れることができないのである。

ジョルジュ・バタイユ（1897–1962）とアンドレ・ブルトン（1896–1966）は両者ともにこの逃れがたい〈つぶやき〉の存在に気がつき、正反対の反応をしている。バタイユは、禅や瞑想の実践者と同様にこの〈つぶやき〉からどうにかして逃れようと模索する。一方、ブルトンはこの〈つぶやき〉を意図的に増幅させるのである。ブルトンが『シュルレアリスム宣言』（1924）で紹介するいわゆる「自動記述」は、雑念の生成を促進する詩法に他ならない。この『宣言』末尾には、「放心」状態に到達するという独特な目標が掲げられているが、この放心状態とは雑念を放置することで出現し得る無念無想状態——禅で言うところの「無分別」の状態に近いものだろう。

『内的体験』（1943/1954）においてバタイユが提示しようと試みている「純粋体験」も、畢竟この「無分別」の境地だと思われる。分別と

『内的体験』執筆当時のジョルジュ・バタイユ

は、ある対象と別の対象とを知性により区別することであり、通常その区別は言語を用いて行われる。しかしその区別は、本来連続体である世界に切れ目を入れ続ける人為的な作業でもある。私たちは、幼少期より少しずつ世界の切り取り方を教え込まれ、例えば野菜と雑草とを区別し、道端の小石と宝石とを区別するようになる。しかし、これらの区別は社会的価値観に基づいた相対的なものであり、実際には野菜も雑草も同様に植物であり、小石も宝石も共に単なる鉱物である。さらに言えば、博学的な動物／植物／鉱物の区別もやはり人為的分類法に基づくものであり絶対的なものではない。このように、言語に頼って世界を認識しようとすれば、人為的な切り分け方で世界をどこまでも分節化せざるを得ない。こうした人為的な区別を離れた状態が「無分別」であり、バタイユが「内的体験」と呼ぶ体験は、おそらくこの原初的混沌状態のことだと思われる。彼は、その体験の中で全宇宙と一致する。内的体験においては、我々が世界を認識する際に最初に実践する根源的区別、すなわち彼我の区別も超越されるのである。注意すべきは、全宇宙と一致するということは、宇宙規模の大きさを持つ巨大な認識主体が誕生することではないということだ。〈認識〉という行為自体が、前提として世界を主体と客体とに区別するものだからである。しかし、「体験」においてはもはや観察者も観察対象も存在しない。言語を離れ〈自分〉から抜け出し全世界とひとつになるということは、最も卑近な意味での〈自分〉が消滅する、すなわち〈死ぬ〉ということである。それは、まさしく「体験」と呼ぶ以外に説明のしようのない特殊な意識状態だ。「体験」が終わり通常の〈自分〉が息を吹き返し、脱走不可能な思考のつぶやきに再び捕えられるまで、その〈死〉は持続するだろう。

山奥の禅寺で修行の末に到達するようなこの状態を、バタイユはパリの路上で体験したと言う。1

928年頃、とある夜更けに、彼は素面で人通りのないレンヌ通りの郵便局側（進行方向に対して左側）を歩いていた。サン＝ジェルマン大通りの方から来てフール通りを横切ろうとした瞬間に、突如彼は忘我の境地、「法悦状態」に突入したのだった。雨も降っていないのに傘を広げて唐傘お化けのように自らを包みこみ、飛び跳ねて走りながら「神のように」笑ったと証言している。

一見、常軌を逸した行動のようだが、改めて当時の状況を検討すると、結果的に「内的体験」に到達するにふさわしい環境が整えられていたことが分かる。レンヌ通りもフール通りも比較的大きな通りで、バタイユが通りかかった交差点にはさらにマダム通りの北端も重なっており、三つの通りが重なりあっているために、現場には建物が何もない広場のような空間がぽっかりと広がっていた（ちなみに「郵便局」はレンヌ通り53番地とフール通り34番地との角に今も現存する）。その夜はサン＝ジェルマン大通りからの帰りだったというから、バタイユはカフェ・ド・フロールやドゥ・マゴなどの並ぶ繁華街を通過してからその空虚な交差点にさしかかったことになる。相対的にではあるが、思考の反応を促す外的刺激が急激に減少したこと

バタイユが「内的体験」に到達した現場
（撮影：隈元舞）

は間違いない。さらに、傘で自らを覆う行動もまた、外部からの刺激を遮蔽する膜を身にまとうことであり、言わば彼は全身で瞼を閉じたのである。騒々しい環境に背を向けて、虚空に向かい目を閉じる。これは、冒頭に確認した禅や瞑想を実践する際の基本手順とほぼ同じである。しかし、特徴的なのはやはり「傘」の要素が入っていることだ。バタイユは書いていないが、「体験」の持続が終了した際に、彼は傘を広げて俗世に戻ったことだろう。一度〈死〉を経験した〈自分〉が、黒い卵の中から新たに誕生するのである。確かに再び思考の牢獄につながれる宿命だとしても、「体験」を経ている以上〈自分〉は既に刷新されている。それは〈自分〉の感動的な新生の場面でもあるのだ。

《前之園望》

**【読書案内】**

ジョルジュ・バタイユ『内的体験――無神学大全』出口裕弘訳、平凡社ライブラリー、1998年

# 第47章　プレヴェールと「優美な死骸」

## シャトー通りの密かな遺産

ジャック・プレヴェール（1900–77）の名を聞いて、あなたは何を思い浮かべるだろうか？「枯葉」に代表される数多くのシャンソンの作詞家だろうか？『天井桟敷の人々』（1945）を始めとするフランス映画のシナリオ作家だろうか？平易な表現で独自の世界を紡ぎだし、出版されるやたちまちベストセラーとなった詩集『ことばたち《パロール》』（1946）の大衆詩人だろうか？プレヴェールには他にも、童話作家、コラージュ作家など様々な顔がある。いずれにせよ彼の作品に通底しているのは、自由をこよなく愛し上からの押し付けを嫌う反権威主義、徹底した反戦主義、子供や貧困者などの社会的弱者に対する内部からの共感である。時折そこに少しとぼけた皮肉なユーモアがまぶされ、山椒のようなぴりりとした刺激が加わるのは、プレヴェール愛好家にとってはおなじみのことだろう。では、彼が「優美な死骸」の発案者だという話があることはご存じだろうか？

フランス語で「優美な死骸」と言えば、複数の人間で一つの文章を作る一種の言語ゲームのことを指す。〈誰（何）が〉、〈いつ〉、〈誰（何）を〉、〈どのように〉、〈どうした〉と言った文章の各要素を、参

プレヴェールとムーラン・ルージュ
©Farabola/Leemage

加者がそれぞれひとつ担当して書き、お互いに何を書いたかは教えずに文章を完成させたのち、最後に文章全体を通して読んでその奇想天外ぶりを楽しむというゲームである。日本では、俳句の上五字・中七字・下五字をそれぞれ別人が考え、それらを組み合わせて一句を作る天狗俳諧と呼ばれる遊戯が江戸時代からあったようだが、俳句ではないにしろ、幼少時に似たような遊びをしたことのある人は多いだろう。ゲームのルール自体はさほど複雑ではないので、多くの地域で同様の遊戯が実践されていることが予想される。だが、そのゲームがなぜフランスでは「優美な死骸」という奇妙な名称で呼ばれているのか?

その起源にはプレヴェールが深く関わっている。

プレヴェールが私たちのよく知るプレヴェールになるのは１９３０年以降のことで、それ以前のごく短い時期、１９２５年から１９２９年までの間、彼はシュルレアリスム運動に参加していた。シュルレアリストたちはカフェにたむろして会合を開くのを常としていたが、御用達の店は長らくカフェ・シラノだった。シラノはブランシュ広場の名高いキャバレー、ムーラン・ルージュのすぐ脇にあり、運動の中心人物たるアンドレ・ブルトンのアパートからは目と鼻の先だった。運動全体の会合がこのカフェで行われる一方で、シュルレアリストたちはそれぞれ個別の友情で結ばれており、交友関係の濃淡に従って主に次の三つのアパートに日常的に出入りしていた。ブルトンの住むフォンテーヌ通り42番地、画家のアンドレ・マッソンやジョアン・ミロ、詩人のロベール・デスノスが暮らすブロメ通り45番地、そしてジャック・プレヴェール及びその弟ピエール・プレヴェール、画家のイヴ・タンギー、さらにはシュルレアリスムと直接は関係がないが後に推理小説シリーズ「セリ・ノワール叢書」の編集で名を馳せることになるマルセル・デュアメルが共同生活を送るシャトー通り54番地である。

「優美な死骸」はこのシャトー通り54番地で生まれた。自身もシュルレアリスム運動に参加したマルセル・ジャンによれば、このゲームをしようと最初に言い出したのが他ならぬプレヴェールなのである。プレヴェールが最初に周囲に見えないように紙に「死骸」と書き、その場にいる友人に同様に続けさせたところ、「優美な／死骸は／新しい／ワインを／飲むだろう」という文章が出来上がったと言う。シュルレアリストたちの間でこのゲームが「優美な死骸」と呼ばれるようになったのは、この最初の文章にちなんでのことである。その後この呼称が流布し、今ではフランス語の辞書に掲載されるようになった。細かい話をすれば、シュルレアリストたちの間では「優美な死骸」は必ずしも言語ゲームのみを意味せず、複数の参加者がひとつのデッサンを同様の手順に従って描く遊びも「優美な死骸」と呼ばれていたが、一般的には「優美な死骸」は前述の言語ゲームを示すものとして知られている。中には「優美な死骸」は知っていても、なぜそのゲームがそう呼ばれているのかを知らないフランス人もいる。それほど現在ではこの表現はフランス語として定着しているのである。

さて、前述の20年代パリ・シュルレアリスムの三つの〈聖地〉はいずれも歴史の波にもまれそれぞれ様変わりをした。ブルトンのアパートは長らく生前のままの状態で維持されてきたが、アパート内に所狭しと陳列された種々雑多な彼のコレクションは２００３年にオークションにかけられ、今では建物の入口に設置されたプレートのみが往時を偲ばせている。ブロメ通り45番地は現在公園の一部となり、ミロの作品であるブロンズ像『月の鳥』が設置されている。これはミロ本人が１９７４年にパリ市に寄贈したもので、この公園は久しく「ブロメ公園」と呼ばれていたが、ミロのブロンズ像にちなんで2010年に「月の鳥公園」と改名された。そして、我らがプレヴェールたちが愉快な共同生活を送ったシャトー通り54番地はモンパルナス駅のほど近くにあたり、現在では建物自体が存在しない。しかし、当時の彼らのアパートにあふれていたはずの友情と自由な笑いに満ちた雰囲気の名残は「優美な死骸」の遊びの中にしっかりと息づいている。それは常に驚きや笑いを仲間と共有するために行われるゲームであり、なによりも、相当親しい相手とでなければ「優美な死骸」を一緒にする気にもならないだろう。「優美な死骸」あるところに、磊落《らいらく》な友情で結ばれた陽気な共同体ありである。

プレヴェールは生涯こうした友情の共同体に事欠かなかった。1955年に彼は妻と娘の三人家族でムーラン・ルージュ脇にあるシテ・ヴェロン通り6番地の4階に引っ越した。その階はムーラン・ルージュ裏手の屋根の上に張り出すテラス階で、引っ越し先の部屋はかつてはムーラン・ルージュの楽屋として使われていた。向かいの部屋には2年前からボリス・ヴィアン夫婦が住んでおり、2組の家族は仲良くテラスを共用した。とりわけヴィアンとプレヴェール、そしてプレヴェールの愛犬エルジェの〈二人と一匹〉はそのテラスの象徴的存在となった。プレヴェールとヴィアンが友人たちを招いてテラスに陣取り、ムーラン・ルージュの赤い風車を裏から眺めつつ「優美な死骸」に興じる、などということもあったかも知れない。

《前之園望》

**【読書案内】**

ジャック・プレヴェール『ことばたち』高畑勲訳、ぴあ、2004年

# 第48章　サン＝テグジュペリと古都リヨン

## 記憶の旅

リヨンはパリからやってくると、高速鉄道TGVで、ものの2時間もかからない。が、かつては西ヨーロッパ文化の中心地であったイタリア半島と、フランスの中心部を結ぶ長い旅のもっとも重要な中継地だった。早くから文化が栄え、ローマ時代にはすでに有名であった。地図で見ればわかるように、ローヌ川とソーヌ川という二本の大きな川に沿って発展した街だ。サン＝テグジュペリはこの街で生まれ育った。生家のある通りはソーヌ川の左岸にあって、アパルトマンが立ち並んでいる。情報が古いと、アルフォンス・フォシエ街という名前になっていたりするが、現在ではアントワーヌ・ド・サン＝テグジュペリ街。そのものずばりである。リヨン空港がサン＝テグジュペリ空港と名前を変えたように、この通りも街の英雄の名前をもらった。

フランスにはリヨンに限らず、サン＝テグジュペリ（愛称サンテクス）の名を冠した地名や校名が多い。実はフランス人にとって彼は、世界的ベストセラー『星の王子さま』を書いた超有名作家にとどまらないのである。『夜間飛行』や『人間の土地』で知られる草創期の操縦士・航空路線開拓者にもとどまらない。第二次大戦勃発時には、祖国のために決死の偵察飛行を続け、敗戦後はアメリカに滞在したが、後に祖国解放戦線に復帰。コルシカ島の基地から飛び立ったまま、地中海に消えた英雄なのである（『星の王子さま』で、身体を残さずに砂漠から消えた王子さまと面影を重ねる人も多い）。しかしこの作家には、ぶれることなくレジスタンスを戦った筋金入りの闘士といったイメージはない。アメリカに戦争参加をうながすという大義名分はあったものの、苦しむ祖国を離れ、安全なニューヨークに身をおいた。当地で無力感と罪の意識にさいなまれ、澄んだ悲しみに充ちた『星の王子さま』を執筆。最後には祖国開放のために戻っていく。そんな人生のストーリーが、こころならずも、ナチスの前に沈黙を強いられた一般のフランス人の心に触れたのかもしれない。

TGVでやってくると、リヨンにはペラーシュという駅がある。ここからは街の代名詞の一つ、ベルクール広場が近い。生家はこの広場のすぐ西にある。そして、この作家のファンにとって、どうしても見逃せないのはサン＝テグジュペリの像である。背後霊のように後ろに立った星の王子さまが、飛行士姿のサンテクスの肩に手をおいている姿は、日本でもいろいろな写真で見ていた。ベルクール広場の中、ソーヌ川よりに立っているはずだ。実はこれ、探しても見つからない謎の像なのである。私がリヨンを最初に訪れたのは、2002年だったと思う。広場では、サン＝テグジュペリ像を探し回った。ところが散々歩き回ったにもかかわらず見つからず、疲れ切った私は諦めてしまった。狐につままれた気分である。

この謎は、それから数年して再びリヨンを訪れたときに解けた。実はこの像、めっぽう台座が高い。サン＝テグジュペリと星の王子さまはその上に鎮座している。最初にリヨンを訪れた私は、この台座

ベルクール広場のサン＝テグジュペリ像

のそばを通ったはずだが、何かの柱くらいにしか思わなかったのだろう。仰ぎ見ることはなかったのである。作家とその分身の男の子の像は、まわりのマロニエの木の梢あたりの高さにあるのだ。マロニエの梢の葉はもう秋の色に染まって、風が吹き抜けていたのを覚えている。この像の台座には「僕は死んでしまったようにみえるが、本当じゃない」という『星の王子さま』の言葉が刻まれていた。

リヨンというと美食の都でもある。サン＝テグジュペリ像の発見に失敗した私は、ソーヌ川沿いのカフェレストランで、ジビエ（キジやシカ、ウサギといった獲物）料理を美味しいソースで楽しんだ。各種のキノコの付け合わせが絶品だったことを覚えている。味覚の記憶は、その味が浮かび上がってくるわけではないが、たしかに心のどこかに刻みつけられている。私にとっては不思議な記憶である（みんなそうですよね?）。名物の牛乳瓶のようなガラス瓶に入った、デカンタワインも、なんだかそれだけで味がアップしている気がした。リヨンには高名なレストランも多く、またそれなりの値段もするのだが、無数の大衆レストラン、ビストロやカフェの料理も競争が激しいだけに、あなどれ

ソーヌ左岸から見たフルヴィエール大聖堂

ないと思う。

　ところで、われわれはいけすに泳ぐ活魚料理にはなれているが、リヨンでは後にかなりショッキングな体験もした。ご飯を食べる店を物色していると、元気のいいウサちゃんがたくさんいる大きなおりを店先に出している店の前を通った。魚料理を食べたあとで、同じ店の前を通ると、さっきあんなにいたウサちゃんが2匹になっていた。ウサちゃんどうなった? 連れの面々に聞いてみたが、「そりゃ食べられたんでしょ」と冷静。さすがリヨン生活の長い人は違うと思ったのだった。

　ところでこの作家、リヨンについてこんなことを書いている。遠く故国から離れた南米グアテマラで飛行機事故を起こし、昏睡状態に陥ったことがあった。ある夜目を覚ますが、震えがとまらない。「私は看護師を呼び、すぐに〈至高の布〉でくるんでくれと懇願する。」看護師は戸惑うばかりである。やがてそんなことをすっかり忘れた本人は、「センチメンタル・ジャーニー」と称し、リヨンを訪れる。旧市街の丘の上には市民の心の支え、フルヴィエール大聖堂がある。子供の頃は毎週ミサのために通っていた。風物詩フニクラに乗って登っていくと、壁面に40年前と変わらない古い広告の文字が読み取れた。「ボン・スクール、傷ややけどに至高の布」。サンテクスは愕然とする。心のどこかで生き続けていた幼少期の思い出に、瀕死の飛行士が救いを求めたのである。

リヨンはこのフルヴィエール大聖堂に見守られた街だ。屋根の上と鐘塔からは聖ミカエルと聖母の像が街を見下ろしている。聖ミカエルはドラゴンを刺し殺す、戦う天使である。聖母マリアはいうまでもない。サンテクスの作品を貫く、高みへの希求と戦士的な誇り、『夜間飛行』のみならず『星の王子さま』にも垣間見られる母性を求める弱さのようなもの。生まれ育った街の風景と通ずるものがあるのではなどと、なんの証拠もなく考えている（サンテクス像がめっぽう高いところに置かれたのも意味があるだろう）。

サン＝テグジュペリに導かれて、リヨンの街を訪れる方は、近郊の作家ゆかりの地を訪れてもいいだろう。少年時代のサンテクスは、サン＝モリス・ド・レマンスという小さな村にある古いお城で、たくさんの時間を過ごした。大叔母のもつ城だったのだが、街の思い出とは別に、この田舎の思い出は後にノスタルジックな回顧の対象となっている。この村はリヨンから鉄道ですぐのアンベリューという街からバスでアクセス可能だ。アンベリュー自体も、少年時代のサンテクスが初めて、飛行機に乗せてもらった空港のある街であった。

《片木智年》

【読書案内】

サン＝テグジュペリ『サン＝テグジュペリ著作集』山崎庸一郎訳、みすず書房、1983－1990年

# 第49章　シムノン「メグレ警視」とパリ警視庁

## 司法警察局ってどこ？

ロンドン警視庁は「スコットランドヤード」。日本の警視庁なら「桜田門」。それではパリ警視庁の通称はと訊かれて、「オルフェーヴル河岸36番」と即座に答えられたなら、あなたはかなりのミステリファンだろう。セーヌ川の中州、シテ島の端に続く通りで、フランスミステリではしばしば目にする地名だ。「オルフェーヴル河岸」あるいは「36」とだけ言われることも多い。これをそのままタイトルにとった映画もあって、ひとつはアンリ＝ジョルジュ・クルーゾー監督の〝Quai des Orfèvres〟（邦題『犯罪河岸』）。もうひとつは、オリヴィエ・マルシャル監督の〝36 Quai des Orfèvres〟（邦題『あるいは裏切りという名の犬』）だ。そのなかで何度か映し出されるセーヌ川沿いの建物に、パリ警視庁司法警察局が置かれている（ただし警視庁の本庁舎は、パレ通りを挟んだむかい側）。司法警察局とは検事の指揮のもと、殺人、テロ、麻薬密売などの犯罪捜査を行う部署である。

司法警察局に所属する、ミステリ史上もっとも有名な警察官はといえば、誰しもメグレ警視の名を挙げるに違いない。作者のジョルジュ・シムノンはベルギーのリエージュ生まれだが、19歳のときに作家を志してパリへやって来た。その後10年たらずのあいだに20あまりのペンネームを使いわけて、約２００篇もの大衆小説を書きまくったが、それはまだ助走にすぎなかった。自家用ヨットで旅行中に立ち寄ったオランダの港町デルフザイルで、彼はのちの作家人生を決する一編の小説を書きあげた。メグレ警視シリーズの第１作にあたる『怪盗レトン』だ。結局シムノンは50年近くにわたり、長編、中短編合わせて１３０作あまりのメグレ警視ものを書き続けることになる。

当初、シムノンはメグレがこれほど長大なシリーズになるとは思っていなかったが、『怪盗レトン』には巨体、黒く重たいコート、山高帽、パイプという主人公の外見的な特徴が、すでにはっきりとあらわれている。『怪盗レトン』の主な舞台は、フランス北部ノルマンディー地方の港町フェカン。ほかにも、『黄色い犬』は西北部ブルターニュ半島南岸の港町コンカルノー、『サン・フィアクル殺人事件』は中部のムーランに近いサン・フィアクル（メグレの生まれ故郷である架空の町で、バレー＝ル＝フレジルがモデルだと言われている）など、シリーズの初期作品はほとんどが地方や外国を舞台にしているが、そんななかで珍しくメグレのおひざ元パリで展開する事件を描いたのが『男の首』だ。

物語はある10月の深夜、パリのラ・サンテ監獄からひとりの男が脱走するところから始まる。男の名はジョゼフ・ウルタン。３ヵ月前に起きた富豪のアメリカ夫人殺しの犯人として捕まり、死刑の宣告を受けたところだった。現場に残された証拠はウルタンの有罪を示していたが、彼は頑として罪を認めなかった。実はウルタンを陰で操っている人物がいたのではないか？　そう直感したメグレはわ

パリ警視庁司法警察局（オルフェーヴル河岸）

新しくなったパリ警視庁司法警察局

ざと囚人を逃がし、真犯人と接触させようという、一世一代の大博打に打って出たのだ。失敗すれば、もちろんメグレの首が飛ぶ。こうしてウルタンとメグレ、二人の男の首を賭けた追跡劇が始まった。

やがて、モンパルナスのブラッスリー《クーポール》の客がこの事件に関わっているらしいとわかる。モンパルナスは今でこそ超高層ビルのモンパルナスタワーに代表されるビジネス街としても知られるが、１９００年代の初めは若い画家や詩人、小説家などが集まるパリ屈指の盛り場だった。アポリネール、マックス・ジャコブ、アンドレ・ブルトン、コクトー、モディリアーニなどなど。それにヘミングウェイやピカソ、藤田嗣治のような外国人も数多くいた。だから『罪と罰』の主人公ラスコーリニコフを思わせる医学生くずれのチェコ人青年が重要な役割を果たすこの作品の舞台としては、まさにうってつけだったわけである。

ついでに言うなら、ラ・サンテもモンパルナスからほど近いパリ14区に実在する監獄だ。健康《ラ・サンテ》とは監獄らしからぬ名前だが、これは通りの名を取ったもの。近くに病院があったことに由来する。フランスミステリではやはりお馴染みの場所で、怪盗ルパンも一時はここに収監されていた。彼はラ・サンテ監獄につながれたまま、遠く離れた城館の美術品を盗むという大胆不敵な犯罪をやってのけたのち（「獄中のアルセーヌ・ルパン」）、まんまと牢を抜け出ている（「アルセーヌ・ルパンの脱獄」、いずれも『怪盗紳士ルパン』所収）。

ラ・サンテ監獄からの脱獄を扱った作品でもうひとつ忘れがたいのが、ジョゼ・ジョヴァンニの『穴』だ。自身、暗黒街の出身だったジョヴァンニは22歳にして殺人事件に関わり、死刑の判決を受けてサンテ監獄に収監される。そこで同じ監房の囚人たちとともに地下トンネルを掘って脱獄を試みるが、仲間の密告によって未遂に終わる。やがて弁護士の尽力により出獄したジョヴァンニが、実体験に基づいて書いたのがこの作品で、監獄という閉ざされた空間で展開する友情と裏切りのドラマをリアルに描き出している。『穴』はジャック・ベッケル監督の手により映画化もされたが、こちらも脱獄映画の傑作だ。

ところでオルフェーヴル河岸36番のパリ警視庁司法警察局は、２０１７年にパリ北西部17区に移転した。これはパリ司法都市建設計画の一環で、大審裁判所、小審裁判所などが新たな施設で一ヵ所にまとめられることになった。移転によって「オルフェーヴル河岸」の愛称が過去のものとなってしまったのは残念だが、故意か偶然か司法警察局の新たな番地はバスティオン通り36番だというから、これからもこの数字は生き続けることだろう。移転後、オルフェーヴル河岸の建物には警察博物館が入る案もあるらしいので、いずれメグレ警視の仕事場を見られる日が来るかもしれない。《平岡敦》

**【読書案内】**

ルブラン『怪盗紳士ルパン』平岡敦訳、ハヤカワ・ミステリ文庫、２００５年

シムノン『男の首　黄色い犬』宮崎嶺雄訳、創元推理文庫、１９６９年

# 第50章　サルトル　永遠の旅行者

## 束の間の港　ル・アーヴル

実存主義の哲学者・作家として知られるジャン＝ポール・サルトルは、冒険小説に読みふけっていた少年のころから、旅への情熱に取り憑かれていた。それもそのはず、19世紀の冒険小説といえば、世界の果てに出かけ、難船したり、前人未踏の密林の奥にわけいったりして、次から次へと事件に遭遇するスリリングなストーリーが主流だったからだ。そんな物語に熱中していたジャン＝ポール少年が最初に書いた小説は、科学者とその娘、若い探検家が珍種の蝶を探してアマゾン川を遡行する「蝶を求めて」というアドベンチャーで、『ラルース百科大辞典』を傍らに、エキゾチックな動植物を描写したというから、その旅行者魂は筋金入りだ。

長じて教員となったサルトルは長い休暇を利用して、生涯の伴侶シモーヌ・ド・ボーヴォワールとともに外国旅行に勤しんだ。１９３１年夏のスペイン旅行を皮切りに、翌32年の夏はスペイン領モロッコとスペイン、33年春はロンドン、同年夏にはイタリアを経巡った後、秋からは1年間ベルリンに留学するなど、普通の感覚からすれば旅行三昧と言えるが、本人はその程度では満足してなかったようだ。38年に発表したデビュー作『嘔吐』の主人公アントワーヌ・ロカンタンは、フランスの港町ブーヴィルで博士論文の準備をするという隠遁生活をする前は、6年間を外国で過ごしたという設定になっている。彼が訪れた都市や国は、ドイツ、イギリス、イタリア、スペイン、ギリシャ、モロッコ、アルジェリア、シリア、アゼルバイジャン、モスクワ、アデン、インドシナ、ハノイ、アンコール、上海、東京――そしてなぜか釜石――と多数にのぼる。作家にとってはいまだ見果てぬ夢だったアジアやアメリカ旅行が主人公に託された形だ。

第二次世界大戦後、時代の寵児となったサルトルが、招かれれば世界の果てまでも喜んで飛んでいったのは、この旅行魂のためにちがいない。最初に訪れたのは、幼少時からの憧れの地であったアメリカ。その後も、スウェーデン、アルジェリア、メキシコ、グアテマラ、パナマ、ハイチ、キューバ、ソビエト、中国、ユーゴスラヴィア、ブラジル、ギリシャ、日本、イスラエルなど、名前を列挙するだけで目眩がしそうなほど、世界中を訪れ、最低でも1ヵ月ぐらいは滞在して、その国を肌で実感しようとした。

サルトル（1965年）

そんなサルトルにとって、イタリアが特別な場所だったことはあまり知られていない。ナポリで強烈な印象を受けて以来、彼は長靴型の半島をくまなく訪れ、50年代から死に至るまでほとんど毎年のヴァカンスをイタリアで過ごしたのみならず、イタリアを舞台にした紀行小説『アルブマルル女王』も書いていた。「最後の旅行者」と副題されたこの作品は、ティントレット論なども含むが、基本的には反観光、反エキゾチシズム文学として構想され、ヴェネチア、ローマ、ナポリ、カプリなどの章が書かれたものの、未完に終わった。「狭い運河でゴンドラに乗った旅行者たちがすれ違う。互いに心のなかで相手のことを滑稽だと考え、思う。ああ、外国人だ」という一節が示すように、旅行をめぐるアンビバレントな感情に満ちたものだ。

多くの時間を過ごしたとはいえ、イタリアはサルトルにとってついに異郷に留まったように思われる。あるいは、異郷に留まったからこそ、執拗にそこを訪れたのかもしれない。この異郷性は、『嘔吐』や『存在と無』で描かれる、この世界における実存の寄る辺なさと言い換えてもよい。なんの必然性もなく、この世界に放り出されてあること、自分の国であるにもかかわらず、それが親しい故郷とは感じられず、その地でよそ者、余計者と感じてしまうこと。この居心地の悪さこそ、サルトルが「嘔吐」という言葉であらわしたものだ。

サルトルを研究対象に選んでから、ぼくは、折あるごとに彼の足跡を追って各地を旅行してきた。彼の母方のシュヴァイツァー家のあったアルザスの小さな村を訪ねたり、小説『自由の道』の舞台となったフランス各地を辿ったり、『アルブマルル女王』の記述を確認するために、カプリ島に聳えるモンテ・ソラーロの山頂から島を眺めてみたりした。だが、迂闊なことに、『嘔吐』の舞台である架空の街ブーヴィルのモデルになったル・アーヴルだけは気乗りがせず、足を踏み入れたことがなかった。一つには、第二次大戦時に徹底的に破壊され、戦後にきわめて人工的に復興された街を訪れても、その面影一つ残っていない、と言うフランス人研究者たちの言葉を真に受けて、あえて作品のイメージを壊したくないという思いからだった。その他には、できれば南や地中海に行きたいという個人的な趣味もあった。だが、この夏、思い立ってル・アーヴルに出かけて思わぬ発見をした。『嘔吐』には、ロカンタンが海辺で石を手にとって、存在への違和感を覚える有名なシーンがある。「今や私には分かった。このあいだ海辺で例の小石を手にしていたときに感じたことを私はもっとよく思い出すことができる。それは一種の甘ったるいむかむかした気持だった。なんとそれは不快なものだったか！　それは小石から来ていた。間違いない。それは小石から私の手に伝わってきたのだ。そう、それだ、まさしくそれだ。それは手のなかの一種の嘔吐感だった」（鈴木道彦訳）。

ル・アーヴルの海岸

　このくだりを読んだぼくは、よく考えもせず、砂浜のどこかに転がっている小石をロカンタンが拾ったのだろうと考えていた。だが、それはまったくの誤解だった。というのも、ル・アーヴルにあるのは砂浜ではなく、フランス語でガレと言われる小石がひたすら続く浜なのだから。一粒の砂すら見あたらない。握り拳ほどの大きさの小石、動物の骨にも似た小石ばかりが延々と敷き詰められた、カタコンブを思わせる海辺を、ぼくは予想していなかった。それはまさに吐き気を催す光景だった。上空には、サルトルが描いていたカモメもごていねいに飛んでいる。「カモメは実在する」というロカンタンの科白そっくりに……。その時、この地をもっと早くに訪れなかった自分の不明を恥じた。街は破壊されても、自然は残る。文学研究者たるもの、探偵のごとく必ず現場を仔細に検証するべきなのだ。実証主義など文学には無縁、テクスト第一主義でなければならない、などというもっともらしい言葉に騙されてはいけない。テクストが語る現実を知らずしては、解釈も覚束ない。そう、絶対に現場に足を運ぶべき、現場百回などというB級刑事ドラマの科白が頭をよぎった。フランス語で「泥の町」を意味するブーヴィルが、むしろ小石に縁取られた街だったことに遅蒔きながらに気づいた自分をあざ笑いながら、小石をひとつポケットに入れ、ぼくは次なる巡礼場所であるフローベールの街ルーアンに向かった。

《澤田直》

【読書案内】
ジャン＝ポール・サルトル『嘔吐――新訳』鈴木道彦訳、人文書院、２０１０年

## コラム5

### 映画とパリをめぐる旅

フランス映画にとって、パリは特別な町である。有名な映画のタイトルだけでも、『巴里祭』『巴里の空の下セーヌは流れる』『パリのめぐり逢い』……と、たくさん挙げることができる。

なかでも、ルネ・クレール監督による『巴里の屋根の下』(1930) は、フランスにおけるトーキー映画の最初期の1本でありながら、完成された音響設計で日本を含め世界中の観客を驚かしただけでなく、パリという町に漂う詩的な情緒をみごとに描きだした映画として名高い。

のちにハリウッドで作られるミュージカルの名作『巴里のアメリカ人』(ヴィンセント・ミネリ監督、1951) は、アメリカ人がパリに寄せるロマンティックな憧れを凝縮したような映画だが、そこに表現される極彩色のパリでさえ、20年以上も前に『巴里の屋根の下』に映しだされたパリの情景から影響を受けている。それほど、『巴里の屋根の下』は、パリに行ったことのない世界の映画ファンにとって、この町の決定的なイメージを形づくるものだった。

私が初めてパリに旅したのは、それからさらに20年以上のちの1975年のことだ。私は20歳だった。初めて見る夏のパリの町は乾ききったように索漠として、私が漠然と想像していたパリとはまったく違っていた。そのとき、『巴里の屋根の下』のパリのイメージと現実のパリの風景とを比較したわけではないが、現実のパリは映画のなかで見られるパリとは違うことを思い知らされた。

しかし、それは当然のことなのである。『巴里の屋根の下』を例にとれば、あの映画には現実のパリはまったく映っていない。あそこに見られるパリは、屋根も建物も街路も並木も、すべて人工的に作りあげたセットなのだ。

しかも、それを作った人物はフランス人でさえない。帝政ロシアの支配下にあるポーランドのワルシャワで生まれ、ロシア革命のせいでフランスに亡命してきたラザール・メールソンという白系ロシア人だった！

メールソンはパリの北にあるエピネー＝シュル＝セーヌの撮影所で、この映画に見られる建物の外壁や屋根、教会の鐘楼、数々の商店が立ちならぶ細長く入り組んだ街路をすべて建設し、それらのセットのあいだから透かし見られる遠い背景だけに、本物のパリ郊外の風景を借りたのだった。

つまり、世界中の映画ファンがパリという町の詩的な情緒だと感じたものは、ひとりの外国人が作りあげた人工の建築物による幻影にすぎなかったのだ。

そもそも、1960年頃までは、映画は撮影所のなかにセットを組んで撮ることが当然とされていた。マルセル・カルネ監督が『北ホテル』(1938) で描きだした有名なパリのサン＝マルタン運河界隈の風景でさえ、本物としか思えないリアルなたたずまいにもかかわらず、メールソンの弟子である美術監督アレクサンドル・トローネルが、パリ郊外のビヤンクール撮影所に再現した奥行き70メートルの巨大なセットなのである。

現実のパリでのロケ撮影に固執した監督もいないわけではないが、少数派である。なかでは、『牝犬』(1931) や『素晴しき放浪者』(1932) のジャン・ルノワール、『アタラント号』(1934) のジャン・ヴィゴ、そして、『幸福の設計』(1947) や『七月のランデヴー』(1949) などのジャック・ベッケルが最も重要な存在といえよう。

ちなみに、ヴィゴの『アタラント号』には、サン＝マルタン運河界隈の実景が出てくるが、これを『北ホテル』のセットによる安定した映像と比べてみると、『アタラント号』に映しだされた風景の生々しいリアリティに圧倒される。そこには、一瞬のロケ撮影ですかさず土地の精霊を捕まえるような、監督のヴィゴとカメラマンのボリス・カウフマンの天才がはっきりと刻みこまれている。

ルノワールとヴィゴとベッケルの三人は、のちの〈ヌーヴェル・ヴァーグ〉の若い監督たちから敬愛される、〈ヌーヴェル・ヴァーグ〉の先駆者というべき存在なのである。

〈ヌーヴェル・ヴァーグ〉とはフランス語で「新しい波」を意味する言葉で、１９６０年前後にいっせいに登場した若い映画監督たちの集団を指す用語である。〈ヌーヴェル・ヴァーグ〉は、フランス映画を根本的に変えてしまった映画運動であり、アメリカや日本など、世界の映画作りにも、後戻りのきかない大きな影響をもたらした。

〈ヌーヴェル・ヴァーグ〉の若い映画作家たちは、みんな現実のパリを舞台にして、ロケ撮影で映画を撮った。軽量で移動しやすいカメラ、暗い場所でも撮れる高感度のフィルムなど、技術革新が現実のパリでのロケ撮影を可能にした。そうして、数々の忘れがたいパリの風景が生みだされた。

ジャック・リヴェット監督のその名も『パリはわれらのもの』(1958–60年撮影、61年公開)で、主人公の演出家がパリ市立劇場の高い屋根の上に登り、はるかに見下ろしたセーヌ川とシャトレ劇場。

フランソワ・トリュフォー監督の『大人は判ってくれない』(1958–59年撮影、59年公開)で、家出した不良の小学生に扮したジャン゠ピエール・レオーが、夜明けどき、公園の凍りついた水で顔を洗うモンマルトルの丘のあたり。

クロード・シャブロル監督の『いとこ同志』（1958年撮影、59年公開）で、大学の卒業試験に落ちた主人公のジェラール・ブランが放心状態でほっつき回るソルボンヌ大学近辺の学生街カルチエ・ラタン。

エリック・ロメール監督の『獅子座』（1959年撮影、62年公開）で、主人公が仕事探しで長いこと歩きまわり、疲労困憊して腰を下ろした暑い暑い夏のセーヌ河岸。

ジャン＝リュック・ゴダール監督の『勝手にしやがれ』（1959年撮影、60年公開）で、主人公のチンピラを演じるジャン＝ポール・ベルモンドと、美しいショートカットのアメリカ娘、ジーン・セバーグがたわいないおしゃべりをしながら歩きつづけるシャンゼリゼ大通り。

それらの鮮烈なパリのイメージは、『巴里の屋根の下』とは異なる本物のパリの情景である。今日でも、〈ヌーヴェル・ヴァーグ〉の魅力的なパリ風景に魅せられた世界の映画ファンが、ゴダールやトリュフォーやシャブロルやロメールやリヴェットの描いたパリを実際に見ようとして、パリに旅をする。

しかし、『巴里の屋根の下』のパリが現実のパリではなかったように、〈ヌーヴェル・ヴァーグ〉の映画に捉えられたパリもまた、いつもそこに現実として存在するパリではない。そのとき、その場所で、その瞬間だけ、映画のまなざしが結晶させた、一瞬にして永遠のイメージなのだ。だから、映画ファンが同じ場所に行く旅をしたとしても、そこには映画のパリは存在しない。

いや、映画に映った場所を知るために実際に旅をする必要はないのだ。映画そのものが、時間と空間をこえて、まるでフリーズドライされたような、永遠の時と場所に行くための旅なのだから。

《中条省平》

# Ⅵ

## ベケットからウエルベックまで

# 第51章　ベケット、「平和なダブリンよりも戦火のパリに」

サミュエル・ベケット（1906–89）は生粋のアイルランド人である。ダブリン郊外のプロテスタント中流家庭に生まれ、幼いころからフランス語やイタリア語を学んだ。1930年代から母語である英語で作家活動を始めたが、いずれも1940年代にフランス語で執筆した小説『モロイ』『名づけえぬもの』、そして演劇作品『ゴドーを待ちながら』が、それぞれバタイユ、ブランショ、パリの観客によって「発見」されることで作家となったベケットは、まぎれもなくフランス文学の作家であるといえる。

ベケットがフランスの地を最初に踏んだのは1928年、パリのエコール・ノルマル・シュペリユールに英語教師として赴任したときである。5区ユルム通り45–46番地に現存するこの学校の一室は「ベケット」と名付けられ、その滞在の記憶を今に伝えている。この時期、彼はカルチエ・ラタンのカフェやレストランに通っていた。しばしばカフェ・マイユ（現在はマクドナルド！）で昼食をとり、夜はコルネイユ通りのコション・ド・レで長い時間を過ごした。ベケットのパリ生活は、エコール・

ノルマルの前任者で同郷のトマス・マグリーヴィに導かれたものだったが、彼のおかげでベケットは、ジェイムス・ジョイスの知遇を得たのだった。エッフェル塔とアンヴァリッドの間の、ロビアック広場に面したジョイスのアパートを、ベケットはしばしば訪れ、のちに『フィネガンズ・ウェイク』と呼ばれる作品の執筆を手伝ったり、芸術や哲学について語りあったりした。二人はしばしば、このアパートの西に位置するシャンド・マルス公園からエッフェル塔のわきを抜けて、セーヌ川に細長く伸びる散歩道（「白鳥の道」）まで散歩した。また1922年にジョイスの『ユリシーズ』を世界で初めて出版した、5区のセーヌ河岸に今も残るシェイクスピア・アンド・ザ・カンパニー書店には、『ユリシーズ』の読者であったベケットも訪れ、感慨をおぼえたという。

1920年代から30年代にかけて、パリは文字どおり芸術の都であり、ジョイス以外にもエズラ・パウンドやヘミングウェイらの外国人文学者が集まり、シュルレアリスムという国際的な美術・文学革新運動も盛んな時期であった。彼らの多くが通ったモンパルナス地区のレストランやカフェ、すなわちル・セレクト、ル・ドーム、ラ・クーポール、ラ・クロズリー・デ・リラ、ドゥ・マゴなどに、ベケットも1960年代まで通い続けることになる。

ダブリン、ロンドン、そしてヨーロッパを移り続けたベケットは、1937年末から再びパリに滞在し始める。まずはリベリア・ホテルに滞在し、翌年からはモンパルナス墓地の西に位置するフォヴァリート通り6番地のアパルトマンに住み始める。

1939年になると、イギリスとフランスがナチス・ドイツに宣戦布告、第二次大戦が始まる。ベ

『ゴドーを待ちながら』上演の様子（1978年）

ケットは開戦後、アイルランドからパリに戻ったが、ナチスによるパリ占領（1940年6月）の2日前に、フランス中部山岳地帯の小都市ヴィシーへと逃れた。対独協力政権の根拠地であったこの街で、やはり同じくパリを退去してきたジョイスと、同じホテルで過ごし、この老作家をサポートした。1941年にジョイスが死去する直前、ベケットはナチス占領下のパリに戻り、レジスタンスに加わった。しかし親友アルフレッド・ペロン逮捕の報を受け、身の危険を感じたベケットとパートナーであるシュザンヌは、1942年、ヴォークリューズ県ルシヨン村に到着、ホテル・エスコフィエに滞在する（しばらくしてその近くの村ラ・クロワの家へ移る）。ナチスの追跡を恐れつつ、また、地元のレジスタンスとの関係を保ちつつ、農作業と執筆の生活を送る。

ドイツ軍に対するソ連軍の優勢が見え始めていた1944年6月、連合国軍がノルマンディー上陸作戦に成功し、翌年5月のヒトラー自殺によってヨーロッパ戦線は終わりを迎える。ノルマンディー上陸直前にドイツ軍によって空爆されていたサン・ローに病院を再建する事業にボランティアとして協力を名乗り出たベケットは当地に赴き、その惨状に衝撃を受けた。この様子は、彼の短いルポルタージュ「廃墟の中心地」にまとめられている。

ベケットの作家人生を大きく変えた『ゴドーを待ちながら』はフランス語で書かれ、ラスパイユ通り38番地にあったバビロン劇場で1953年1月に上演された。この劇場は1952年に設立され、ピランデッロやイヨネスコ、アダモフなど前衛的な劇作品を上演したが、1954年に閉鎖された。わずか2年余りの稼働だったが、『ゴドー』初演によって今もその名を演劇史に刻んでいる。またこの時期、母の遺産で、パリの東60キロの農村ユシー・シュル・マルヌに別荘を購入し、その後たびたび滞在、執筆を行うことになる。

ベケットは1960年、サン＝ジャック通り38番地のアパートに移った。モンパルナス駅やモンパルナス墓地の東側にあるこのアパートに、ベケットは最晩年まで住むことになる。かつてベケットが滞在したエコール・ノルマルからまっすぐ南にくだると、このアパートにたどり着く。エントランスには郵便受けがあり、その一つには今も〝BECKETT〟と書かれた紙が貼られている（2008年現在）。すでにシュザンヌとの関係は冷えきっていたが、互いにより自由に過ごせるように、広いアパートへ引っ越したのである（翌年には、シュザンヌの財産相続権を保証するために、二人は法的に婚姻関係を結ぶことになる）。1969年のノーベル文学賞受賞時もベケットはここに居住しており（受賞の知らせそのものはモロッコ旅行中に受け取った）、1975年のベルリン・シラー劇場での自らの『ゴドー』演出の準備も、晩年の代表的散文作品『伴侶』『見ちがい言いちがい』の執筆も、このアパートでなさ

シュザンヌとベケット

れたのである。
1989年12月22日逝去。同年夏に先に亡くなっていたシュザンヌとともに、モンパルナス墓地に葬られ、今も隣り合わせに眠っている。

《鈴木哲平》

【読書案内】

ベケット『ゴドーを待ちながら／エンドゲーム（新訳ベケット戯曲全集1）』岡室美奈子訳、白水社、2018年

ベケット『ハッピーデイズ――実験演劇集（新訳ベケット戯曲全集2）』岡室美奈子／長島確ほか訳、白水社、2018年

ベケット『名づけえぬもの』安藤元雄訳、白水社、1995年

# 第52章　グラックと世界の果て
## ラ岬散策

「１９３７年10月のある日」だというから、フランスのほぼ最西端に位置するラ岬を初めて訪れたとき、ジュリアン・グラックはまだ教師としてカンペールの街に住み始めたばかりだったはずだ。雨の多いブルターニュ地方にしては珍しく、その月はよく晴れていたという。１９７４年に刊行された断章集『花文字２』に、そのときの小旅行の様子が描かれている。

カンペールで乗った中距離バスは、ビグーデン地方の僻村に停車するたびに少しずつ空いていった。プロゴフを過ぎると、乗客はもう二人だけになっていた。私たちの目の前で沈みつつある太陽を除けば、その日、ラ岬に用のある者などいなかったのだ。〔……〕軽くなったバスは羽根のように舞い、岬の高台を登る最後の急勾配に突っ込んでいった――当時はまだ目障りなホテルも駐車場もなかったのだ――すると、長らくわれわれの左側に見えていた海が、トレパセ湾やヴァン岬のあたりで不意に右手にも現れた。それだけで、喉が詰まり、私はみぞおちに船酔いの症状が現れるのを感

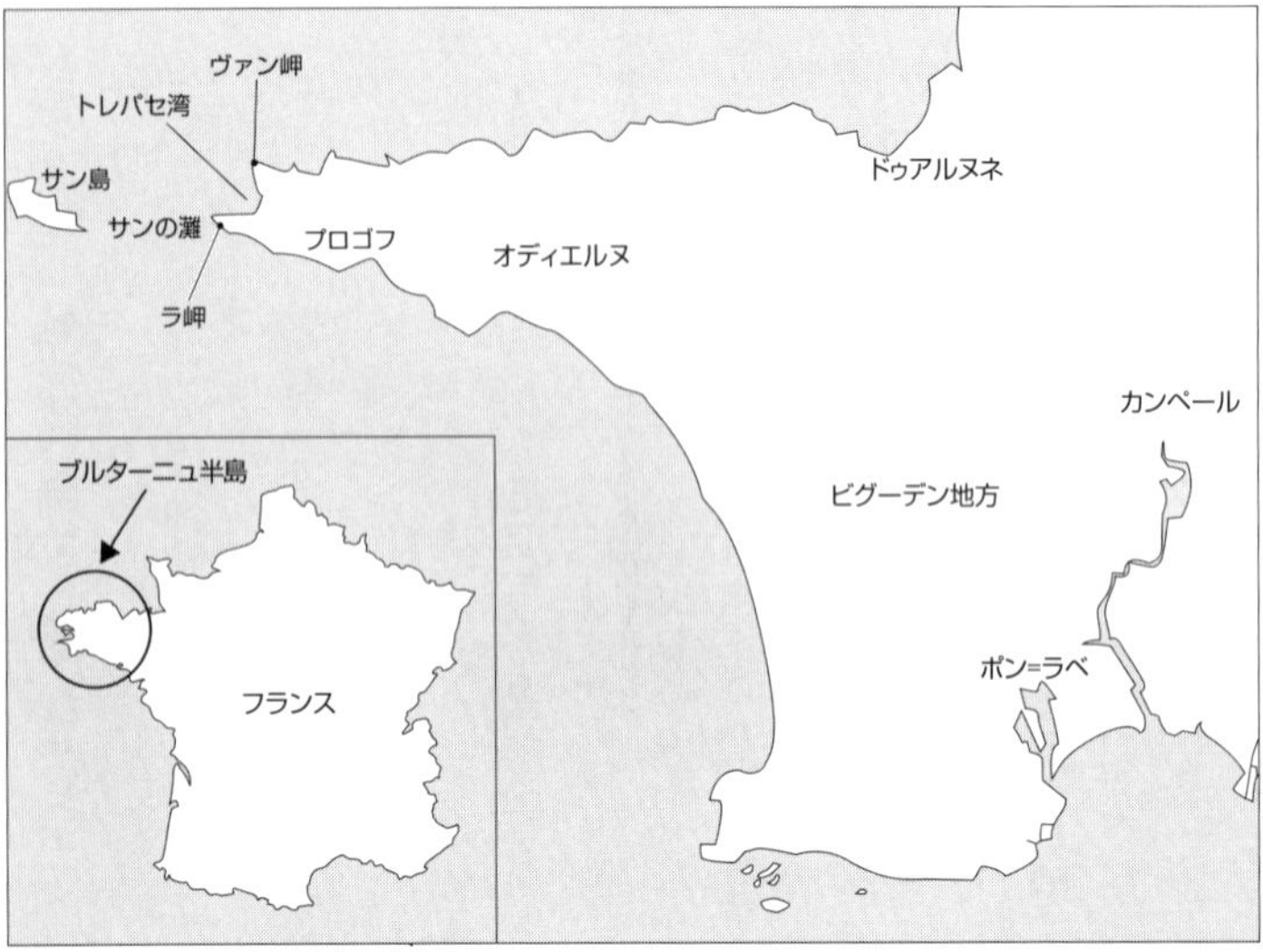

フィニステール県南西部の地図

じた――背後にあるヨーロッパとアジアの巨大な塊を、一瞬で、文字通りに、物質的に、意識してしまったのだ。自分が砲口から急に光の中に吐き出された砲弾になったような気がした。まるで予期していなかったこの宇宙的で荒っぽい飛翔の感覚――うっとりするような、大笑いしたくなるような感覚――は、以後、ここでも他の場所でも二度と味わうことがなかった。

これと全く同質の経験を持ち合わせているわけではないが、ここに述べられている一連の感覚は何となく理解できる気がする。ラ岬はフランスの北西部、ブルターニュ半島の西の端から大西洋に鋭く突き出している岬である。ユーラシア大陸の「最果て」の一つなので、ここに向かってゆく旅人は、まさしく「ヨーロッパとアジアの巨大な塊」を背負うことになる。同じ観光名所でもモン・サン＝ミシェルなどとは異なり、ラ岬は天を突いてそびえ立つモニュメントではないから、バスに乗っていても前方にその姿が見えてくることはない。ただ、乗り物が終着点に近づいていくにつれて、足下の大陸がもうすぐ尽きようとしているという気配だけが、ごく婉曲的に、しかし着実に感じられてくるのだ——まさしくグラックにとってそうであったように、予期せぬ方向から海が視界に侵入してくることによって。

思えば十数年前に、私もほぼ同じ路線の中距離バスに乗ったことがあった。カンペールからラ岬までの、距離のわりにはずいぶんと時間のかかるルートを、ときおり小さな街や集落を貫いて、バスは飄々と進んでいった。折しもイギリスのロックバンド、コールドプレイのサードアルバム『X&Y』がフランスでも大いに売れており、車内で——あれはラジオだったのだろうか——名曲「フィックス・ユー」が流れていたのをよく覚えている。グラックの小旅行のときと同じように、いずことも知れぬ停車場に停まるたびに乗客は減り、バスはがらがらに空いていった。そんながらんどうの乗り物が、ほどほどにアップダウンのある道を疾駆してゆくその揺れに、オルガンやファルセットを多用して宗教音楽を思わせもするコールドプレイのこの曲の、それこそ「宇宙的」とでも形容したくなるような浮遊感があいまって、虚空を漂うバスと音楽とに二重に魂を揺られている、そんな現実離れした心地よさを味わっていた。およそ「世界の果て」への道行きは、非日常的な陶酔の感覚に恵まれやすいのだろうか。ラ岬のすぐ手前で味わった「船酔い」や「飛翔の感覚」について語るグラックのあの美しい断章のことなど、そのときはまだ存在すら知らなかったのだが。

ところで、バスの車内にかかっていた音楽なら思い出せるというのに、到着後のラ岬のことはなぜかおぼろげにしか覚えていない。駐車場のすぐそばにレストランや土産物屋が何軒もあり、その日の

ラ岬のポストカード

おすすめの料理がエイヒレのムニエルだとメニューボードに書かれていたのだけはごく鮮明に記憶しているのだが、その日の自分の昼食が何であったのかさえ——エイヒレを食べたのか、そば粉のクレープを食べたのか、それともカンペールのパン屋で買ったサンドイッチでも持ってきていたのか——まるで忘れてしまっている。オフシーズンの、おそらくは平日の昼間だから、人もまばら、開いている商店もまばらだったはずだ。実際、岬の先端へと続く意外に長い散歩道は、行けども行けども無人だったという印象がある。では、肝心の「最果て」はどんな光景だったのか。

よく晴れていて、気持ちのよい散歩日和だった。ラ岬には「ここが絶景」という特別なスポットがあるわけではないが、360度、どちらを向いてもそれなりに絵になる海と空と野原とが広がっている。ブルターニュの海岸はたいがいそうだが、海沿いには名前のない岩場や断崖が延々と続き、目や足の運びに合わせて海景がアングルを変えながら緩やかに移り変わってゆく。ただし、閑散としているにもかかわらず——いや、周りに人がいないからこそいっそう——感覚器官は忙しい。額に強風を受け、髪は逆立ち、潮の香が鼻をかすめ、潮騒に鼓膜は震え、太陽と雲と青空が、岩礁と荒れ地と波しぶきが視界を埋め尽くしている。写真にはたぶん撮ることのできない、にぎやかな感覚のオーケストラだ。生きているっていいなと実感できる、心地よい慌ただしさだ。

それから岬の先端に近づくと、野原の途絶える地点に今度はむきだしの岩肌が現れる。このワイルドな岩塊を描写するにあたっては、再びグラックの名文に援けを求めることにしよう。圧倒的な海の力に対して抵抗を試みる、獰猛な爬虫類の姿を小説家はそこに認めたようだ。

ラ岬の劇的な美を生んでいるのは、鱗が剝がれ、ひび割れ、薄片状になった、中央の背骨の生き生きした運動だ。それは岬の真ん中に居座ることなく、鞭の先のように激しく曲がりくねり、爬虫類さながら、闘志をむき出しにして、時には右の奈落へ、時には左の奈落へと向かっていく。最後に水に潜るときも、まだ余力を残しており、犂《すき》べらの撥土板のようにサンの灘〔ラ岬とサン島のあいだの水路。ここを通る海流は流れが速く、海面も荒れやすい〕を耕している。鉱物は生きていて、なおも突き立つこの沈降のさなかに反り返る。それは、炸裂した岩の王国だ。敵意ある水の中に沈みこもうというその瞬間、大地はいたるところで自らの鱗を起こし、逆立てるのだ。

《三枝大修》

【読書案内】

ジュリアン・グラック『アルゴールの城にて』安藤元雄訳、岩波文庫、2014年
ジュリアン・グラック『シルトの岸辺』安藤元雄訳、岩波文庫、2014年
ジュリアン・グラック『ひとつの町のかたち』永井敦子訳、書肆心水、2004年
ジュリアン・グラック『街道手帖』永井敦子訳、風濤社、2014年

# 第53章　ジャン・ジュネ、フランスへの憎しみと愛

ジャン・ジュネの足跡をたどるのにパリの劇場は欠かせない。1966年4月、ジュネの最も重要な演劇作品の一つ『屛風』がパリ・オデオン座で上演される。演出は、1959年リュテス座での『黒んぼ』の演出以来、ジュネの信頼を得ていたロジェ・ブラン。これ以前にもパリのアテネ座で1947年に『女中たち』が、マチュラン座で1949年に『死刑囚監視』が初演されている。

アルジェリアの独立（1962年）とそれに伴う政治的動揺の渦中にあったフランスにおいて、オデオン座でのこの上演は一大スキャンダルとなり、ユゴーの『エルナニ』(1830)、ジャリの『ユビュ王』(1896)、ストラヴィンスキーのバレエ『春の祭典』(1913) にも劣らぬ騒ぎを引き起こし、激しい反対デモも行われた。なお、のちに極右政党国民戦線党首として2002年の大統領選の決選投票まで残ったジャン＝マリ・ル・ペンもこのデモに参加していた。

ところで、このオデオン座のあるオデオン広場2番地に、レストラン「ラ・メディテラネ」がある。1942年に開店、またたく間に有名店となったこの店の常連にジャン・コクトーが名を連ねていた。

幼年時より窃盗を繰り返し、まさにこのときフレーヌ刑務所で詩集『死刑囚』と処女小説『花のノートルダム』を執筆していたジュネは、コクトーがこれらの作品に賛辞を贈ることで、作家の道を歩み始めることになる。彼らは「ラ・メディテラネ」や、当時パレ・ロワイヤル近く（モンパンシエ通り36番地）にあったコクトーのアパルトマンなどでたびたび面会した。また、当時ジュネが逗留していたオテル・デュ・シュエードにあったホテルまで、夜のパリを二人で語り合いながら歩いたというエピソードもある。

レストラン「ラ・メディテラネ」（撮影：安立清史）

コクトーが讃えたジュネの名は、またたく間にパリ文壇に広まり、第二次大戦直後の文学・思想界の寵児サルトルもこれを知ることとなる。ジュネがサルトルに初めて会ったのは、サルトルがボーヴォワールとともに仕事場として利用していたことで名高いカフェ・フロールだった。こうしてジュネは、右岸のコクトー、左岸のサルトルに導かれ、作家の道を前進していくのだが、彼にとって真に重要だった同時代の芸術家は、二人の先達作家ではなく、アルベルト・ジャコメッティであった。ジュネは芸術家としてのジャコメッティの姿勢に感銘を受け、惜しみない敬意を示していた。彼はパリのイポリット・マンドロン46番地のジャコメッティのアトリエに40日間通いつめてモデルをつとめてもいる。このときの肖像画は、現在ジョルジュ・ポンピドゥ・センターに所蔵されており、またジュネのほうも、この彫刻家との交流から『ジャコメッティのアトリエ』という美しいエセーを残すことになる。

ジュネの足跡を追って、パリの外へ足を運んでみよう。パリ・リュクサンブール近くの産院で生を享けたジュネは、生後7ヵ月後、母に連れられダンフェール・ロシュロー通りの児童養護施設救済院に預けられた。そこからフランス中部アリニィ＝アン＝モルヴァンという小村の、ウージェニー・レニエという婦人のもとに里子に出され、ここで約10年を過ごした。このときの様子は『花のノートルダム』(1944) から、断片的にうかがうことができる。その後、パリ近郊モンテヴェランのダランベール職業訓練学校、パリの養護児童救済院や精神治療施設から次々と逃走し、ついに１９２６年、15歳のとき、トゥール地方のメトレにある農作業感化院に収容され、2年半をここで過ごす。この様子は『薔薇の奇蹟』(1946) などに、歪曲をともないつつ描かれることになる。

１９４０年代半ばから１９６０年代半ばまでを小説家、劇作家として生きたジュネは、１９６０年代以降、政治文書の執筆に傾倒していく。私生活において彼は、パリやその近郊でも、サン＝ドニのアパルトマンにパートナーと住んだ時期を除いて、流浪のホテル暮らしを続けた。その人生の幕を閉じたのも、パリ・イタリア広場近くにあるジャックス・ホテルであった。

「私はいつもフランスを逃れようとしてきた。」ジュネは１９８５年、生前最後のインタヴューで述べている。私生児として生を享け、盗みの代償としてたびたび刑務所に係留された母国フランスと、ヨーロッパ大陸とアフリカそして中東とを、彼は終生往来し続けた。

作家ジュネが影響を受けた先達として、プルーストとランボー、ドストエフスキーを彼自身が挙げているが、フランスの内外を彷徨し続けた彼の生涯は、パリにしがみ続けたプルーストとは対照的であり、いわば70年の歳月をかけた「緩慢な」ランボーとして、しばしばフランスを脱出する軌跡を描くことになる。1930年代にはレバノンやシリア、市民戦争の予兆を示すスペインを訪れ、ナチスが中欧を制圧する前夜のユーゴスラビアとチェコ、そしてドイツを放浪した。サルトルがジュネの文学とその生涯を徹底的に解剖した大著『聖ジュネ――役者にして殉教者』（1951）の出版後は、逃げるように海外をさまよった。また1960年代以降最晩年にいたるまで、ジュネは再びフランスの外で多くの時間を過ごす。日本、インド、中国、パキスタン、タイ、あるいはモロッコ、パレスチナ、さらにアメリカ。ジュネはこの時期、こうした地域に住まう被抑圧者たち――アメリカの黒人、フランスのアラブ系住民、そしてパレスチナ――の擁護を文学作品執筆より重視する。1986年には、パレスチナの滞在をもとに『恋する虜』を脱稿。晩年の直接的な政治的発言と、彼の独特の想像的世界が結合したジュネの新境地となった。同年パリで他界したが、遺骸はモロッコに葬られた。

フランスから逃げ、またフランスに舞い戻ってくるという営みを終生繰り返したジュネ。それでも、生みの親、育ての親ともにフランス人で、フランス文学を愛読しながら、時にフランスを憎みつつ自らのスタイルを生成し、生涯母語であるフランス語で書き続けたこの作家が、正真正銘の「フランス（語）作家」であったことは疑いを容れない。

《鈴木哲平》

【読書案内】

ジュネ『薔薇の奇蹟』堀口大學訳、新潮文庫、1970年
ジュネ『アルベルト・ジャコメッティのアトリエ』鵜飼哲編訳、現代企画室、1999年
ジュネ『花のノートルダム』中条省平訳、光文社古典新訳文庫、2010年

# 第54章　アルベール・カミュ、地中海に浸る幸福『結婚』

アルベール・カミュとともに旅するとなれば、当然『異邦人』の舞台であるアルジェリア、アルジェが思い浮かぶ。アラビア語で「島」を意味し、地中海に面した段差の多い港街は、カミュが育った故郷であり、当時はフランスの植民地だった。誕生の地はチュニジア国境に近いモンドヴィだが、第一次世界大戦に召集された父が戦死したため、一家はアルジェ市内のベルクール地区に引っ越した。カミュは、ほとんど貧民街とでも呼ぶべきこの地区で1940年にフランスに移り住むまでを過ごした。「不条理」というキーワードが見出されたのもこの地でのことだ。

「ひとつの街と分かち合う愛は、しばしば秘めたる愛だ。パリ、プラハ、またフィレンツェでさえも、街は自分自身に閉じこもって閉ざされていて、固有な世界を限定している。だが、アルジェや、他の海に開かれた街のような特別な場所は、口や傷口のように、大空に開かれている。」このように始まるエッセー「アルジェの夏」で、カミュは太陽と海に恵まれた「白い街」の魅力を活写している。

日常生活の何気ない断面に鋭利な哲学的考察がぶつかって炸裂的に輝くような、カミュの珠玉のエッセー集『結婚』の多くのくだりは、彼が書き留めていた「手帖」のうちにしばしばそっくりそのまま見出される。創作ノートであり、日記でもある「手帖」には、作品の構想や思索はもとより、訪れた様々な国に関するメモや、旅に関する考察もしばしば見られる。地中海に浮かぶバレアレス諸島を訪れた後の記述は、彼の旅行観が端的に示されていて興味深い。「旅の価値をなすもの、それは恐怖だ。自国や、母国語から離れすぎると、ふと漠然とした恐怖に囚われ、本能的に元の習慣に逃げ込みたくなる。」これは多くの人が抱く思いかもしれないが、カミュはそこから「楽しみのために旅するなどと言ってはいけない。旅をすることに歓びなどない」と結論し、旅は永遠の感覚をとぎすますためだ、と断じるのだ。

カミュ（1957年）

作家として成功したカミュは、招待に応じてアメリカ合衆国、南米などの遠い国も訪れているが、とりたてて旅行ずきだったというよりは、むしろ親密な場所との関係を大切にすることを好んだように思われる。そして、その場所は北の国ではなく、太陽の光が溢れる南の国だった。じっさい、カミュはアルジェという都市やアルジェリアという国そのものより、広く地中海世界を自分の故郷だと考えていたふしがある。

このような地中海世界をカミュは、1935年夏のスペイン、36年、37年のイタリア旅行の際に、確認する。とりわけ、イタリアの魅力に圧倒されたことはエッセー「砂漠」からも読みとれる。表題が予想させるのとは異なり、

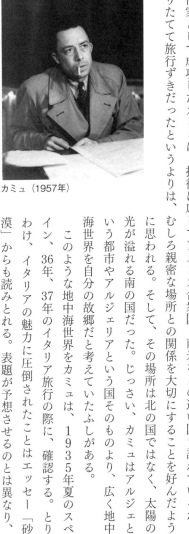

その内容は1937年にフィレンツェ、ピサ、ジェノヴァといった珠玉のような街が点在するトスカーナ地方を訪れた体験に関するものだ。カミュは、チマブーエ、ジオット、ピエロ・デラ・フランチェスカなどに言及しながら、トスカーナ平原の光景に恍惚とする。「イタリアは、他の特権的な場所と同様、ぼくに美の光景を委ねてくれる」と書くカミュにとって、イタリアの発見は、芸術の発見と一体になっていた。だが、それは理性的、審美的態度からはほど遠く、より具体性に即したものだ。

じっさい、カミュが感動したのは、ルネサンスの巨匠たちの描いた絵画作品のなかの人物と同じ顔に、街中で出くわすという経験だ。これはイタリアを旅する人がしばしば実感することだろう。ときには、その仕草や身振りが、有名な絵をなぞっているかのようなのだ。1954年冬、55年夏にもカミュはイタリアを再訪し、青年時代の感動を新たにしている。「年をとったら、世界に比肩するもののないシエナの街道に戻り、ぼくが愛する、見知らぬイタリア人の善意だけに包まれて、そこの溝で死ぬという機会に恵まれたいものだ」とまで書いている。

このように、地中海をこよなく愛したカミュの偏愛の地は、海がすぐそこまで迫っている廃墟のあるティパサ、首都アルジェから西に70キロほどの距離にある小さな海辺の町だ。ここの廃墟の特徴は、先住民であるベルベル文化、そして植民者としてやってきたフェニキア人、ローマ人、キリスト教、アラブ・イスラムの文化が重層的に残っていることだ。

「春になると、ティパサには神々が住み、その神々は、陽光やアブサントの匂いのなかで語っている」

ぼくが訪れたのは秋だったが、ティパサという場所に、多くの精霊が徘徊していることは、肌ですぐさま感じた。海からの風が吹き抜け、木々がざわめく。その廃墟の一角、地中海を見下ろす丘の上に「ティパサでの結婚」の一節が刻まれた石碑が立っていた。海風に曝されたせいか、少し風化して読みにくくなっていたが、「ぼくはここで、ひとが栄光と呼ぶものを理解する。それは、節度なく愛する権利のことだ」とある。都会の喧噪から離れ、悠久の時間を感じさせるこのティパサの廃墟をカミュはたびたび訪れ、その名は手帖にも繰り返し現れる。「ティパサでは、早朝、遺跡は露に濡れる。世界でもっとも古いものと始原的な新鮮さとの重なり。そこにこそぼくの信仰、ぼくに言わせれば、芸術と生の原理がある。」ティパサはいわばカミュにとっての原風景といえる。

ティパサの廃墟

『異邦人』の成功によって、フランス文壇の寵児となったカミュだが、パリの気候とそこに住む人たちのスノッブな気質とはまったく反りが合わず、心安らかに時をすごすことができる地中海世界をフランスのうちでも探し求めた。最終的に、彼が見出したのは、海辺の町ではなく、南仏プロヴァンス、その中ほどに位置する葡萄畑が広がるリュベロン地方だった。親友の詩人ルネ・シャールの故郷であるこの地方が気に入ったカミュは、50年代になってから長期滞在しつつ、家を探した。ルールマランという小さな村に、お眼鏡にかなった住み処を見つけたのは１９５８年９月のこと。その家のテラスからはオリーブ林をはじめ緑の森が見えるが、海を眺めることはできない。それでも、カミュは森の彼方に地中海を透視し、さらにはその向こうに、白いアルジェを思い描いたことだろう。1960年1月、クリスマス休暇を家族で過ごしたこのルールマランの家からパリに向かう途中で、カミュは自動車事故に遭う。ハンドルを握っていたのは友人であり版元でもあったミシェル・ガリマール、助手席に乗っていたカミュは即死だった。愛用の革カバンのなかには未完の原稿が残されていた。彼が生まれたモンドヴィを舞台にした自分探しの物語であると同時に、アルジェリアへの賛歌でもあるこの遺稿小説は、1994年に『最初の人間』として出版され、ベストセラーとなった。

ルールマランにあるカミュの墓（写真：三野博司）

ルールマランの村の墓地にある質素なカミュの墓に詣でようと思ってから、もうずいぶんになるのだが、ぼくはいまだ果たせずにいる。

《澤田直》

**【読書案内】**

カミュ『異邦人』窪田啓作訳、新潮文庫、改版、2014年

カミュ『最初の人間』大久保敏彦訳、新潮文庫、2012年

# 第55章　マルグリット・デュラスの三つの住まい

## パリ、ノーフル・ル・シャトー、トゥルーヴィル

マルグリット・デュラス（1914–96）の作品で一般にもっともよく知られたものは『愛人』であろう。そうすると、デュラスゆかりの地といえば真っ先に仏領インドシナが思い浮かぶのではないだろうか。植民地で教職に就いていた両親のもと、1914年、現ヴェトナムのサイゴンでデュラスは生まれた。何度かフランスに帰国していた期間があったものの、19歳で大学入学のために単身でパリに出るまでの間の大部分を、デュラスはインドシナで過ごした。植民地で過ごした日々の記憶は、のちに『太平洋の防波堤』そして『愛人』に鮮明に描かれることとなる。とはいえ、デュラスはフランスに帰国してからは、二度とインドシナを、あのメコン河のほとりを訪れなかった。彼女にとってインドシナは、思い出のなかに、植民地時代のままで在りつづけたのである。

かくして1933年、パリ大学法学部に進学したデュラスの、パリでの生活が始まる。終生パリでの住まいとしたパリ6区サン＝ブノワ街5番地のアパルトマンに、最初の夫ロベール・アンテルムとともに引っ越したのは、1942年のことだった。デュラスが近くの老舗ビストロであるレストラ

ン・ル・プティ・サン＝ブノワに通いつづけ、テラスで食事をとっていたことは、半ば伝説のように語り継がれている。ディオニス・マスコロとの愛人関係が始まったのも、このアパルトマンに越したころである。5年後、アンテルムと離婚、マスコロとの間の息子ジャンが生まれた。なお、サン＝ブノワ街のこのアパルトマンであるが、終戦間近の時期にはフランソワ・ミッテラン率いるレジスタンス組織のメンバーがかくまわれており、またパリ解放後には左翼系のインテリたちが集ったことでも知られている。

創作活動を旺盛につづけるなか、マスコロとの関係を解消したのは1956年だった。そしてこの年、デュラスはパリの西セーヌ・エ・オワーズ（現在はイヴリーヌ）県のノーフル・ル・シャトーに第二の家を購入する。この家はアパルトマンではなく、庭付きの屋敷で、傍には沼があった。ひと目惚れしたというこの家は、彼女の創作にとって決定的な場となる。デュラス自身、次のように述べている。「その購入は、書くことの狂気に先立っていた。あれは火山活動のようなものだ。あれにはこの家が大いに関わっていると思う」（岡村民夫訳）。その言葉通り、ノーフル・ル・シャトーでデュラスは精力的に仕事に取り組み、重要な作品が書かれていった。そして特筆すべきは、1970年代に、その家を舞台にいくつもの映像作品が撮影されたことである。映画《ナタリー・グランジェ》についてデュラスは、「この家から、この私を魅了する家からつくった」といい、さらに、「テクストとは家である、そうもいえる。家とは本であり、著作であるとも。私は慎重に、家のなかで演出する。とても長く大きいのに、ほぼ一階全部がこの映画に出演している」とも語っている。ノーフル・ル・シャトーの家によって、文字通り家を創作の場、源とするデュラスの手法が確立したのである。だが一方では、この広い屋敷はデュラスに孤独感を与え、アルコール依存症の悪化を招いていた。

1963年には、三つめの住まいが購入される。英仏海峡に面したノルマンディー海岸のリゾート地、トゥルーヴィルに建つ、ロッシュ・ノワールという大きな館の一室である。もともとは、モネが描き、マルセル・プルーストが滞在したことで知られるロッシュ・ノワール・ホテルであった。それが、マンションに改装されて売りに出されていたのである。海辺の町を舞台とした作品が多いデュラスにとって、運命的な場所だった。晩年には、サン＝ブノワ街5番地よりも、ノーフル・ル・シャトーよりも長い期間を、ロッシュ・ノワールで過ごすこととなる。そして、最後の伴侶となるヤン・アンドレアとともにそこで暮らすことになる。ゆえに、デュラスにもっともゆかりのある地を一つだけ選ぶとするならば、それはこのトゥルーヴィルになるであろう。

ヤン・アンドレアとの出会いというデュラスの転機は、1980年、デュラス66歳の時におとずれる。膨大な数のファンレターを送ってきていた28歳の若者が、デュラスを訪ねてやってきたロッシュ・ノワールにそのまま居ついてしまったのだ。同性愛者であるヤンへの情熱、そして「不可能な愛」が、デュラスを創作へと向かわせる。ヤンの存

トゥルーヴィルのロッシュ・ノワール

在によって、次兄への慕情が性愛的なものであったことが浮かび上がり、兄と妹のあいだの「不可能な愛」を描いた戯曲『アガタ』が書かれた。この戯曲は、デュラス自身の手で映画化されているが、そこで兄役を演じているのはヤンなのである。この映画は、トゥルーヴィルの町とロッシュ・ノワールで撮影されている。静かでくすんだ冬の海と、人気のない浜辺、道などがひたすら映され、ロッシュ・ノワールが兄妹の再会する海辺の別荘「ヴィラ・アガタ」として登場する。

こうして1984年、ついに『愛人』が書かれる。次兄の思い出、そして不可能な愛というテーマはこの作品にも通底している。つまり、『愛人』が書かれるためには、ヤンとの出会いが必要であったということになるのだ。それ以降も10年あまりに渡って精力的に創作を続けていたデュラスだったが、1996年に、パリのサン＝ブノワ5番地のアパルトマンでヤンに看取られてこの世を去った。葬儀はサン＝ジェルマン＝デ＝プレ教会で執り行われ、ペール・ラシェーズ墓地に埋葬された。サイゴンに生まれ、トゥルーヴィルを愛した作家だが、非常にパリジェンヌらしい葬られかたであったといえるだろう。

《滝沢明子》

【読書案内】

デュラス／ドミニク・ノゲーズ『デュラス、映画を語る』岡村民夫訳、みすず書房、2003年

デュラス／コクトー『アガタ　声』渡辺守章訳、光文社古典新訳文庫、2010年

デュラス『愛人《ラマン》』清水徹訳、河出文庫、1992年

# 第56章　ロラン・バルトが愛した南西部の光

## バイヨンヌとユルト

20世紀フランスを代表する批評家そして作家であるロラン・バルト（1915–80）が生まれたのは、フランス北部の港町シェルブールである。のちに、ジャック・ドゥミ監督、カトリーヌ・ドヌーヴ主演の哀しく切ないミュージカル映画《シェルブールの雨傘》で有名になる街だ。シェルブールは海軍中尉だったバルトの父の赴任先であり、バルトは第一次世界大戦中の1915年にここで誕生した。しかし、それから一年も経たないうちに、出征していた父が戦死してしまう。奇しくも《シェルブールの雨傘》のように、バルトの両親は戦争によって引き裂かれてしまったのである。夫を失った妻は、赤ん坊を連れて街を離れることとなった。したがって、父親もシェルブールの街も、バルトの記憶のなかには存在していないのである。

こうして、バルトの母アンリエットは、息子とともに南西部の都市バイヨンヌへと向かった。夫の両親と妹が住んでおり、身を寄せることができたからである。バイヨンヌはバスク地方の中心都市であり、スペインとの国境地帯に位置している。バスク豚からつくる生ハムやチョコレートなどの名産

バイヨンヌの路地

品で知られ、また古豪ラグビークラブのホームタウンとしても有名な街である。夏には、牛追い祭りや闘牛が行われる。街を横切ってアドゥールとニーヴという二つの河が流れ、荘厳なゴシックスタイルのサント＝マリー大聖堂がそびえている。英仏海峡をのぞむ北の街シェルブールとはまったく違う、光と緑のあふれる南西部の都市バイヨンヌで、バルトは幼少期を過ごすこととなるのだ。9歳のとき、母はバルトを連れてパリに移り住むのだが、その後も夏の休暇はバイヨンヌに戻って過ごすのがならわしであった。

幼い頃のバイヨンヌでの暮らしの記憶は、『ロラン・バルトによるロラン・バルト』のなかで断片的に、しかし繰り返し、時には写真をともなって語られている。「バイヨンヌ、バイヨンヌ、完璧な町」と書かれているとおり、そこはバルトにとって特別な場所となった。バルトの祖父母はいわゆる地方のブルジョワジーで、大きな庭のある家に住んでいた。祖母は近所の婦人たちと庭でお茶会をひらいては、社交とうわさ話に興じており、バルトはそれをまるでプルーストやバルザックの小説世界のように感じていた。叔母はピアノ教師をしていて、バルトは彼女からピアノの手ほどきをうけ、生涯ピアノを愛したのだった。幼いバルトは、祖父母の家と庭に魅了されていた。その様子は、次の描写からよく伝わってくる。「家はあまり大きくなく、かなり広大な庭に面して建てられており、まるで木製の模型のおもちゃのようだった（そう思えるほど、窓のよろい戸の淡いグレーがやさしい色あいだった）。山小屋のように質素な感じだが、扉や低い窓やはしご階段がたくさんあって、小説の城のようだった」（石川美子訳）。日曜日ごとに訪れる祖父母の家は、幼少のバルトにとって物語の世界のようであり、その意味で文学的な体験だったのである。

バルトがバイヨンヌについて好んで語るもののうちに、「匂い」がある。『ロラン・バルトによるロラン・バルト』そして「南西部の光」というエッセイのなかで、バルトは自身の記憶において「匂い」が非常に重要であると述べている。バルトにとってバイヨンヌの「匂い」とは、「ニーヴ河とアドゥール河にはさまれたプティ＝バイヨンヌ界隈」のそれであり、靴底用の麻縄や、チョコレート、スペイン油、暗くて小さい店々の湿気た空気や、市立図書館の本の埃っぽさ等々が混じったものであるという。バルトはそれらを、プルースト的な記憶の導線になぞらえて語っており、やはりバイヨンヌがバルトの文学的な感性の原点となっていることがわかる。

さて、南西部をこよなく愛したバルトは、40代半ばになり生活が安定してから、バイヨンヌのほど近くにある小さな村に別荘を構えた。やはりアドゥール河沿いにあるこの村は、ユルトという。バルトも、母アンリエットもこの村と別荘が気に入り、以後、毎夏の休暇を過ごす土地となった。バルトにとって最愛の母であったアンリエットは1977年に亡くなり、ユルトに葬られた。そして1980年に亡くなったバルトも、母と同じ墓に埋葬されたのであった。ユルトは非常に小さな村で、少し前まで住人の大半はロラン・バルトが住んでいたことを、またそもそも彼が誰なのかをよく知らなかった。しかし、2015年にバルト生誕100年がフランス全土で盛大に祝われた折、バイヨンヌでもバルト関連のイベントが企画され、ユルトにもロラン・バルトの名を冠したメディアテークが建設されている。

生涯にわたりバルトを魅了し続けたもの、それは南西部の風景のロマンティックな美しさだった。「南西部の光」というテクストのなかで、バルトはその「大いなる光」について、「高貴でありながら同時に繊細で、決してくすんだり淀んだりしない光」だといい、また次のように描写している。「明るい光だ。それ以外にいいようがない。その光はこの土地でいちばん季節のいい秋にみるべきだ（私はほとんど「聴くべきだ」といいたい。それほど音楽的な光なのだ）。液体のようで、輝きがあり、心を引き裂くような光、というのも、それは一年の最後の美しい光だから」（沢崎・荻原共訳）。そして、「パリの夜」と題された日記のなかでは、母亡き後のユルトでの孤独感が次のように綴られている。「すでにかなり暮れかかった薄暮の光景は例のない美しさだ。完璧のあまり、ほとんど異様といってもいい。綿のような、軽やかな、むしろ明るい灰色の雲、アドゥール河の対岸のはるか彼方に層をなして立ち込める霧、花に溢れた静かな家々に縁どられる道、金色の半月、まさしく、こおろぎの声、かつてと同じように。荘厳、静寂。」バルトが南西部を語る言葉には、恋をしている人のような甘美さが漂っている。その描写はまるで、バルトが決して書くことが叶わなかった小説の一場面のようである。「子どもの頃の思い出は、愛の思い出と同じように機能する」とバルトは語っているが、南西部とはまさに彼にとって、子どもの頃の、そして愛の思い出なのである。

《滝沢明子》

【読書案内】

ロラン・バルト『彼自身によるロラン・バルト』佐藤信夫訳、みすず書房、１９７９年
ロラン・バルト『ロラン・バルトによるロラン・バルト』石川美子訳、みすず書房、２０１８年
ロラン・バルト「南西部の光」／「パリの夜」『偶景』沢崎浩平／萩原芳子共訳、みすず書房、１９８９年
ロラン・バルト『恋愛のディスクール・断章』三好郁朗訳、みすず書房、１９８０年

# 第57章　ペレックとパリ＝ノルマンディー往還

## 言葉の旅人

シュザンヌ・リピンスカは、炭酸飲料ヴェリグーで財を成した父親から、ノルマンディーの入り口にある緑陰の地を結婚祝いにもらった。そして、川辺に建つ水車小屋にちなんで〈アンデの水車〉と呼ばれる土地屋敷を改修して、芸術家の交流の場とした。水車にかぶさる住居は、梁《はり》を壁から露出させたハーフティンバーのノルマンディー風である。現在もパリ近辺の中学生が日帰りバス旅行で「中世の生活」を社会見学に行くガイヤール城に、物資を供給するために12世紀に建造された。リピンスカは１９６２年に「アンデの水車文化協会」を設立し、以来、ここを憩いの地とした作家に詩人リチャード・ライト、劇作家イヨネスコがいる。フランソワ・トリュフォーは映画『ジュールとジム』（邦題『突然炎のごとく』）のラストシーンをここで撮影した。ペレック伝の著者デイヴィッド・ベロスによれば、夕食の慣わしは、「手ぶらで席を立たないで」だそうである。皆が自分の食器を洗った。

ジョルジュ・ペレック（1936−82）は、１９６０年代後半、週末の多くをこの「芸術家村」の部屋で、川を眺めて過ごした。ペレックの本職は脳生理学研究所の資料係（在職1961−78）で、これに行

「アンデの水車」（Moulin d'Andéホームページより。日本語サイトあり）

数払いの埋め草記事で月々の帳尻を合わせていた。木曜の夕方に鉄道で到着したペレックは、火曜の朝、まだ誰も起きないうちに、始発でパリに戻ったという。〈アンデの水車〉がどれだけ素晴らしい執筆環境だったのか想像に余りある。それに、ペレックは女主人リピンスカのお気に入りでもあった。こうして、彼は１９６８年９月に、新しい小説を書き終えた。

その頃、ペレックはすでに三冊の小説を世に出した新進作家であった。邦訳では二作が合本の『物の時代・小さなバイク』のうち、『物の時代』（1966）はルノドー賞を獲得し、作者に「社会学派」の異名を与えた。若いカップルが、社会調査のアルバイト代で大衆消費社会にあふれるモノを手に入れ、そこに埋没する様子を書いたからである。モノの名と形状を枚挙して人間心理に立ち入らない、その独特な語りが脚光を浴びた。ペレックは産学連携で知られるワーリック大学（イギリス）で講演し、ヴェネツィアの芸術社会学シンポジウムに招待された。

『小さなバイク』（1966）は、アルジェリア戦争に投入される新兵の日常を断章形式で語る。主人公の名が次々と変わる。ペレックは兵役中の１９５８年、フランス南西部でピレネー山脈に近いポーの第18パラシュート連隊に配属され、降下訓練を受けた。小説から厭戦気分が伝わる。

１９６７年に刊行された三作目の『眠る男』は、3年後に映画化された。「君は〜している」という二人称の語り口は、ジェイ・マキナニーの『ブライト・ライツ・ビッグ・シティ』の先駆と言える。

ところが、ペレックは、「社会学派」の新進作家にあまり似合わない、秘教結社のような活動に手を染める。「ウリポ（潜在的文学工房）」（１９６０年に結成）の一員として、彼は言語遊戯的な技法を駆使しながら、文学の可能性を広げていた。例えば、アルファベットの特定の文字を抜いて文章を書く、あるいは発音すると英語で別の意味になる、といった遊びによって、言語に不可思議な魅力を見出すのである。ペレック自身は、そんな二重生活を楽しんでいたらしい。〈アンデの水車〉で、すっかりはまっていた囲碁を、ウリポの友人ジャック・ルーボーと楽しんでもいる。

ペレックの主著は、これから書かれる特異な自伝『Wあるいは子供の頃の思い出』(1975)と『人生使用法』(1978、ともに酒詰治男訳、水声社)だろう。だが、彼が〈アンデの水車〉に通って書いた実験的な作品にも、自己を素材とする意思が読み取れる。未完の草稿を研究したフィリップ・ルジュンヌは、『記憶と斜線　自伝作家ジョルジュ・ペレック』(1991)で「原稿の旅」を試みた。そこに浮かびあがるのは、ナチ占領下のフランスにおいて、一人のユダヤ系移民第2世代の子供が体験し、記憶の底に沈め、書くことで他者に伝えようとした「旅」の記録である。

ペレックの父親は、パリ右岸の東部、庶民的な20区のヴィラン通りに住む雑貨商だった。母親のセシルは結婚後、そこに婦人向け理容室を開いた。父は１９４０年6月に外人部隊に志願して戦傷死。寡婦となったセシルは、占領下のパリでユダヤ人迫害が激化すると、息子を赤十字の列車に託してイ

写真を元にした記念切手（2002年）
マルク・タラスコフのデッサン

タリア国境に近いグルノーブルに避難させた。子のジョルジュは父方の伯母エステルとその夫で医師のビーネンフェルト夫妻に預けられ、学齢期に達するとカトリック系のコレージュ・チュレンヌの寄宿生となり、スキー場として名高いフランス＝アルプスのヴィレール＝ド＝ランスで終戦を迎えた。ここはグルノーブル冬季オリンピックでボブスレー会場となるリゾート地である。その間に母親はアウシュヴィッツで死亡していた。

戦後、パリに戻ったジョルジュ・ペレックは、16区、ラソンプシオン通りの瀟洒《しょうしゃ》なアパルトマンでビーネンフェルト夫妻と暮らす。パリでは街路ひとつ隔てると住民の様子が異なると言われるが、ベランダの鋳鉄の手すりに装飾が施された高級住宅地は、ペレックの生まれたベルヴィル地区（19区）や、両親や親戚とともに育ったヴィラン通りとは趣がすっかり異なった。母親は1958年まで行方不明の扱いで、父親の死因もその年まで法的に確定しなかった。12歳の彼がフランソワーズ・ドルトの精神療法を受けたのは、喪失をそれとして受けとめられず、喪の仕事を始められなかったからだろう。

後年のペレックは、子供時代に住み、次第に取り壊される庶民的な界隈を定期的に（1969–75）探索した。そこに居た痕跡さえも消される人々が、彼の身内だった。その思いは、後の著作につながっている。

ペレックが〈アンデの水車〉で川面を眺めて完成させた四作目とは何だろうか。それは世にも奇妙な小説で、おそらくペレック著作の中でもっとも有名だろう。アルファベットの一文字を抜いて、ある男の失踪とその追跡を語る物語、「消滅（La Disparition）」である（邦題『煙滅』）。作者の子供時代の旅を思うとき、この超絶技巧作を読んでさえ、いったい誰が、誰を選んで消滅させたのか、と暗い気持ちにさせられる。

《有田英也》

【読書案内】

ペレック『物の時代　小さなバイク』弓削三男訳、文遊社、２０１３年

ペレック『眠る男』海老坂武訳、水声社、２０１６年

ペレック『煙滅』塩塚秀一郎訳、水声社、２０１０年

# 第58章　ル・クレジオとニース
## 旅する作家の原風景

ル・クレジオの作品には海と太陽があふれている。それは単なる無機的な舞台装置ではない。ときに敵意をあらわにして襲いかかってくるかと思うと、からかうように戯れかけてきたり、やさしく微笑みながら官能的な愛撫で包み込んだりする。感情を持ち、情熱を持ち、笑うことも怒ることもある生きた存在なのだ。ル・クレジオは言う、「ぼくは待ち人を思うように、いつでも海を思っている。海は物ではない、山とも違う。それは生きている人、ぼくが愛する人だ。ぼくに話しかけ、ぼくが話しかける人だ」（『地上の見知らぬ少年』）と。デビュー以来半世紀以上にわたる創作活動のなかでル・クレジオの作風は大きく変貌を遂げたが、太陽と海の輝きは、あるときは濃密に、あるときは控えめに、しかし一貫して作品世界を浸している。

この海と太陽への愛は、作家の幼少期の風景と密接に結びついたものだ。作家ル・クレジオは、フランス革命期にブルターニュ地方からインド洋に浮かぶモーリシャス島に移り住んだ一族に連なる。この島で繁栄し広大な屋敷を所有していた一族は、しかし20世紀初頭、祖父の代に破産と反目によっ

プロムナード・デ・ザングレとニースの海

て離散を余儀なくされた。作家ル・クレジオは、従兄妹同士で結ばれた両親のもと、引き揚げ2世として第二次世界大戦中の1940年に南仏のニースで生まれた。

コート・ダジュールに位置するこの町は、ギリシア人植民都市ニカイアにまで起源をさかのぼるが、18世紀末以降は貴族の避寒地として発達し、19世紀には多くの王侯貴族、文人が訪れた。マチスやシャガールなど、この地のあふれる陽光と碧い海の色彩に魅せられた画家も多い。現在では、高級ホテルやレストラン、カジノが軒を連ねた海岸通り「プロムナード・デ・ザングレ（英国人の散歩道）」に象徴される世界的リゾート地としても名高い。

戦時にはイタリア軍の進駐を受け、戦後は災禍の爪痕が生々しく残るこの町で、ル・クレジオは幼少期を過ごした。戦争の恐怖、毎日の生活を脅かす物資の欠乏、混乱が引き起こす不安。幼いル・クレジオにとって、きらめく太陽のかけらを無数に浮かべたままどこまでも超然と横たわる海は、自分を押しつぶす重苦しい現実を忘れることのできる特権的な場所だったに違いない。のちにル・クレジオは短編「海を見たことがなかった少年」のなかで、生まれてはじめて海を目にする少年の昂揚を描き出すが、そこにあふれる子供のみずみずしい感性は、この作家の幼い日々がいかに濃密に海と結びついていたのかを垣間見せてくれる。

海に近づくにつれて潮騒は大きくなり、蒸気のうなりのようにすべてを浸していた。それはとても優しいゆっくりとした響きでもあるけれど、鉄橋を渡る列車の轟音のように不安を掻きたてるほど激しくもあり、退いていく河の水音のようでもあったが、ダニエルは怖くなかった。ひんやりとした大気のなかを、わき目もふらずまっすぐに走りつづけていた。海をふちどる波打ち際の水泡のそばまで来ると、深みから届く匂いを感じて立ち止まる。わき腹がちくちくと痛く、足の付け根は灼けるようだ。塩からい水の強烈な匂いのせいでなかなか息がおさまらない。

湿った砂に座ると、海はほとんど空の真ん中までせりあがってくる。ダニエルは幾度となくこの瞬間を思ってきた。実際に海を眺める日、写真や映画などで見るのではなく、自分のまわりに広がる膨れ上がった海を、押し寄せては砕け散る波たちの大きな背中、白く沸き立つ水泡、太陽の光を浴びて降り注ぐ細かい波しぶき、そしてなによりも、たわんだ水平線が大空を背にした壁のようにそそり立っているのをこの眼で眺める日を、幾度となく思い描いてきたのだ。

しかし、生まれ故郷のニースがル・クレジオに差し出すのは光り輝く海だけではない。南仏の中心都市ニースは、なによりも物質と騒音の奔流で人間をのみこむ現代文明の体現として作家の前に立ち現れる。ル・クレジオは大都市としてのニースに自分の居場所を見出すことはできなかった。フラン

ニースの港。ル・クレジオの住んでいた家はこの港に面している。

ス本国で生まれたものの、何世代にもわたって受け継がれてきたモーリシャス文化——インドやアフリカ、ヨーロッパなどが混ざり合った混淆文化——が染み込んだ家族のなかで育ったル・クレジオは、つねに「遠くで生まれ、自分の根から切り離され、自分はどこにも属していないという疎外感のなか」(『ロドリゲス島への旅』)にいたからだ。23歳でデビューしたル・クレジオの初期作品には、この疎外感が色濃く反映している。舞台はつねにニースを思わせる海辺の町、作者の分身である主人公たちは現代都市が孕む残酷さと悪夢的な魅惑とに翻弄されながら、絶望的な反抗をつづける。

この鬱屈した疎外感が、しだいにル・クレジオの目を「他処《よそ》」へと向けさせることになる。フランスではいつも自分をどこか余計な存在と感じ、どこか別のところに自分の祖国といえる場所があるだろうと思いながら大きくなったという作家は、やがてニースを離れ、フランスを離れ、中南米、アフリカ、そしてアジアへと、自身の旅や関心と呼応する形で作品世界を大きく広げていく。

列強による植民地化の餌食となるサハラ砂漠の遊牧民の悲劇に材を取った『砂漠』、ナイジェリアで医師をする父親のもとで過ごした少年期の記憶に基づく『オニチャ』、幼くして人さらいに遭いアイデンティティを奪われたモロッコ人少女の遍歴を語る『黄金の魚』、韓国の小島で海女の母親のもと父親を知らずに育った少女を描く『嵐』、そして父祖の地モーリシャス島を舞台に一族の叙事詩を紡ぐ「モーリシャス三部作」(『黄金探索者』『隔離の島』『はじまりの時』)。

ル・クレジオという姓は、もともとはブルターニュ地方の言葉で「塀などで囲まれた地所」をあらわす「kleuz」に由来するが、作家ル・クレジオはその姓とは反対に、自らが属する西欧文明という地所に閉じこもることを拒む。ル・クレジオは文学的想像力によって「いま・ここ」という時間的・空間的制約を乗り越えて、ここではない場所で現在とは異なる生を生きると同時に、われわれ読者をその旅へと誘う。そしてそこにはつねに、生まれ故郷のニースで作家の幼い日々を揺すりあやしていたのと同じ太陽と海とが輝いている。

《鈴木雅生》

【読書案内】

ル・クレジオ『もうひとつの場所』中地義和訳、新潮社、1996年

『ル・クレジオ——地上の夢』現代詩手帖特集版、思潮社、2006年

# 第59章　トゥーサンとパリの誘惑

## 至近距離の遠さをめぐって

ジャン＝フィリップ・トゥーサンがブリュッセル生まれのベルギー人であるとは最初から知っていたものの、しかしトゥーサンはパリの作家だというイメージが、しばらくのあいだぼくのうちに刻まれていた。もう四半世紀も前のこと、彼に初めて会ったのがいかにもパリらしい魅力のあるマレー地区近くのカフェだったからかもしれない。フランス語で書く作家に会うこと自体が初めてだったから緊張したが、彼のほうも極東の翻訳者がやってくるというので多少構えていたような気がする。最初のうちはやや硬い表情をしていた。第四作『ためらい』が出た直後で、彼はジャケットのポケットから新聞の切り抜きを取り出して僕に見せた。ル・モンド紙の記事で、直訳すれば「トゥーサンの失敗した賭け」という題の短評だった。大新聞の否定的評価にめげているのかと思ったが、「読んでみると結局は褒めてくれているんだよ」と彼は説明した。やがて双方の気分はほぐれていった。結局その日はトゥーサン宅にお邪魔し、奥さんのマドレーヌとも初めて会い、夕食をふるまわれ、幼い息子のジャン君と相撲を取ったりしたのだった。

最初に会ってから数年後、トゥーサンはパリを引き払ってブリュッセルに居を移した。そもそも人間が多すぎてぎすぎすしているパリはあまり好きじゃないとも洩らしていた。とはいえ、パリが彼の作品にとって重要な都市であることは間違いない。『ムッシュー』の主人公の、アパルトマンの屋上にふらりと上がって散歩したりするマイペースぶりは、周囲の緊張感あるパリジャンたちとの対比でこそ浮き彫りになる。そして、同作品のラストでムッシュー氏がガールフレンドの手を握ろうと奮闘するほほえましいクライマックスは、夜のオデオン界隈のシックな雰囲気に大いに助けられているのだ。

もちろん、おとぼけやずらしの感覚に満ちたトゥーサン作品のことだから、パリをいかにも〝花の都〟らしく描いたりはしない。『浴室』の主人公は浴室からなかなか出ようとせず、パリの街は登場しない。『カメラ』は戸外の描写が多いものの、街の雰囲気はパリなのかどうかはっきりしない。『ためらい』はマドレーヌの実家のあるコルシカ、『テレヴィジョン』はベルリンが舞台。『愛しあう』は全編が日本である。こうしてパリはトゥーサンの世界から消えてしまうのかと思いきや、『逃げる』において復活を遂げた。

『逃げる』のおもな舞台は中国だ。上海から北京へ、語り手の「ぼく」は鉄道の旅に出る。その車内で、何やらなまめかしい風情の中国人女性と「ぼく」は熱い眼差しをかわし、やがて大胆なラブシーンに突入する。そのとき「ぼく」のデイパックの中の携帯が鳴り出す。パリに残してきた恋人マリーからの、彼女の父の死を伝える電話だった。中国の田舎を走る夜行列車の車内から、舞台は一瞬にして夕方のパリ、ルーヴル美術館内に切り替わる。父の訃報を美術館内で知ったマリーは、恐慌に駆られ、周囲の人々をしゃにむに押しのけて出口を目指す。「数千年来身じろぎもせずにいるギリシア彫刻のあいだを駆け抜け」るその姿は悲痛だが、描写は運動感覚にあふれていて読者をも巻き込む。実に特異なルーヴル美術館ツアーを体験させてくれるのだ（ゴダール監督の映画『はなればなれに』のルーヴル美術館内での駆けっこを思い出す読者もいるかもしれない）。

続く『マリーについての本当の話』（『愛しあう』以来のマリー連作第三弾）のパリはさらに強い印象を残す。書き出しが何とも意味深長だ。「あの灼熱の夜の陰鬱な時間のことをあとから考えてみてわかったのだけれど、マリーとぼくは同時にセックスしていたのだった。ただし別々の相手とだが。その夜、マリーとぼくは同じ時刻に――あの夏初めての猛暑で、突然襲ってきた熱波のためパリの気温は三日続けて三十八度を記録、最低気温も三十度を下回ることはなかった――、パリ市内の直線距離にして一キロも離れていないアパルトマンで、それぞれセックスをしていたのである。その夜、宵の内であれ、もっと夜が更けてからであれ、ぼくらが顔を合わせることになろうとは想像もできなかった。」ではどうやって二人はその夜、顔を合わせるに至ったのか。そのなりゆきが作品前半で語られる。

重要なのは、マリーと「ぼく」がいる場所の近さだ。マリーが男とセックスをしている場所は「ラ・ヴリリエール通り二番地」のアパルトマン。「ぼく」は以前、マリーとそのアパルトマンで暮らしていたのだがうまくいかなくなって、いまはフィーユ＝サン＝トマ通りに住んでいる。しかし近くにいる二人が別の相手と束の間の関係を持っているという事態が示すのは、むしろ二人の行動の相似性であり、ひいては二人のあいだの切っても切れない縁の深さなのではないか。やがてマリーの相手

ヴィクトワール広場中央のルイ14世像

の男は突然発作を起こして倒れ、意識不明になる。マリーは「ぼく」に助けを求める電話をよこす。時刻は夜の2時半、外は雷がとどろき、雨が叩きつけている。「ぼくは上着の襟を立てて土砂降りの中に飛び出し、背中を丸めてヴィクトワール広場の方に向かったが、雨は目の中まで入ってきた。遠くでは一定の間隔を置いて雷が鳴り、雨が盛大に流れこんで下水口があふれ、溝を水が勢いよく駆け抜けていくさまは、都会のただなかに未開の地の急流があふれ出したかのようだった。」道に迷いそうになったり足を滑らせたりしながら懸命に進む「ぼく」は、途中でルイ14世像に遭遇する。「ヴィクトワール広場中央では、棒立ちになった馬に乗った巨大なルイ14世の彫像が嵐から逃れようとしているかのように見えた。」

「ぼく」が真夏の深夜に辿ったこの濃密な道のりを、真昼のパリで再現してみたところ、地図で見て予想はしていたものの、あまりのあっけなさに愕然となった。フィーユ＝サン＝トマ通りからラ・ヴリリエール通りまで、歩くのが早い人なら5分もかからないだろう。ところがトゥーサンは雷や嵐といった障害を盛り込み、騎馬姿のルイ14世まで特別出演させることで、ささやかな道のりに武勲詩のような壮烈さを与えたのだ。それはまた、大事な相手がすぐそばにいるのに、そこにはなぜか乗り越えがたい距離があるという主題を、彼がこれまでの作品で深め続けてきたことを思い起こさせてもくれる。

夜のパリはそんな彼にとって絶好の背景を提供している。光が消え、人の姿も消えたとき、闇の中でパリはこちらを撥ねつけるような思いがけず厳めしい美しさを現す。トゥーサンの孤独な主人公は「人けのない通り」にたちこめる「威嚇的な気配」を撥ねのけて、真に愛する相手のもとへと急がなければならないのだ。

《野崎歓》

【読書案内】

ジャン゠フィリップ・トゥーサン『浴室』野崎歓訳、集英社、1990年
トゥーサン『ムッシュー』野崎歓訳、集英社、1991年
トゥーサン『カメラ』野崎歓訳、集英社、1992年
トゥーサン『ためらい』野崎歓訳、集英社、1993年
トゥーサン『テレビジョン』野崎歓訳、集英社、1998年
トゥーサン『愛しあう』野崎歓訳、集英社、2003年
トゥーサン『逃げる』野崎歓訳、集英社、2006年
トゥーサン『マリーについての本当の話』野崎歓訳、講談社、2013年

# 第60章　ウエルベックと川辺の追憶

## 知られざる水の町、スープとクレシー

ウエルベックの名前がわが国でも一気に知名度を増したのは、何といっても『服従』によってだろう。イスラム政党からフランス大統領が誕生するというその刺激的内容は、イスラム過激派による一連のテロ事件が衝撃を与えるただなかで、フランス小説にさして興味のない読者をも引きつけるに十分だった。

しかしぼくとしては、『服従』に先立つ『地図と領土』の驚きを忘れがたい。主人公の芸術家ジェドが次々に手がける作品をめぐる記述――出世作はミシュランの地図を撮影した写真――が、現代におけるアートの意味を問うて見事だった。そこにはウエルベックという名の小説家も登場し、期待通りの変人ぶりを発揮してくれる。やがて彼の身にはとんでもない事件が降りかかる。それは読んでのお楽しみとして、ともかくこの近未来小説において作者ウエルベックは自分自身の後半生の行方を描いてしまったのだ。

そこで注目されるのがウエルベックの〝住所〟である。作中、ウエルベックはアイルランドでの隠

棲を経てフランスに戻り、田舎で一人暮らしを始める。訪れてきたジェドに対し、彼は述懐する。「振り出しに戻って終わるというわけです。」暖炉のあるその一軒家は、どうやら彼が子ども時代を過ごした家であるらしい。「わたしの人生は終わろうとしていて、わたしは失望を覚えている。若いころに望んだ事柄は何ひとつ実現しなかった。〔……〕もうこれ以上は沢山なんです。」いつもながらの厭世的言辞を吐きながらも、ジェドの目に映るウエルベックは前よりも元気そうな様子である。懐かしい故郷に帰ってきたおかげだろう。その家はスープ＝シュル＝ロワンという町にあると記されているのだが、スープとは聞きなれない地名である。いったいどこなのか？

ウエルベックの「故郷」スープ＝シュル＝ロワン

グーグルマップで検索すると、それはパリの南郊、列車で1時間14分の場所だと教えてくれる。とにかく行ってみたい。先般パリに滞在した折にその願いを果たした。リヨン駅から1時間間隔で出ている郊外線「トランシリアン」に乗る。パリ市外に出ると景色にはたちまち木々の緑が増えていき、列車は森の端を走るようになる（フォンテーヌブローの森だ）。やがて麦畑が広がり出し、進行方向左手には運河が延びていく。ときおりそこに船も浮かんでいる。水が豊かになってきたという印象とともに、めざすスープに到着だ。

シュル＝ロワン、つまりロワン河畔と名前にあるとおり、スープは水の町と呼んでいいようなところだった。教会を中心に家々が建ち並んでいるが、町中はロワン川の支流に潤され、目を凝らすとそこをウグイかハヤのような魚の影が走っている。少し歩けばすぐに緑地帯に出て、ロワン川の本流がゆったりと流れている。「観光客向けのひなびた土地」と『地図と領土』にはあるが、それはおそらくウエルベックによる近未来的ヴィジョンだろう。現在はまだ観光客には知られていないはずだ。川岸でまどろむ野鴨を驚かす闖入者はぼくくらいのものだ。それにしても小説に記されているとおり、ここが本当にウエルベックの「子どものころよく遊んでいた」場所なのだろうか？　そういえばスープではないにせよ、ロワン河畔といえばジャン・ルノワール監督のデビュー作『水の娘』や傑作中編『ピクニック』のロケ地である。さらに時代をさかのぼれば、ここは印象派の画家たちの好んだ土地なのだった。

スープの町の何とものどかな佇まい――ウエルベックの小説のいささかどぎつい現代性とは対照的――を味わいながら、『地図と領土』より前に彼が書いた『素粒子』へと連想が及んだ。『素粒子』に登場する天才物理学者ミシェルは少年時代、クレシー＝アン＝ブリというところに住んでいた。「パリから五十キロしか離れていないが、当時はまだ田舎だった。景色のきれいな村で、古い家が残っていた。コローが絵を描いた村である。グラン・モラン川の水を引く水路網のせいで、パンフレット類には〈ブリのヴェネツィア〉などと誇張して紹介されていることがある。」その土地で暮らした中学生時代、ミシェルは「美人すぎる」少女アナベルと宿命的な出会いをする。一足先に高校生になったミシェルは「リセから列車で帰り、エスプリーでディーゼルカーに乗換える。」「夕方、かばんを持ってディーゼルカーから下りてくるミシェルの姿を見るとあまりに嬉しくて、文字どおり彼の腕の中に飛び込んでいくことがアナベルにはよくあった。そんなとき二人は数秒間、幸福で体が麻痺したようになって抱き合ったままでいた。」それでもアナベルにキスをしないミシェルの純潔さというか欲望の欠如に、実は二人の悲劇の根がある。悲痛な可憐さに包まれたカップルの幻を追って、クレシーにも出かけてみることにした。最寄り駅はクレシー＝ラ＝シャペルだ。

東駅からやはり1時間おきに出る「トランシリアン」に乗って、51分で到着する。途中、くだんのエスブリーでディーゼルカーに乗換える。あたりは森、そして麦畑。車中で中学生らしき男の子二人組に小銭をせびられる（お断りする）。ウエルベックのミシェルとアナベルを彷彿とさせるようなカップルの姿は見当たらない。そしてクレシーに着くと、なるほどここもまた水の町なのだった。

クレシー＝アン＝ブリの水路

ヴェネツィアに比肩できるかどうかはともかく、街なかにも水路が走り、釣りをしている人がいたり、水車があったりする。画家コローの住んだ家というプレートを掲げた建物もある。グラン・モラン川沿いに歩くと、たちまち牧場が広がり、牛たちが草を食んでいる。もちろん、現代フランス社会が抱えるもろもろの深刻な問題はここにも及んでいるのだろう。とはいえ人々の表情はパリの街頭に比べ実にリラックスしていて、ゆとりがあるように見える。樹木や花々が豊かに町を彩っている。

自分の主人公の人生の原点として、ウエルベックはなぜこの土地を選んだのか。『地図と領土』のスープと重ねあわせると、そこに共通する理想郷のイメージがあることがわかる。ウエルベックの少年時代については詳細な情報がないので、彼が本当にスープ育ちなのかどうかはわからない。だがいずれにせよ、彼が懐かしみ、愛惜するのは水の町であり、川の流れのほとりでの暮らしなのだ。そこには彼の人生上の記憶が深く関係していそうだ。

それと同時にウエルベックには、フランスの片田舎が人知れず保っている価値を高く評価しようとする姿勢が一貫してあることに気づく。『地図と領土』のヒロインが旅行ガイドブックの制作担当者であるのは示唆的だ。フランスはツーリズムの観点からなお、きわめて可能性に富む国だとウエルベックは考えている。事実、彼の作品に登場するメジャーな観光地とはいいがたい場所に足を伸ばしてみるなら、そこにはフランスの別の顔、別の魅力が見出せるのだ。

クレシー＝アン＝ブリの水車

《野崎歓》

**【読書案内】**

ミシェル・ウエルベック『素粒子』野崎歓訳、ちくま文庫、２００６年
ミシェル・ウエルベック『地図と領土』野崎歓訳、ちくま文庫、２０１５年
ミシェル・ウエルベック『服従』大塚桃訳、河出文庫、２０１７年

コラム6

## 旅するフランス語

意識的な旅人なら五感を働かせて、訪れる土地のエッセンスを捉えようとするだろう。私の場合、視覚と嗅覚もさることながら、聴覚を駆使しているようだ。パリから数時間列車に揺られて降り立った町の雑踏では、南仏にやってきたことを実感する。耳に入ってくるフランス語はプロヴァンス特有の訛りで、オクシタン語に似たなめらかで明るい音色だ。

さらに国境を越えて、ジュネーヴ、ローザンヌではまた違ったフランス語を耳にする。スイスのフランス語圏の人たちは、歌うようなリズムで、ゆっくりと話す。

地域によって異なる音の響きを快く感じるときもあれば、アンビバレントな感情にとらわれるときもある。ほかにもケベック訛り、北アフリカ訛り、ブラックアフリカ訛り、クレオール訛りなどがあり、これら訛りの言語地図からは、前時代のフランスが抱いたフランス語による世界制覇という誇大妄想が透けて見えてくるからだ。歴史が刻まれた訛りは同時に個人の自伝でもある。生きた場所で、そして出会った人から受け取る言葉は人間を作り上げる。それはちょうど旅が人間を作り上げることにも比せられるだろう。ネルヴァルは人びとの中に身を浸す経験を、他人の人生に加わることだと言う。「異国の言葉をにぎやかに話す、色とりどりの群衆の中に知られずに紛れこみ、その人たちの永遠の人生に一日だけ加わる」(『メサジエ』紙記事、1838)。

言葉の通じない国を旅していると、言葉の内容より、その言葉が持つ響きに心惹かれることがある。ネルヴァルの『東方紀行』で、エジプトからシリアに船で渡る旅人は、岸から聞こえてくる歌声に魅了される。歌声は優美な抑揚、物憂げな調子、嫋《しな》やかな音節を伴い、南国の言語らしさを備えていたのだった。ネルヴァルの旅人は同じ船に乗り合わせたアルメニア人に歌詞の意味をたずねたのだが、すぐさま後悔した。それは田園詩などではなく、虐殺の場面を歌った政治詩で、郷愁を帯びたメロディで歌われていたのは死と殺戮にまつわる歌詞だったのだ。どんな風に歌われているかは、歌詞の内容と相容れない。旅で夢想にふけりたいなら、真実を知らない方がいいのだろうか。また、旅に関して言えば、情報を詰め込んで出発しない方がいいかもしれない。

「おそらく、旅に際して用心しなければならないのは、前もって本で読んで、有名な場所の第一印象を損なってしまうことだろう」とネルヴァルは別の作品（『イシス』）に記している。

あらかじめ訪れる場所についての知識を持っている旅人には既視感がつきまとい、まっさらな体験を妨げる。結局のところ、読書熱心な旅人は本で読んだ場所を確認するために旅をしているのではないだろうか。あらかじめ心に描いているイメージを確認しに行くだけなら旅をする意味はあるのだろうか。

ユイスマンスの『さかしま』はそんな問いを投げかけている。主人公デ・ゼッサントは、ディケンズを読み、イギリス人の生活を想像するやいなやロンドン旅行を計画し、荷物を持って中継地のパリに着く。そこで旅行案内書《ガイドブック》を購入し、英国風パブでロンドンの雰囲気を先取りする。ところが以前行ったオランダ旅行では現実のオランダに幻滅したことを思い出し、なぜわざわざ苦労をするために旅せねばならないのか、自問する。結局悪天候のパリでロンドン旅行の疑似体験をして彼は帰宅してしまう。

この登場人物のように習慣を変えることが苦痛なら、旅に出ない方がよいのだ。実際、部屋にいても頭の中で旅はできる。18世紀、ジョゼフ・ド・メストルは『部屋をめぐる旅』で、部屋から出ることなく空想の旅を読者に提案する。読書とは、ひとつひとつの言葉に込められた響きを味わいながら、物質的条件に縛られないで、想像上の旅をすることともいえる。実際、フランス語表現の文学をひもとくと、月への旅、地球の内部への旅、海底の旅、時空を超えた旅など人間の身体条件を超えた旅は、ここにはない場所を想像させてきた。その意味では「本の旅」という比喩は、人間の精神活動の本質をなす。

旅の本来の定義は、物理的な空間移動である。古くから人は旅をし、人の移動に際して言葉も旅をした。旅にはさまざまなかたちがあるが、いちど日常生活から離れて、普段とは異なる体験をすることで言えば、どの旅も共通している。旅が一般的ではなかった時代には、旅人から伝え聞いた話や読んだ本から、未知の世界を想像してきたが、誰もが旅に出られるようになると、未踏の地はなくなり、どこを旅するのかではなく、どのように旅するのかが重要になる。「唯一で真の旅とは、〔……〕新しい風景を探しに行くことではなく、他の眼を持つことだろう」とプルーストは言う（『囚われの女』）。

他の眼を持つということは、一方的に視線を注ぐだけではなく、訪れる土地で多様性を享受することでもある。ブルターニュ出身の海軍軍医ヴィクトル・セガレンは世界中を旅しながら、世界の多様性を味わうために思索を深める。そして異国が他者なのではなく、自分こそが他者なのだという逆転した視点を獲得した。珍しさや奇異な感情を求めず、旅人の知識と他者の現実とが交わって生まれた作品のひとつが『記憶

行路須知

*Conseils au bon voyageur*

Ville au bout de la route et route prolongeant la ville : ne choisis donc pas l'une ou l'autre, mais l'une et l'autre bien alternées.

Montagne encerclant ton regard le rabat et le contient que la plaine ronde libère. Aime à sauter roches et marches; mais caresse les dalles où le pied pose bien à plat.

Repose-toi du son dans le silence, et, du silence, daigne revenir au son. Seul si tu peux, si tu sais être seul, déverse-toi parfois jusqu'à la foule.

Garde bien d'élire un asile. Ne crois pas à la vertu d'une vertu durable : romps-la de quelque forte épice qui brûle et morde et donne un goût même à la fadeur.

Ainsi, sans arrêt ni faux pas, sans licol et sans étable, sans mérites ni peines, tu parviendras, non point, ami, au marais des joies immortelles,

Mais aux remous pleins d'ivresses du grand fleuve Diversité.

セガレン『碑』より「よき旅人への助言」

なき民』である。物語はタヒチのマオリ人の視点から語られる。「環境が旅人に及ぼす作用ではなく、旅人が生きた環境に及ぼす作用を、マオリ人について表現しようと試みた」（『エグゾティスム試論』）セガレンはマオリの世界を内側から表現するために、言葉の選び方にも工夫を凝らした。多数のマオリ語の単語をアルファベットで表記し、フランス語の文に組み込んだのだ。精読すれば文脈から意味が読み取れるにしても、一見ざらざらとしたフランス語であることには変わりない。マオリの世界観を内側から表現しようとした結果、フランス（人）は相対化され、フランス語は変容を余儀なくされている。

　セガレンは別の作品でもフランス語に旅をさせている。中国語とフランス語で成り立つ詩集『碑』では、中国語の厳密な翻訳ではないフランス語が漢字と出会うことで、新しい表現を生み出した。

　自分の殻を打ち破って外に出ること、フランス語の中に他者の言葉を血肉化させることで、フランス語は創造する言語でありつづける。つまりフランス文学はフランス語の冒険の旅とともに何度も生まれ変わるのだ。《田口亜紀》

【読書案内】

『ネルヴァル全集　第三巻』（『東方紀行』野崎歓／橋本綱訳他）中村真一郎／入沢康夫監修、筑摩書房、1998年

『セガレン著作集　第1巻』（『記憶なき民』）木下誠訳、水声社、2003年

『セガレン著作集　第6巻』（碑、頌、チベット）有田忠郎訳、水声社、2002年

『さかしま』澁澤龍彦訳、河出文庫、2002年

『失われた時を求めて　第11巻』（『囚われた女』II）吉川一義訳、岩波文庫、2017年

# 参考文献

## 【I 『トリスタンとイズー』からラ・ファイエット夫人まで】

### 第1章 『トリスタンとイズー』の白い帆と黒い帆


新倉俊一ほか訳『フランス中世文学集1』白水社、1990年
原野昇編『フランス中世文学を学ぶ人のために』世界思想社、2007年


### 第2章 シテ島に始まったアベラールとエロイーズの恋


エチエンヌ・ジルソン『アベラールとエロイーズ』中村弓子訳、みすず書房、1987年
マリアテレーザ・フマガッリ＝ベオニオ＝ブロッキエーリ『エロイーズとアベラール——ものではなく言葉を』白崎容子／石岡ひろみ／伊藤博明訳、法政大学出版局、2004年


### 第3章 ヴィヨンと鐘の音


『ヴィヨン詩集成』天沢退二郎訳、白水社、2000年
『ヴィヨン遺言詩集——形見分けの歌 遺言の歌』堀越孝一訳注、悠書館、2016年


### 第4章 ラブレー パンタグリュエルの口の中


マドレーヌ・ラザール『ラブレーとルネサンス』篠田勝英／宮下志朗訳、文庫クセジュ、1981年
エーリッヒ・アウエルバッハ『ミメーシス』(下)、篠田一士／川村二郎訳、ちくま学芸文庫、1994年
マイケル・A・スクリーチ『ラブレー 笑いと叡智のルネサンス』平野隆文訳、白水社、2009年


### 第5章 モンテーニュのスイス・ドイツ・イタリア旅行


大久保康明『モンテーニュ（Century Books 人と思想）』清水書院、新装版、2016年
ロベール・オーロット『モンテーニュとエセー』荒木昭太郎訳、文庫クセジュ、1992年

**第6章　デカルトと旅**

アドリアン・バイエ『デカルト伝』井沢義雄／井上庄七訳、1979年
ジュヌヴィエーヴ・ロディス＝レヴィス『デカルト伝』飯塚勝久訳、未来社、1998年
田中仁彦『デカルトの旅／デカルトの夢――『方法序説』を読む』岩波現代文庫、2014年

**第7章　コルネイユ兄弟と港町ルーアン**

村瀬延哉『コルネイユの演劇またはリシュリューの時代のフランス』駿河台出版社、1995年
千川哲生『論争家コルネイユ――フランス古典悲劇と演劇理論』早稲田大学出版部、2009年
小倉博孝編『コルネイユの劇世界』上智大学出版、2010年
エイコス：17世紀フランス演劇研究会編、オディール・デュスッド／伊藤洋監修『フランス17世紀演劇事典』中央公論新社、2011年

**第8章　モリエールとペズナス**

風間研『幕間のパリ――モリエールはわれらの同時代人』NTT出版、1995年
鈴木康司『わが名はモリエール』大修館書店、1999年

**第9章　パスカルの『パンセ』**

ジャン・メナール『パスカル』福居純訳、ヨルダン社、1974年
塩川徹也『パスカル『パンセ』を読む』岩波人文書セレクション、2014年

**第10章　ラ・ファイエット夫人と運命の舞踏会**

野崎歓『フランス文学と愛』講談社現代新書、2013年
工藤庸子『フランス恋愛小説論』岩波新書、1998年

## 【II　ラシーヌからバルザックまで】

### 第11章　ラシーヌとヴェルサイユ祝祭


戸張智雄『ラシーヌとギリシア悲劇』東京大学出版会、1967年
小田桐光隆編『ラシーヌ劇の神話力』上智大学出版、2001年


### 第12章　ヴォルテールと寛容の精神


保苅瑞穂『ヴォルテールの世紀――精神の自由への軌跡』岩波書店、2009年


### 第14章　ルソーとレ・シャルメット


桑瀬章二郎編『ルソーを学ぶ人のために』世界思想社、2010年
ジャン・スタロバンスキー『ルソー　透明と障害』山路昭訳、みすず書房、新装版、2015年


### 第15章　ディドロとパリのカフェ


田口卓臣『ディドロ　限界の思考――小説に関する試論』風間書房、2009年
大橋完太郎『ディドロの唯物論――群れと変容の哲学』法政大学出版局、2011年


### 第16章　ボーマルシェとアメリカ独立革命


鈴木康司『闘うフィガロ――ボーマルシェ一代記』大修館書店、1997年
ボーマルシェ『セビーリャの理髪師』鈴木康司訳、岩波文庫、2008年
水林章『モーツァルト《フィガロの結婚》読解』みすず書房、2007年


### 第17章　サド侯爵と反＝旅


ロラン・バルト『サド、フーリエ、ロヨラ』篠田浩一郎訳、みすず書房、2002年
澁澤龍彦『サド侯爵あるいは城と牢獄』河出文庫、2004年
シャンタル・トマ『サド侯爵 新たなる肖像』田中雅志訳、三交社、2006年


### 第18章　シャトーブリアンとサン＝マロの誇り

伊東冬美『フランス大革命に抗して――シャトーブリアンとロマン主義』中公新書、１９８５年
アントワーヌ・コンパニョン『アンチモダン――反近代の精神史』松澤和宏監訳、鎌田隆行／宮川朗子／永田道弘／宮代康丈訳、名古屋大学出版会、２０１２年

### 第20章　バルザックとパリの真実

ルイ・シュヴァリエ『労働階級と危険な階級――19世紀前半のパリ』喜安朗ほか共訳、みすず書房、１９９３年
アラン・コルバン『においの歴史――嗅覚と社会的想像力』山田登世子／鹿島茂訳、藤原書店、１９９０年
鹿島茂『失われたパリの復元――バルザックの時代の街を歩く』新潮社、２０１７年

### 〈コラム２〉美食と文学の旅

ブリヤ＝サヴァラン『美味礼賛』（上・下）関根秀雄／戸部松実訳、岩波文庫、１９８８年
イアン・ケリー『宮廷料理人アントナン・カレーム』村上彩訳、ランダムハウス講談社、２００５年
ジャン＝ピエール・プーラン＆エドモン・ネランク『プロのためのフランス料理の歴史』山内秀文訳、学習研究社、２００４年
Urbain Dubois et Emile Bernard, *La cuisine classique*, Troisième Edition, Paris, 1868
M. de Labouisse-Rochefort, *Trente ans de ma vie, de 1795 à 1826, ou Mémoire polotique et littéraires*, Tome 7, Imprimerie d' Aug. de LABOUISSE-ROCHEFORT, Toulouse, 1847.
Alexandre Loire, « Le vin à Versailles », *Château de Versailles*, No.13, avril-mai-juin 2014.
https://www.ducasse-paris.com/fr

【III　ユゴーからマラルメまで】

第21章　ヴィクトル・ユゴーのストラスブール

Victor Hugo, *Le Rhin*, 2 vol., texte présenté par Jean Gaudon, Imprimerie nationale, 1985.
*Le Rhin, Le voyage de Victor Hugo en 1840*, Jean Gaudon et Paris-Musée, 1985.
辻昶／丸岡高弘『ヴィクトル・ユゴー』清水書院、２０１４年
稲垣直樹『ヴィクトル・ユゴーと降霊術』水声社、１９９３年
『ストラスブール街案内』(P.J. Fargès-Méricourt, *Description de la ville de Strasbourg*, Strasbourg, Imprimerie de F. G. Levrault, 1825)
『ライン川旅行者ガイド』(Aloyse Schreiber, *Manuel des voyageurs sur le Rhin*, Strasbourg et Paris, Treuttel et Wurtz, 1831.)

第22章　『王妃マルゴ』とルーヴル宮

宮下志朗『パリ歴史探偵術』講談社現代新書、２００２年
パトリス・シェロー『王妃マルゴ』（DVD・Blu-ray）パラマウント・ホームエンタテイメント・ジャパン、２０１２年
萩尾望都『王妃マルゴ＝LA REINE MARGOT』集英社、２０１３年（刊行中）

第23章　ジョルジュ・サンドと水の誘惑

秋元千穂ほか『ジョルジュ・サンドの世界――十九世紀フランス女性作家』第三書房、２００３年

第24章　ジェラール・ド・ネルヴァルのヴァロワ地方

Gérard de Nerval, *Les Filles du feu. Les Chimères*, édition de Jacques Bony, GF-Flammarion, 1994.
レーモン・ジャン『ネルヴァル　生涯と作品』入沢康夫、井村実名子訳、筑摩書房、１９７５年。
野崎歓『異邦の香り　ネルヴァル『東方紀行』論』講談社、２０１０年。

**第25章　ミュッセとフォンテーヌブロー**

野内良三『ミュッセ（Century Books　人と思想）』清水書院、1999年、新装版、2016年

**第26章　ボードレールとオンフルール**

井上究一郎『忘れられたページ——フランス近代文学点描』筑摩書房、1971年

ヴァルター・ベンヤミン『パリ論／ボードレール論集成』浅井健二郎編訳、久保哲司／土合文夫訳、ちくま学芸文庫、2015年

**第27章　フローベールとルーアン**

ルーアン大学フローベール・センター・ウェブサイト（http://flaubert.univ-rouen.fr）

『ボヴァリー夫人』の時代のルーアン、およびその拡大図：Carte établie par Danielle Girard. Plan de Rouen par Ch. Hubert, 1840 - Collections Bibliothèque municipale de Rouen - Cliché : Th. Ascencio-Parvy - Cartographie : Édigraphie, Rouen Atelier Bovary, site Flaubert : http://flaubert.univ-rouen.fr/bovary/atelier/cartes/carto_bovary.html

**第28章　ヴェルヌと帆船ロマン**

フォルカー・デース『ジュール・ヴェルヌ伝』石橋正孝訳、水声社、2014年

私市保彦ほか『特集　ジュール・ヴェルヌ』水声通信、2008年

フィリップ・ド・ラ・コタルディエール／ジャン＝ポール・ドキス監修『ジュール・ヴェルヌの世紀』私市保彦監訳、新島進／石橋正孝訳、東洋書林、2009年

**第29章　ゾラとプロヴァンスの原風景**

宮下志朗／小倉孝誠編『いまなぜゾラか——ゾラ入門』藤原書店、2002年

小倉孝誠『ゾラと近代フランス——歴史から物語へ』白水社、2017年

**第30章　ステファヌ・マラルメとヴァルヴァン**

マラルメ『マラルメ全集』（1－5）松室三郎／菅野昭正／清水徹／阿部良雄／渡辺守章編集、筑摩書

房、2010年
ジャン＝リュック・ステンメッツ『マラルメ伝――絶対と日々』柏倉康夫／永倉千夏子／宮嵜克裕訳、筑摩書房、2004年


### 〈コラム3〉文学と音楽の旅

Victor Hugo, *Œuvres complétes, Voyages*, présentation de Claude Gély, Robert Laffont, 1987.


## 【Ⅳ　ヴェルレーヌからヴァレリーまで】

### 第31章　ポール・ヴェルレーヌのパリ

Verlaine, *Œuvres poétiques*, édition de Jacques Robichez, Classiques Garnier, 1969.
高田博厚『ヴェルレーヌとランボー』皆美社、1969年。
野内良三『ヴェルレーヌ』清水書院、1993年。
ベルナール・ブースマン『ランボーとヴェルレーヌ：ブリュッセル事件をめぐって』中安ちか子訳、青山社、2013年。


### 第32章　ロートレアモン伯爵と真冬の海

石井洋二郎『ロートレアモン　越境と創造』筑摩書房、2008年
出口裕弘『帝政パリと詩人たち』河出書房新社、1999年
モーリス・ブランショほか『ロートレアモン論』渡辺広士［編］、竹内書店、1970年
小林康夫ほか『特集　ロートレアモン――未来の詩人』現代詩手帖、思潮社、2003年


### 第33章　ユイスマンスとシャルトル大聖堂

ロバート・バルディック『ユイスマンス伝』岡谷公二訳、学習研究社、1996年
大野英士『ユイスマンスとオカルティズム』新評論、2010年

**第34章　モーパッサンとセーヌの水辺**
山田登世子『リゾート世紀末――水の記憶の旅』筑摩書房、1998年
モーパッサン『モーパッサン短篇集』山田登世子編訳、ちくま文庫、2009年
足立和彦『モーパッサンの修業時代――作家が誕生するとき』水声社、2017年
**第35章　アルチュール・ランボーのシャルルヴィル**
Arthur Rimbaud, *Œuvres complètes*, édition de Pierre Brunel, La pochothèque, 1999.
イヴ・ボヌフォワ『ランボー』阿部良雄訳、人文書院、改訂版、1977年
中地義和『ランボー　自画像の詩学』岩波セミナーブックス、2005年
**第36章　モーリス・ルブランとノルマンディー**
松村喜雄『怪盗対名探偵――フランス・ミステリーの歴史』双葉文庫、2000年
小倉孝誠『推理小説の源流――ガボリオからルブランへ』淡交社、2002年
モーリス・ルブラン／フランシス・ド・クロワッセ『戯曲アルセーヌ・ルパン』小高美保訳、論創社、2006年
**第37章　ガストン・ルルーとパリ・オペラ座**
鈴木晶『オペラ座の迷宮』新書館、2013年
原研二『オペラ座――「黄金時代」の幻影劇場』講談社選書メチエ、1997年
ギュンター・リアー／オリヴィエ・ファイ『パリ地下都市の歴史』古川まり訳、東洋書林、2009年
**第38章　ジッドと旅の必然**
林達夫『思想の運命』中公文庫、1979年（初版1939年）
ミシェル・ヴィノック『知識人の時代――バレス／ジッド／サルトル』塚原史／立花英裕／築山和也／久保昭博訳、藤原書店、2007年

### 第39章 『失われた時を求めて』の夢想の地図

ジャン＝イヴ・タディエ『評伝プルースト』吉川一義訳、筑摩書房、２００１年
フィリップ・ミシェル＝チリエ『事典プルースト博物館』保苅瑞穂監修、湯沢英彦／中野知律／横山裕人訳、筑摩書房、２００２年
カッシーニの地図：Carte générale de la France ; 027. [Chartres]. N°27. $9^e$ Flle, par Cassini de Thury, César-François Cassini de Thury (1714-1784) : https://gallica.bnf.fr/ark:/12148/btv1b7711536h

### 第40章 ポール・ヴァレリー、セットとジェノヴァ

ドニ・ベルトレ『ポール・ヴァレリー』松田浩則訳、法政大学出版局、２００８年
ミシェル・ジャルティ『ヴァレリー伝』恒川邦夫編訳、水声社（刊行予定）

### 〈コラム４〉偏愛の作家を訪ねて

ラルボー『Ａ・Ｏ・バルナブース全集』（上・下）岩崎力訳、岩波文庫　２０１４年

## 【Ｖ　コレットからサルトルまで】

### 第41章 コレットとブルターニュの海岸

ハーバート・ロットマン『コレット』工藤庸子訳、中央公論社、１９９２年

### 第42章 アポリネールと「ミラボー橋」

『アポリネール全集』鈴木信太郎／渡邊一民編、紀伊國屋書店、１９５９年
『フランス名詩選』安藤元雄／入沢康夫／渋沢孝輔編、岩波文庫、１９９８年
鴨長明『方丈記』浅見和彦校訂、ちくま学芸文庫、２０１１年

### 第43章 コクトーと終の住処

コクトー「存在困難」朝吹三吉訳『ジャン・コクトー全集』第5巻、東京創元社、１９８１年

三島由紀夫「稽古場のコクトオ」佐藤秀明編『三島由紀夫紀行文集』岩波文庫、2018年

**第44章　セリーヌと船上生活者**

セリーヌ『夜の果てへの旅（セリーヌの作品）』高坂和彦訳、国書刊行会、1985年
有田英也／富山太佳夫編『セリーヌを読む』国書刊行会、1998年

**第45章　ブルトンとパリ散歩**

ブルトン「野をひらく鍵」粟津則雄訳『アンドレ・ブルトン集成』第7巻、人文書院、1971年
『至高の愛――アンドレ・ブルトン美文集』松本完治編訳、エディション・イレーヌ、2002年

**第46章　バタイユと「内的体験」**

酒井健『バタイユ入門』ちくま新書、1996年
江澤健一郎『バタイユ――呪われた思想家』河出ブックス、2013年

**第47章　プレヴェールと「優美な死骸」**

柏倉康夫『思い出しておくれ、幸せだった日々を――評伝ジャック・プレヴェール』左右社、2011年
プレヴェール『プレヴェール詩集』小笠原豊樹訳、岩波文庫、2017年

**第48章　サン＝テグジュペリと古都リヨン**

ステイシー・シフ『サン＝テグジュペリの生涯』檜垣嗣子訳、新潮社、1997年
河出書房新社編集部『サン＝テグジュペリと星の王子さま』河出書房新社、2013年

**第49章　シムノン「メグレ警視」とパリ警視庁**

松村喜雄『怪盗対名探偵――フランス・ミステリーの歴史』双葉文庫、2000年
西尾忠久／内山正『ベルギー風メグレ警視の料理』東京書籍、1992年
長島良三『世界のすべての女を愛している――ジョルジュ・シムノンと青春のパリ』白亜書房、2003年

**第50章　サルトル　永遠の旅行者**

サルトル『言葉』澤田直訳／解説、人文書院、2006年

サルトル『自由への道』（1－6）海老坂武／澤田直訳、岩波文庫、2009－2011年

## 【Ⅵ　ベケットからウエルベックまで】

### 第51章　ベケット、「平和なダブリンよりも戦火のパリに」
ジェイムズ・ノウルソン『ベケット伝』（上・下）高橋康也ほか訳、白水社、2003年
高橋康也監修、井上善幸ほか編『ベケット大全』白水社、1999年
堀真理子著『ベケット巡礼』三省堂、2007年

### 第52章　グラックと世界の果て
天沢退二郎ほか『ジュリアン・グラック』別冊水声通信、2011年

### 第53章　ジャン・ジュネ、フランスへの憎しみと愛
梅木達郎『放浪文学論――ジャン・ジュネの余白に』東北大学出版会、1997年
エドマンド・ホワイト『ジュネ伝』（上・下）鵜飼哲／根岸徹郎／荒木敦訳、河出書房新社、2003年

### 第54章　アルベール・カミュ、地中海に浸る幸福『結婚』
三野博司『カミュを読む――評伝と全作品』大修館書店、2016年

### 第55章　マルグリット・デュラスの三つの住まい
河出書房新社編集部編『マルグリット・デュラス――生誕100年　愛と狂気の作家』河出書房新社、2014年
マルグリット・デュラス／レオポルディーナ・パッロッタ・デッラ・トッレ『私はなぜ書くのか』北代美和子訳、河出書房新社、2014年

### 第56章　ロラン・バルトが愛した南西部の光
石川美子『ロラン・バルト――言語を愛し恐れつづけた批評家』、中公新書、2015年

**第57章　ペレックとパリ＝ノルマンディー往還**
塩塚秀一郎『ジョルジュ・ペレック――制約と実存』中公選書、2017年
デイヴィッド・ベロス『ジョルジュ・ペレック伝――言葉に明け暮れた生涯』酒詰治男訳、水声社、2014年

**第58章　ル・クレジオとニース**
ル・クレジオ『もうひとつの場所』中地義和訳、新潮社、1996年
『ル・クレジオ――地上の夢』現代詩手帖特集版、思潮社、2006年

**宮下　志朗**（みやした　しろう）〔コラム1〕
放送大学客員教授、東京大学名誉教授。著書に『本の都市リヨン』（晶文社、1989年、大佛次郎賞）、『読書の首都パリ』（みすず書房、1998年）、『神をも騙す』（岩波書店、2011年）、『書物史への扉』（岩波書店、2016年）。訳書にラブレー《ガルガンチュアとパンタグリュエル》全5巻（ちくま文庫、2005-2012年、読売文学賞・日仏翻訳文学賞）、モンテーニュ『エセー』全7巻（白水社、2005-2016年）、グルニエ『パリはわが町』（岩波書店、2016年）ほか。

**安田　百合絵**（やすだ　ゆりえ）〔12, 14, 15〕
東京大学人文社会系研究科博士課程在籍。18世紀フランス文学。

**横山　安由美**（よこやま　あゆみ）〔1, 2, 3, 10〕
立教大学文学部教授。共編著に『はじめて学ぶフランス文学史』（ミネルヴァ書房、2002年）、『フランス文化55のキーワード』（ミネルヴァ書房、2011年）、訳書にロベール・ド・ボロン『西洋中世奇譚集成　魔術師マーリン』（講談社、2015年）ほか。

**吉村　和明**（よしむら　かずあき）〔26, 30〕
上智大学教授。19世紀文学・表象文化。著書に『テオフィル・ゴーチエと19世紀芸術』（共編著、ぎょうせい、2014年）、『文学とアダプテーション——ヨーロッパの文化的変容』（共編著、春風社、2017年）、訳書に「断章としての身体」『ロラン・バルト著作集8』（みすず書房、2017年）ほか。

**中野　知律**（なかの　ちづ）〔39〕
一橋大学大学院社会学研究科教授。フランス文学、マルセル・プルースト研究。著書に『プルーストと創造の時間』（名古屋大学出版会、2013年）、*Proust. Face à l'héritage du XIX$^{e}$ siècle*, Presses Sorbonne nouvelle, 2012（共著）、Marcel Proust, *Cahier 54*, vol. II : Transcription diplomatique, notes et index par F. Goujon, N. Mauriac et Chizu Nakano, Bibliothèque nationale de France/Brepols, 2008（共編著・校訂）ほか。

**＊野崎　歓**（のざき　かん）〔13, 18, 43, 59, 60〕
編著者紹介を参照。

**博多　かおる**（はかた　かおる）〔コラム3〕
上智大学文学部フランス文学科教授。訳書に「ゴリオ爺さん」『バルザック』（集英社文庫、2015年）、パスカル・キニャール『約束のない絆』（水声社、2016年）ほか。

**平岡　敦**（ひらおか　あつし）〔36, 37, 49〕
中央大学講師、翻訳家。『この世でいちばんすばらしい馬』（徳間書店、2008年）、『水曜日の本屋さん』（光村教育図書、2009年）で産経児童出版文化賞を、『オペラ座の怪人』（光文社古典新訳文庫、2013年）で日仏翻訳文学賞を、『天国でまた会おう』（早川書房、2015年）で日本翻訳家協会翻訳特別賞を受賞。主な訳書にグランジェ『クリムゾン・リバー』（創元推理文庫、2001年）、アルテ『第四の扉』（ハヤカワ・ミステリ文庫、2018年）、ルブラン『怪盗紳士ルパン』（ハヤカワ・ミステリ文庫、2005年）ほか。

**福田　美雪**（ふくだ　みゆき）〔29, 33, 34〕
獨協大学外国語学部フランス語学科准教授。19世紀フランス文学。共著に『〈見える〉を問い直す』（彩流社、2017年）、『教養のフランス近現代史』（ミネルヴァ書房、2015年）、『フランス文化読本』（丸善出版、2014年）。主な論文に「開かれたパンテオン――「プレイヤード叢書」をめぐって」（「文学」2016年9、10月号、岩波書店）ほか。

**堀江　敏幸**（ほりえ　としゆき）〔コラム4〕
作家。早稲田大学文学学術院教授。主な著書に『おぱらばん』、『熊の敷石』、『雪沼とその周辺』、『河岸忘日抄』、『その姿の消し方』、『坂を見あげて』、『曇天記』。訳書にジャック・レダ『パリの廃墟』（みすず書房、2001年）、ユルスナール『なにが？　永遠が』（白水社、2015年）ほか。

**前之園　望**（まえのその　のぞむ）〔42, 45, 46, 47〕
東京大学大学院人文社会系研究科助教。アンドレ・ブルトン、シュルレアリスム。訳書にアニー・ル・ブラン『換気口』（エディション・イレーヌ、2016年）、共著に『声と文学』（平凡社、2017年）ほか。

**水野　尚**（みずの　ひさし）〔21, 24, 31, 35〕
関西学院大学文学部教授。フランス19世紀文学を中心に、フランス美術や日仏文学交流も研究。著書に*Rimbaud entre vers et prose*（Kimé, 2014）, *Gérard de Nerval et la poésie en vers*（Champion, 2018）、『言葉の錬金術――ヴィヨン、ランボー、ネルヴァルと近代日本文学』（笠間書院、2012年）、『フランス　魅せる美』（関西学院大学出版会、2017年）ほか。

**志々見　剛**（ししみ　つよし）〔4, 5, 6, 9〕
学習院大学文学部フランス語圏文化学科准教授。フランス16世紀の文学・思想、特にモンテーニュ。

**鈴木　哲平**（すずき　てっぺい）〔51, 53〕
江戸川大学基礎・教養教育センター准教授。フランス文学・演劇、英文学、外国語教育。論文に「ベケットにおける〈死につつある〉言葉の創出」（『仏語仏文学研究』45号、2012年）ほか。

**鈴木　雅生**（すずき　まさお）〔58〕
学習院大学文学部フランス語圏文化学科教授。著書に*J.-M.G. Le Clézio : évolution spirituelle et littéraire. Par-delà l'Occident moderne*（L'Harmattan）。訳書にル・クレジオ『地上の見知らぬ少年』（河出書房新社、2010年）、ベルナルダン・ド・サン゠ピエール『ポールとヴィルジニー』（光文社古典新訳文庫、2014年）、サン゠テグジュペリ『戦う操縦士』（光文社古典新訳文庫、2018年）ほか。

**滝沢　明子**（たきざわ　めいこ）〔41, 55, 56〕
共立女子大学文芸学部准教授。20世紀フランス文学、批評、主にロラン・バルト。共著に『写真と文学――何がイメージの価値を決めるのか』（平凡社、2013年）、『フランス文化読本』（丸善出版、2014年）ほか。

**田口　亜紀**（たぐち　あき）〔コラム6〕
共立女子大学文芸学部フランス語フランス文学コース教授。NHKテレビ「旅するフランス語」監修、NHKラジオ「まいにちフランス語」講師。著書に*Nerval*（Peter Lang）。共著に『両大戦間の日仏文化交流』（ゆまに書房、2015年）、『近代日本とフランス象徴主義』（水声社、2016年）。共訳にジョルダン『100語でたのしむオペラ』（白水社、2016年）ほか。

**谷本　道昭**（たにもと　みちあき）〔17, 20, 22〕
東京大学大学院総合文化研究科助教。論文に*La figure du conteur chez Balzac*（博士論文：http://www.theses.fr/2016USPCC219）、共訳にアンドレ・バザン『映画とは何か』（岩波文庫、2015年）ほか。

**中条　省平**（ちゅうじょう　しょうへい）〔コラム5〕
学習院大学文学部フランス語圏文化学科教授。著書に『反＝近代文学史』『フランス映画史の誘惑』『マンガの論点』『ただしいジャズ入門』。訳書にバタイユ『マダム・エドワルダ　目玉の話』（光文社古典新訳文庫、2006年）、コクトー『恐るべき子供たち』（共訳、光文社古典新訳文庫、2007年）ほか。

**塚本　昌則**（つかもと　まさのり）〔40〕
東京大学教授。フランス近代文学。著書に『フランス文学講義』（中公新書、2012年）、編著に『写真と文学――何がイメージの価値を決めるのか』（平凡社、2013年）、訳書にシャモワゾー『カリブ海偽典――最期の身ぶりによる聖書的物語』（紀伊國屋書店、2010年）ほか。

**【執筆者紹介】**（〔　〕は担当章・コラム、50音順、＊は編著者）

**秋山　伸子**（あきやま　のぶこ）〔7, 8, 11, 16, 25〕
青山学院大学文学部フランス文学科教授。『モリエール全集』（共同編集・翻訳、全10巻、臨川書店、2000-2003年）の翻訳により、第10回日仏翻訳文学賞受賞（2003年）。著書に『フランス演劇の誘惑——愛と死の戯れ』（岩波書店、2014年）ほか。

**有田　英也**（ありた　ひでや）〔38, 44, 57〕
成城大学教授。著書に『ふたつのナショナリズム——ユダヤ系フランス人の「近代」』（みすず書房、2000年）、『セリーヌを読む』（国書刊行会、1998年）。訳書にモディアノ『エトワール広場／夜のロンド』（作品社、2015年）、オリヴィエ・トッド『アルベール・カミュ——ある一生』（毎日新聞社、2001年）、リテル『慈しみの女神たち』（共訳、集英社、2011年）ほか。

**上杉　誠**（うえすぎ　まこと）〔19, 23〕
明治学院大学他非常勤講師。博士論文『スタンダール作品における名誉』により、パリ第3大学博士（フランス文学・文明）。

**岡元　麻理恵**（おかもと　まりえ）〔コラム2〕
多摩美術大学非常勤講師、ワイン＆食文化研究家、翻訳家。「レストラン・サーヴィス」と「料理」の仏国家資格CAP取得。パリ「タイユヴァン」（当時3つ星レストラン）にて研修。著書に『ワイン・テイスティングを楽しく』（共著、白水社、2000年）、『黄金の丘で君と転げまわりたいのだ』（共著、ポプラ社、2011年）、訳書に『レストランで最高のもてなしを受けるための50のレッスン』（フランソワ・シモン著、河出書房新社、2004年）ほか。

**笠間　直穂子**（かさま　なおこ）〔27〕
國學院大学文学部准教授。フランス語近現代小説。共著に『文学とアダプテーション——ヨーロッパの文化的変容』（春風社、2017年）、訳書にンディアイ『心ふさがれて』（インスクリプト、2008年）、「サランボー（抄）」『フローベール』（集英社文庫、2016年）ほか。

**片木　智年**（かたぎ　ともとし）〔48〕
慶應義塾大学文学部教授。著書に『ペロー童話のヒロインたち』（せりか書房、1996年）、『星の王子さま☆学』（慶應義塾大学出版会、2005年）、『少女が知ってはいけないこと——神話とおとぎ話に描かれた〈女性〉の歴史』（PHP研究所、2008年）、訳書にサン＝テグジュペリ『夜間飛行』（PHP研究所、2009年）ほか。

**三枝　大修**（さいぐさ　ひろのぶ）〔28, 32, 52〕
成城大学経済学部准教授。共訳にフレデリック・ルヴィロワ『ベストセラーの世界史』（太田出版、2013年）、ミシェル・レリス『オペラティック』（水声社、2014年）、ジュール・ヴェルヌ『蒸気で動く家』（インスクリプト、2017年）ほか。

**澤田　直**（さわだ　なお）〔50, 54〕
立教大学文学部教授。著書に『〈呼びかけ〉の経験——サルトルのモラル論』（人文書院、2002年）、『ジャン＝リュック・ナンシー——分有のためのエチュード』（白水社、2013年）、訳書にサルトル『言葉』（人文書院、2006年）、フィリップ・フォレスト『さりながら』（白水社、2008年）、フェルナンド・ペソア『〈新編〉不穏の書、断章』（平凡社、2013年）ほか。

【編著者紹介】

**野崎　歓**（のざき　かん）
1959年、新潟県生まれ。フランス文学者、翻訳家、エッセイスト。東京大学人文社会系研究科・文学部教授。著書に『フランス文学の扉』（白水社、2001年）、『ジャン・ルノワール　越境する映画』（青土社、2001年、サントリー学芸賞）、『異邦の香り——ネルヴァル『東方紀行』論』（講談社、2010年、読売文学賞）、『フランス文学と愛』（講談社現代新書、2013年）、『翻訳教育』（河出書房新社、2014年）、『アンドレ・バザン——映画を信じた男』（春風社、2016年）、『夢の共有——文学と翻訳と映画のはざまで』（岩波書店、2016年）、『水の匂いがするようだ——井伏鱒二のほうへ』（集英社、2018年）、訳書にスタンダール『赤と黒』上・下（光文社古典新訳文庫、2007年）など多数。

エリア・スタディーズ 168
フランス文学を旅する60章

2018年10月20日　初版第1刷発行
2018年11月7日　初版第2刷発行

編著者　野　崎　歓
発行者　大　江　道　雅
発行所　株式会社 明石書店
〒101-0021　東京都千代田区外神田6-9-5
電　話　03（5818）1171
FAX　03（5818）1174
振　替　00100-7-24505
http://www.akashi.co.jp

組版　朝日メディアインターナショナル株式会社
装丁　明石書店デザイン室
印刷・製本　モリモト印刷株式会社

（定価はカバーに表示してあります）　ISBN978-4-7503-4702-8

# エリア・スタディーズ

1 **現代アメリカ社会を知るための60章**
明石紀雄、川島浩平 編著

2 **イタリアを知るための62章**【第2版】
村上義和 編著

3 **イギリスを旅する35章**
辻野功 編著

4 **モンゴルを知るための65章**【第2版】
金岡秀郎 著

5 **パリ・フランスを知るための44章**
梅本洋一、大里俊晴、木下長宏 編著

6 **現代韓国を知るための60章**【第2版】
石坂浩一、福島みのり 編著

7 **オーストラリアを知るための58章**【第3版】
越智道雄 著

8 **現代中国を知るための44章**【第5版】
藤野彰、曽根康雄 編著

9 **ネパールを知るための60章**
日本ネパール協会 編

10 **アメリカの歴史を知るための63章**【第3版】
富田虎男、鵜月裕典、佐藤円 編著

11 **現代フィリピンを知るための61章**【第2版】
大野拓司、寺田勇文 編著

12 **ポルトガルを知るための55章**【第2版】
村上義和、池俊介 編著

13 **北欧を知るための43章**
武田龍夫 著

14 **ブラジルを知るための56章**【第2版】
アンジェロ・イシ 著

15 **ドイツを知るための60章**
早川東三、工藤幹巳 編著

16 **ポーランドを知るための60章**
渡辺克義 編著

17 **シンガポールを知るための65章**【第4版】
田村慶子 編著

18 **現代ドイツを知るための62章**【第2版】
浜本隆志、髙橋憲 編著

19 **ウィーン・オーストリアを知るための57章**【第2版】
広瀬佳一、今井顕 編著

20 **ハンガリーを知るための60章**【第2版】 ドナウの宝石
羽場久美子 編著

21 **現代ロシアを知るための60章**【第2版】
下斗米伸夫、島田博 編著

22 **21世紀アメリカ社会を知るための67章**
明石紀雄 監修　赤尾千波、大類久恵、小塩和人、
落合明子、川島浩平、高野泰 編

23 **スペインを知るための60章**
野々山真輝帆 著

24 **キューバを知るための52章**
後藤政子、樋口聡 編著

25 **カナダを知るための60章**
綾部恒雄、飯野正子 編著

26 **中央アジアを知るための60章**【第2版】
宇山智彦 編著

27 **チェコとスロヴァキアを知るための56章**【第2版】
薩摩秀登 編著

28 **現代ドイツの社会・文化を知るための48章**
田村光彰、村上和光、岩淵正明 編著

29 **インドを知るための50章**
重松伸司、三田昌彦 編著

30 **タイを知るための72章**【第2版】
綾部真雄 編著

31 **パキスタンを知るための60章**
広瀬崇子、山根聡、小田尚也 編著

32 **バングラデシュを知るための66章**【第3版】
大橋正明、村山真弓、日下部尚徳、安達淳哉 編著

33 **イギリスを知るための65章**【第2版】
近藤久雄、細川祐子、阿部美春 編著

34 **現代台湾を知るための60章**【第2版】
亜洲奈みづほ 著

35 **ペルーを知るための66章**【第2版】
細谷広美 編著

# エリア・スタディーズ

36 マラウィを知るための45章【第2版】
栗田和明 著

37 コスタリカを知るための60章【第2版】
国本伊代 編著

38 チベットを知るための50章
石濱裕美子 編著

39 現代ベトナムを知るための60章【第2版】
今井昭夫、岩井美佐紀 編著

40 インドネシアを知るための50章
村井吉敬、佐伯奈津子 編著

41 エルサルバドル、ホンジュラス、ニカラグアを知るための45章
田中高 編著

42 パナマを知るための70章【第2版】
国本伊代 編著

43 イランを知るための65章
岡田恵美子、北原圭一、鈴木珠里 編著

44 アイルランドを知るための70章【第2版】
海老島均、山下理恵子 編著

45 メキシコを知るための60章
吉田栄人 編著

46 中国の暮らしと文化を知るための40章
東洋文化研究会 編

47 現代ブータンを知るための60章
平山修一 著

48 バルカンを知るための66章【第2版】
柴宜弘 編著

49 現代イタリアを知るための44章
村上義和 編著

50 アルゼンチンを知るための54章
アルベルト松本 著

51 ミクロネシアを知るための60章【第2版】
印東道子 編著

52 アメリカのヒスパニック＝ラティーノ社会を知るための55章
大泉光一、牛島万 編著

53 北朝鮮を知るための51章
石坂浩一 編著

54 ボリビアを知るための73章【第2版】
真鍋周三 編著

55 コーカサスを知るための60章
北川誠一、前田弘毅、廣瀬陽子、吉村貴之 編著

56 カンボジアを知るための62章【第2版】
上田広美、岡田知子 編著

57 エクアドルを知るための60章【第2版】
新木秀和 編著

58 タンザニアを知るための60章【第2版】
栗田和明、根本利通 編著

59 リビアを知るための60章
塩尻和子 著

60 東ティモールを知るための50章
山田満 編著

61 グアテマラを知るための67章【第2版】
桜井三枝子 編著

62 オランダを知るための60章
長坂寿久 著

63 モロッコを知るための65章
私市正年、佐藤健太郎 編著

64 サウジアラビアを知るための63章【第2版】
中村覚 編著

65 韓国の歴史を知るための66章
金両基 編著

66 ルーマニアを知るための60章
六鹿茂夫 編著

67 現代インドを知るための60章
広瀬崇子、近藤正規、井上恭子、南埜猛 編著

68 エチオピアを知るための50章
岡倉登志 編著

69 フィンランドを知るための44章
百瀬宏、石野裕子 編著

70 ニュージーランドを知るための63章
青柳まちこ 編著

71 ベルギーを知るための52章
小川秀樹 編著

# エリア・スタディーズ

72 **ケベックを知るための54章**
小畑精和、竹中豊 編著

73 **アルジェリアを知るための62章**
私市正年 編著

74 **アルメニアを知るための65章**
中島偉晴、メラニア・バグダサリヤン 編著

75 **スウェーデンを知るための60章**
村井誠人 編著

76 **デンマークを知るための68章**
村井誠人 編著

77 **最新ドイツ事情を知るための50章**
浜本隆志、柳原初樹 著

78 **セネガルとカーボベルデを知るための60章**
小川了 編著

79 **南アフリカを知るための60章**
峯陽一 編著

80 **エルサルバドルを知るための55章**
細野昭雄、田中高 編著

81 **チュニジアを知るための60章**
鷹木恵子 編著

82 **南太平洋を知るための58章** メラネシア ポリネシア
吉岡政德、石森大知 編著

83 **現代カナダを知るための57章**
飯野正子、竹中豊 編著

84 **現代フランス社会を知るための62章**
三浦信孝、西山教行 編著

85 **ラオスを知るための60章**
菊池陽子、鈴木玲子、阿部健一 編著

86 **パラグアイを知るための50章**
田島久歳、武田和久 編著

87 **中国の歴史を知るための60章**
並木頼壽、杉山文彦 編著

88 **スペインのガリシアを知るための50章**
坂東省次、桑原真夫、浅香武和 編著

89 **アラブ首長国連邦（UAE）を知るための60章**
細井長 編著

90 **コロンビアを知るための60章**
二村久則 編著

91 **現代メキシコを知るための60章**
国本伊代 編著

92 **ガーナを知るための47章**
高根務、山田肖子 編著

93 **ウガンダを知るための53章**
吉田昌夫、白石壮一郎 編著

94 **ケルトを旅する52章** イギリス・アイルランド
永田喜文 著

95 **トルコを知るための53章**
大村幸弘、永田雄三、内藤正典 編著

96 **イタリアを旅する24章**
内田俊秀 編著

97 **大統領選からアメリカを知るための57章**
越智道雄 著

98 **現代バスクを知るための50章**
萩尾生、吉田浩美 編著

99 **ボツワナを知るための52章**
池谷和信 編著

100 **ロンドンを旅する60章**
川成洋、石原孝哉 編著

101 **ケニアを知るための55章**
松田素二、津田みわ 編著

102 **ニューヨークからアメリカを知るための76章**
越智道雄 著

103 **カリフォルニアからアメリカを知るための54章**
越智道雄 著

104 **イスラエルを知るための62章【第2版】**
立山良司 編著

105 **グアム・サイパン・マリアナ諸島を知るための54章**
中山京子 編著

106 **中国のムスリムを知るための60章**
中国ムスリム研究会 編

107 **現代エジプトを知るための60章**
鈴木恵美 編著

# エリア・スタディーズ

108 **カーストから現代インドを知るための30章**
金基淑 編著

109 **カナダを旅する37章**
飯野正子、竹中豊 編著

110 **アンダルシアを知るための53章**
立石博高、塩見千加子 編著

111 **エストニアを知るための59章**
小森宏美 編著

112 **韓国の暮らしと文化を知るための70章**
舘野晳 編著

113 **現代インドネシアを知るための60章**
村井吉敬、佐伯奈津子、間瀬朋子 編著

114 **ハワイを知るための60章**
山本真鳥、山田亨 編著

115 **現代イラクを知るための60章**
酒井啓子、吉岡明子、山尾大 編著

116 **現代スペインを知るための60章**
坂東省次 編著

117 **スリランカを知るための58章**
杉本良男、高桑史子、鈴木晋介 編著

118 **マダガスカルを知るための62章**
飯田卓、深澤秀夫、森山工 編著

119 **新時代アメリカ社会を知るための60章**
明石紀雄 監修　大類久恵、落合明子、赤尾千波 編著

120 **現代アラブを知るための56章**
松本弘 編著

121 **クロアチアを知るための60章**
柴宜弘、石田信一 編著

122 **ドミニカ共和国を知るための60章**
国本伊代 編著

123 **シリア・レバノンを知るための64章**
黒木英充 編著

124 **EU（欧州連合）を知るための63章**
羽場久美子 編著

125 **ミャンマーを知るための60章**
田村克己、松田正彦 編著

126 **カタルーニャを知るための50章**
立石博高、奥野良知 編著

127 **ホンジュラスを知るための60章**
桜井三枝子、中原篤史 編著

128 **スイスを知るための60章**
スイス文学研究会 編

129 **東南アジアを知るための50章**
今井昭夫 編集代表　東京外国語大学東南アジア課程 編

130 **メソアメリカを知るための58章**
井上幸孝 編著

131 **マドリードとカスティーリャを知るための60章**
川成洋、下山静香 編著

132 **ノルウェーを知るための60章**
大島美穂、岡本健志 編著

133 **現代モンゴルを知るための50章**
小長谷有紀、前川愛 編著

134 **カザフスタンを知るための60章**
宇山智彦、藤本透子 編著

135 **内モンゴルを知るための60章**
ボルジギン・ブレンサイン 編著　赤坂恒明 編集協力

136 **スコットランドを知るための65章**
木村正俊 編著

137 **セルビアを知るための60章**
柴宜弘、山崎信一 編著

138 **マリを知るための58章**
竹沢尚一郎 編著

139 **ASEANを知るための50章**
黒柳米司、金子芳樹、吉野文雄 編著

140 **アイスランド・グリーンランド・北極を知るための65章**
小澤実、中丸禎子、高橋美野梨 編著

# エリア・スタディーズ

141 ナミビアを知るための53章　水野一晴、永原陽子 編著
142 香港を知るための60章　吉川雅之、倉田徹 編著
143 タスマニアを旅する60章　宮本忠 著
144 パレスチナを知るための60章　臼杵陽、鈴木啓之 編著
145 ラトヴィアを知るための47章　志摩園子 編著
146 ニカラグアを知るための55章　田中高 編著
147 台湾を知るための60章　赤松美和子、若松大祐 編著
148 テュルクを知るための61章　小松久男 編著
149 アメリカ先住民を知るための62章　阿部珠理 編著
150 イギリスの歴史を知るための50章　川成洋 編著
151 ドイツの歴史を知るための50章　森井裕一 編著
152 ロシアの歴史を知るための50章　下斗米伸夫 編著
153 スペインの歴史を知るための50章　立石博高、内村俊太 編著
154 フィリピンを知るための64章　大野拓司、鈴木伸隆、日下渉 編著
155 バルト海を旅する40章　7つの島の物語　小柏葉子 著
156 カナダの歴史を知るための50章　細川道久 編著
157 カリブ海世界を知るための70章　国本伊代 編著
158 ベラルーシを知るための50章　服部倫卓、越野剛 編著
159 スロヴェニアを知るための60章　柴宜弘、アンドレイ・ベケシュ、山崎信一 編著
160 北京を知るための52章　櫻井澄夫、人見豊、森田憲司 編著
161 イタリアの歴史を知るための50章　高橋進、村上義和 編著
162 ケルトを知るための65章　木村正俊 編著
163 オマーンを知るための55章　松尾昌樹 編著
164 ウズベキスタンを知るための60章　帯谷知可 編著
165 アゼルバイジャンを知るための67章　廣瀬陽子 編著
166 済州島を知るための55章　梁聖宗、金良淑、伊地知紀子 編著
167 イギリス文学を旅する60章　石原孝哉、市川仁 編著
168 フランス文学を旅する60章　野崎歓 編著
169 ウクライナを知るための65章　服部倫卓、原田義也 編著

――以下続刊

◎各巻2000円
（一部1800円）

〈価格は本体価格です〉